巴金 著

海的梦 憩园
A DREAM OF THE SEA
GARDEN OF REPOSE

人民文学出版社

图书在版编目（CIP）数据

海的梦；憩园/巴金著. —北京：人民文学出版社，2020
ISBN 978-7-02-016388-5

I. ①海… II. ①巴… III. ①中篇小说—小说集—中国—现代 IV. ①I246.5

中国版本图书馆 CIP 数据核字(2020)第 095986 号

责任编辑　刘　伟
装帧设计　崔欣晔
责任印制　任　祎

出版发行　人民文学出版社
社　　址　北京市朝内大街 166 号
邮政编码　100705
网　　址　http://www.rw-cn.com

印　　刷　三河市中晟雅豪印务有限公司
经　　销　全国新华书店等

字　　数　183 千字
开　　本　880 米×1230 毫米　1/32
印　　张　8.25　插页 3
印　　数　1—6000
版　　次　2009 年 2 月北京第 1 版
印　　次　2020 年 7 月第 1 次印刷

书　　号　978-7-02-016388-5
定　　价　45.00 元

如有印装质量问题，请与本社图书销售中心调换。电话:010-65233595

目 录

海的梦

序 …………………………………………………………… 3

改版题记 …………………………………………………… 5

前篇 ………………………………………………………… 7

后篇 ………………………………………………………… 52

憩园

憩园 ………………………………………………………… 87

后记 ………………………………………………………… 259

附录

《憩园》法文译本序 ……………………………………… 261

海 的 梦

序

　　我爱海。我也爱梦。
　　几年前我在地中海上看见了风暴，看见了打在甲板上的浪花，看见了海的怒吼，晚上我做了一个梦。
　　星一般发光的头发，海一般深沉的眼睛，铃子一般清脆的声音。
　　青的天，蓝的海，图画似的岛屿，图画似的帆船。
　　我见着了那个想在海岛上建立"自由国家"的女郎了。
　　在海上人们常常做着奇异的梦。但这梦又屡屡被陆地上的残酷的现实摧毁了。
　　今年我以另一种心情在陆地上重温着海的梦，开始写了这个中篇小说的第一节。我带了它去南京，为的是想在火车上重温"海的梦"。
　　然而上海的炮声响了。我赶回到上海只来得及看见北面天空的火光，于是又继续了一个月痛苦的、隔岸观火的生活。后来在三月二日的夜晚，我知道我的住所和全部书籍到了日本侵略者的手中，看见大半个天空的火光，听见几个中年人的彷徨的、绝望的呼吁（"我们应该怎样做？"）以后，一个人走在冷清清的马路上，到朋友家里去睡觉。我在路上一面思索，一面诅咒，这时候我又睁起眼睛做了一个梦。

陆地上的梦和海上的梦融合在一起了。旧的梦和新的梦融合在一起了。

于是又开始了我的忙碌而痛苦的生活。这其间我曾几次怀着屈辱的、悲哀的、愤怒的心情去看我那个在侵略者占领下的故居,去搬运我那些劫余的书籍。这不是一件容易的事,有一次只要我捏紧拳头就会送掉我的性命,但这一切我终于忍受下去了。

每天傍晚我带着疲倦的身子回到朋友的家,在平静的空气中我坐下来拿起笔继续我的"海的梦"。但这不再是从前的梦,这梦里已经渗进了不少陆地上的血和泪了。

于是在平静的空气中,我搁了笔。我隐约地听见海的怒吼,我仿佛又进到海的梦中。但这不是梦,这海也不是梦里的海。这是血的海,泪的海。血是中国人民的血,泪是中国人民的泪。我把我自己的血泪也滴在这海里了。

血泪的海是不会平静的罢。那么这海的怒吼也是不会停止的。将来有一天它会怒吼得那么厉害,甚至会把那些侵略者和剥削者的欢笑淹没,如那个女性所希望的。

写完了这小说,我的梦醒了。

星一般发光的头发,海一般深沉的眼睛,铃子一般清脆的声音。

这不能够是梦。这样的一个女性是一定存在的。我要去找她,找她回来在陆地上建立她的"自由国家"。

巴　金　1932年6月。

改版题记

这本小书是我三年前的旧作,这次收回来改版重印,自己也曾校改一遍,改正了一些初版误植的字和不妥当的字句。我喜欢这本小书。我还记得写它的情形。这是热情的产物,我写它时连思索的时间也没有。是热情不许我思索,因为它自己要奔放出来。我每晚拿起笔就写,写到觉得可以暂时打住时就放下笔。我写得很快,而且自己也觉得写得痛快。写完了它,我就坐海船离开上海了。

去年年底我又写过一篇题作《海的梦》的短文,里面说:

在这只离开"海的梦"里的国土的船上,我看见了那伟大的海。白天海是平静的,只有温暖的阳光在海面上流动;晚上起了风,海就怒吼起来,那时我孤寂地站在栏杆前望着下面的海。①

又说:

最近我给一个女孩子写信说:"可惜你从来没有见过海。海是那么大,那么深,它包藏了那么多的没有人知道过的秘密;它可以教给你许多东西,尤其是在它起浪的时候。"

---

① 见我的散文集《点滴》。

信似乎写到这里为止。其实我应该接着写下去：那山一般地涌起来的、一下就像要把轮船打翻似的巨浪曾经使我明白过许多事情。我做过"海的梦"。现在离开这"海的梦"里的国度时，我却在海的面前沉默了。我等着第二次的"海的梦"。

最后的话是：

我还有勇气，我还有活力，而且我还有信仰。……

带着这样坚决的自信，我掉头往四面看。周围是一片黑暗。但不久天边就有一线微光开始出现了！

现在重读《海的梦》，我还有这样的心情。我始终不曾失掉过信仰。所以我敢把这本小书（它不大像童话，又不大像小说）献给我的读者。

巴　金　1935年12月。

前　篇

一　一　妇　人

我又在甲板上遇见她了，立在船边，身子靠着铁栏杆，望着那海。

我们已经有三天不曾看见陆地了。在我们的周围只有蓝色的水，无边无际的，甚至在天边也不曾露出一点儿山影来。陆地上的一切对于我已经成了过去的梦痕。蓝色的海水在我的眼前展开。海水一天变换一次颜色，从明亮的蓝色变到深黑色，这告诉我们：夜来了。

对于在海上的我们，夜和日是没有多大分别的，除了海和天改变颜色外。在夜里，空气虽然比较凉爽，但是躲在舱里依旧很热。而且我的心里燃烧着一种渴望，所以我不能够早睡。她似乎也是这样。我已经这样地遇见过她三次了。

这一晚比前两次更迟。水手们也已经睡了。除了船摇动、风吹桅杆的响声，再没有别的声音。不，不能说没有别的声音，因为海水还在船底下私语，偶尔还有脚步声轻轻地从舱里送出来。

她不说话，我也不说话。她靠着栏杆看海，我站在甲板上望星星，不仅望星星，还看她，看她的头发。

海漆黑得吓人,漆黑得连白沫也被它淹没了。我从天空把眼睛移下来的时候,我只看见一片黑色。她的衣服和海水是同样的颜色。只有在头上闪耀着金黄色头发,使我记起了星光。我又抬起头去望星星。

天空是深蓝色,上面布满了星星的网。这网紧紧地盖下来,盖在我们的头上。星星在网眼上摇动,好像就要落下来一般。我曾几次想伸手去摘下几颗星星,因为它们离我太近了。看着星光我又想起她的头发,我便埋下眼睛去看她的头发。

她依旧不说话,甚至不曾动一动身子。她只顾望着海。我不知道海里有什么秘密,值得她这样久看。

于是我也走到船边。我慢慢地走着。我留意着她的举动。我想她听见我的脚步声也许会掉过头来看我。那时候我就会看见她的脸和她的眼睛了。我想看她的脸和眼睛,不仅因为我想在那里看见星光,我还想从那里知道海的秘密和她的秘密。

在这样的黑夜,一个穿着与海同样颜色的衣服的女人,头也不掉地望着海。这决不是一件寻常的事。

我走到了船边,我也靠栏杆站着,离她不近,但也不远。我留意她的举动,可是这并没有什么用处,因为她依旧站在那里动也不动一下。

好沉静的女人!看她这个样子,好像世界上就只有她一个人,还有海,此外的一切都不存在。

我失望了,我知道我再没有别的办法探到她的秘密了。但是我还不能不偷眼望她。我咳嗽,想引起她的注意。然而这也没有用。她好像已经死了,或者成了化石了。

我又把身子向她那边移动了几步。她依旧不动,而我却没有勇气再移近些。

我突然感觉到一股冷气,好像她的身子被冷气笼罩着,或者冷气就是从她的身上发出来的。我不觉惊疑起来:她究竟是不是一个人?在一个短时间内我甚至以为她是一个海妖,虽然我以前并没有见过海妖。但是过后我又觉得自己想错了,因为白天我曾在饭堂里见过她,固然我不曾看清楚她的面貌和眼睛,但身材、背影和衣服我却记得清楚。一定是她,她也许是一个寡妇,所以会有这种奇怪的举动。我知道年轻的寡妇常常有奇怪的举动。

她这样地看海,这却是一件不寻常的事。我是一个老于航海的人,可是我却从来没有看见过一个女人如此地爱海。是的,一个年轻女人能够默默地对着海过了这么长久的时间,我简直想象不到。但有一件事却是十分确定的:她和海之间一定有过什么关系,她的秘密和海的秘密是连在一起的。

我从她的身上无论如何探不到她的秘密了。我便埋下头去看海,我想我或者可以探出海的秘密来,而她的秘密又是和海的秘密有关联的。

我埋下头,眼前的景象马上改变了。海,我素来熟识的海这时候却变得陌生了。我只看见一片深黑色,但这不过是表面的颜色,渐渐地颜色变得很复杂了。好像在黑色下面隐藏着各种东西,各种活动的东西。深黑色的表面在动,它似乎有一种力量使得我的头也跟着它动了。我要定睛看着一处,但是我的眼光一落在深黑色的表面上,就滑着滚起走了。复杂的颜色不住地在我的眼前晃动,但它们永远突不破深黑色的表面,所以也永远不能够被我的眼光捉住。

我的眼光继续在这表面上滚着,我仿佛听见了它的声音。于是这表面突然跳起来,张开口就把我的眼光吞下去了,然后吐出一些白沫来。我略略吃惊,随后又投下新的眼光去。

海不再像先前那样地私语了。它现在咆哮起来。它的内部似乎起了骚动,它的全个表面都在颠簸了。不知道从什么时候起我的眼光便不能够在那上面滚动了。海面到处张着口,眼光一落下去就被它吞食了,从没有一次能够回来告诉我海的秘密。

海在咆哮了。它不能忍耐地等候着它的俘虏。我的眼光自然不能够满足它的欲望。它是那样地激动,那样地饥饿。它好像在表示它已经好久没有找到牺牲品了。它跳动,它的口里喷出白沫。它似乎不能够再安静地忍耐下去了。

我突然感觉到一种恐怖。我看见它的口愈来愈张大,而载着我们的这只船却愈来愈变小了。事实上这是可能的:我们的船会随时被它吞下去。我的心厉害地跳动着。似乎有人突然间倾了一盆冷水在我的头上,我开始战抖起来,我甚至紧紧握着栏杆,害怕我的身子会被海先吞下去。

我畏怯地抬起眼睛去看她。她依旧不动。她没有做出一点害怕的样子。她和海好像彼此很了解。冷静的她和深沉的海一定是好朋友。然而奇怪的是海已经由私语变到咆哮了,而她还依旧保持着她的沉静。如果我说海的秘密是在找牺牲品,难道她的秘密也是这个吗?她也是在等候她的俘虏吗?

我这样问自己,我却不能够给一个决定的回答。我有时甚至害怕起来,我怕她也怀着像海那样的心思。但随后我又想一个女人居然如此镇静,如此大胆,那么做男人的我岂不感到羞愧吗?这样一想我就勉强使自己的心平静下来了。

我们依旧立在那里,都不说一句话。她完全不动,我却有时掉头去看她,或者看头上的星星。

星星渐渐地隐去了,这时候天和海成了一样的颜色,天在我的头上显得很高了。船在颠簸的海上不住地向两边摇动,海开始跳荡起来,向四处喷射浪花。

"还是回舱里去睡觉罢,今晚上一定有大风浪,"我这样自语着,又掉头去看她。

她的身子似乎动了动,但是她并没有掉过脸来看我。

我的好奇心鼓舞着我,我渐渐地胆大起来。我又自语道:

"恐怕是个俄国女人罢,西欧的女人没有像这样沉静的。"

自然,这话是说给她听的,我一面说,就把身子向着她那边移得更近一点。

她并不理我。我失望了。我便把头埋下去看海,心里在盘算用什么办法打破她的沉默。

"喂!先生,请问你老是跟在我的身边,是什么意思?"一个女性的声音在我的耳边响起来。这一着我倒料不到。我惊讶地掉过头去看。

这一次我看见她的整个面貌了。我的眼睛和她的眼睛对望着。甲板上的暗淡的电灯光从侧面射过来,正射在她的脸上,照亮了她的大半边脸。是美丽的面貌,眼睛似乎比海还深沉,额上几条皱纹使面容显得更庄严。此外再没有什么特点了。论年纪不过三十光景。

"我想知道海的秘密,我是在看海,"我低声答道,我好像在对自己说话。

"海的秘密?你想知道海的秘密?"她惊讶地问。她的眼睛突然发了光,显然地有什么东西在心里鼓舞着她,使她的眼睛会有这样迅速的变化。但这是什么东西,我却不能够知道。她把脸又一次掉过去望海,然后又回头对我说:"这世间居然还有人想知道海的秘密!我问你,你为什么想知道海的秘密?而且关于它你已经知道了些什么?"她急切地等候着我的回答。

我自问:应该怎样回答她呢? 关于海的秘密我一点也不知道,而且我想知道海的秘密,也无非为了想知道她的秘密。这是可以直说出来的吗?

我正为这件事踌躇着。她又开口了:"唉,你原来和别的男人一样。你们男人都是一样的平凡的、顺从的奴隶,都是不配知道海的秘密的!"她的脸色又变了,显然她对我失望了,失望却引起了她的愤怒。她好像在责备我:"从你们男人中间找不出一个伟大的人,只除了我的杨和那个孩子以及别的几个朋友。然而他们已经死了。"

她的严厉的面容和声音本来是我所不能忍受的,但是她的全身好像具有一种力量,很快地就把我征服了。这究竟是什么缘故,我也不知道。我只是惶惑地向她辩解我并不是顺从的奴隶。

"是啊,你们男人都是奴隶! 不错,也许有一个时候不是的,然而等到别人拿机关枪和大炮来对付你们,你们就都跪下去了。"她说着,眼里射出火,两颊变得绯红,就在暗淡的电灯光下也可以看出来。我不知道她为什么要对我这样生气,我以前并不认识她。但这时候我已经猜到一点了:在她的心里一定有着一种可以撕裂人心的仇恨的记忆。我完全忘记了她的话里所含有的轻蔑,我只想知道她的秘密。

"我已经看见过不少的男人,"她继续说,"我希望在你们男人中间还可以寻出像我的杨、我的孩子那样的人,然而结果我只找到一些奴隶,一个比一个卑劣,都只知道为自己谋利益。为了这个利益他们甚至可以出卖自己的信仰和父母。我把我的故事、杨的故事、那个孩子的故事告诉他们,只博得他们的哂笑。是的,我每次见到一个男人,我就要把这个故事告诉他,可是我从来没有得到回应。我常常问自己：难道所有的男人都死光了吗？难道这个世界上就没有一点希望了吗？"她说着把一只手紧紧握着栏杆，用力摇撼。但是铁栏杆一点也不动。她更是愤激了，这时候她显出来她并不是一个冷静的女人。她竟然是这么热烈！

我的感情也突然变了。我很想找话安慰她，也许我还想做点事情来表示我并不是一个顺从的奴隶。可是我究竟做什么事呢？

"在这个世界上我找不到一个勇敢的人，勇敢的人都死光了！"她愤激地说下去，并不等我分辩。"我努力过多少次，我又失望过多少次。每一次努力的结果只带来更大的悲哀，贡献更大的牺牲。在埋葬了我的杨以后，我又断送了那个孩子的生命。还有许多的同情者至今憔悴在监牢里。是的，我还活着，我活在漂泊里；同样那些屠杀者，占据者，剥削者也还活在欢乐里！奴隶们也还活在痛苦里。而我们的事业却愈来愈没有希望了。从前杨死在我怀里的时候，我曾经对他宣誓要继续实现他的未竟的志愿。那个孩子死在我怀里的时候，我也宣誓要完成他的未完的工作。我找不到那个孩子的尸体。然而海却是杨的最后安息地。我的誓言也是对着海发的。海便是见证。可是从那时候起我又和它见过几次面。它永远这样对我咆哮，而我依旧这样孤零零地到处漂泊。我永远这样白费我的精力。"她说到这里就长叹一声，声音里充满了悲愤。她又把眼睛掉过去望海，对着海说："海呀！你是见证。请你替我去告诉杨：我还活着，我还没有忘掉他，我还要不顾一切，努力实践我的誓言，一直到死！"她就不再把头掉过来了。

二 一个民族的大悲剧

我渐渐懂得她的秘密、她的悲愤的原因了。但是我不知道她的杨是一个什么样的人物。我不曾听说过杨这个人和他的运动。然而对她的话我只感到同情。我想找适当的话将这同情表示出来,使她相信我。我开始在思索。我渐渐地感觉到我的身体内部起了变化。我似乎不是先前的那个人了。我渐渐沉溺在回忆里。于是被忘却了的事情突然在我的脑子里活动起来。我说:"我愿意你相信我并不是屈辱的奴隶。我是一个席瓦次巴德。你应该知道在犹太人里面席瓦次巴德一家从来没有出过奴隶。"

我的话果然发生了效力,我看见她马上转过头来看我。她的脸被一种喜悦的光笼罩了。她用惊喜的声音问道:"席瓦次巴德,就是最近在巴黎刺杀彼特留拉匪徒的那个犹太人吗?"

"是的,"我用严肃的声音回答说。"从前有一个诗人席瓦次巴德帮助波兰独立,死在战场上。又有一个少女参加俄国革命党被处了绞刑。还有一个席瓦次巴德在彼得堡的大火中因为救一个小孩葬身在火窟里。像这类的事是很多的。"

"这些我都不知道。虽然我的母亲也是一个犹太人,但是关于犹太的事我知道很少。便是席瓦次巴德刺杀彼特留拉匪徒的事情,我只是偶尔在报上看见了一点简略的记载。①你可以详细

---

① 犹太革命者席瓦次巴德在巴黎用手枪打死白俄将军彼特留拉,这是一件真事。席瓦次巴德的审判 1927 年 10 月下旬在巴黎举行,10 月 26 日席瓦次巴德被判决无罪释放。27 日法国《人道报》的头条新闻是:"席瓦次巴德无罪释放。陪审员谴责乌克兰'波格隆'负责者、反布尔塞维克的匪帮。"

地告诉我吗?"她急切地问道。

我想,这样我们是近于互相了解了。我很高兴,便热心地答道:"自然,席瓦次巴德的事情,每个犹太人都高兴叙述,不管我们在思想上是否他的同志。我们把他当作一个英雄,因为他把我们犹太人多少年来的大悲剧展现在全世界的面前,使全世界的人知道我们怎样受苦,怎样挣扎,怎样灭亡。使他们为我们的惨痛的遭遇和英勇的努力流一滴同情的眼泪。是的,当席瓦次巴德在巴黎监狱里的时候,报纸上怎样高叫着释放!他被判决无罪出来的时候,又怎样受到各国人民的欢迎!是的,各国人民,不仅是犹太人。……"我的热情阻塞了我的咽喉,我歇了歇,才继续说下去:"我用不着对你讲,在有些国家里多少世代以来犹太人受到的歧视和压迫。帝俄时代的'波格隆',你是知道的。大家都说,那种专门屠杀犹太人的运动,是沙皇政府发动来缓和人民对专制政治的不满的。在沙皇政府的奖励之下,军警,宪兵,反动分子,白党军官专以屠杀犹太人为务。我们的住屋不断地被他们侵袭,财产被抢劫,男子被杀害,女人被强奸。在南部的村落里常常大队军人提着被杀的犹太人的头在街上游行欢呼。在某一个村落里还举行着赛会来比赛所杀的犹太人的头颅的多寡(这些照片不久以前都在巴黎报纸上发表过)。在这些时候我们只有躲在家里痛哭。我们常常自问:为什么我们犹太人就有这样的遭遇?为什么我们的孩子得不到一点阳光和欢笑?为什么我们该和平地遭人屠杀?我有一次亲耳听见两个白党军官谈话。一个说他曾经强奸过二十七个犹太女人;另一个说他一天里杀死了十五个犹太男子。然而那时候我年纪很轻,没有力量和他们战斗。不过我们席瓦次巴德一家也是不甘屈服的,我的老祖父就在一次反抗中被杀害了,但是他也杀死了一个白党军官，而且还保全了我的母亲。……乌克兰的彼特留拉匪徒是'波格隆'主持者之一。他是以屠杀犹太人出名的，是邓尼金以后的最残暴的屠杀者。许多犹太人家庭常常拿他的名字来吓小孩。小孩听见说'彼特留拉来了'，就马上止住哭声。彼特留拉在犹太人的眼里成为一个最可怕的魔鬼。在他的指挥下犹太人被杀害的不知道有多少。"

"为什么这些事情，我以前没有听见过呢？"她奋激地，惊讶地插嘴问道。

"他们掌握着交通工具，他们有宣传的利器，我们什么也没有，我们是和平的民众，我们是一盘散沙。所以我们的大悲剧无法被世界上的人知道。全世界的人都被他们用巧妙的手段欺骗了。然而我们终于得到了一个机会。席瓦次巴德中的一个人后来居然在巴黎遇见了彼特留拉匪徒。在一个咖啡店里他和这个白党将军面对面地站着，把手枪里的五颗子弹全送进了彼特留拉的身体。他看见彼特留拉倒在地上了，才丢下手枪让人们把他捉住。他在巴黎监狱里过了一年多的生活，又经过几个星期的审判。这期间他得着全体犹太人的支持。许多犹太女人带了孩子到监里去祝福他。许多和他同住在巴黎贫民窟里的犹太平民，到法庭去叙述那些惨痛的事实。过去的南俄乡村的悲惨图画都重新展现在巴黎人民，不，各国人民的眼前了。一个白发的老人来叙述：他怎样失去了他的两个儿子，他的店铺怎样被焚烧，他的东西怎样被抢劫，他自己怎样受了刀伤才从火窟中逃出来。一个青年来叙述：在他们的村落里，一天晚上众人都睡了。忽然几个军官领了一大群人唱着猥亵的狂欢的歌，打进每个人家，抢了贵重东西，杀了男人，强奸女人，他们还放火烧了房屋。他的母亲被别人抢走了，他的父亲被杀死在路上。他是被一个邻人救出来的。……他们描写得那么详细,啊,你要是能够在法庭上听见这些惨痛的叙述啊!当时旁听席中所有的人都哭起来了。是的,所有的人,犹太人和别国人。在巴黎的报纸上还逐日披露关于'波格隆'的记载和图片,这是派人到南俄调查所得到的结果。彼特留拉的罪名证实了。于是一个被践踏的民族的大悲剧才得大白于天下,引起了各国人民的同情,而席瓦次巴德也在无罪的判决下获得了自由。是的,他获得了自由,因为正如他的辩护律师所说:'为了要判定过去的"波格隆"的罪,要禁止将来还有这种屠杀团发生,这个人,他一身肩负着全民族的悲剧,现在应该自由地离开法庭了。'这就是轰动全世界的席瓦次瓦德事件的详情。"

我不再说话了。过去的梦魇抓住了我。被忘却了的惨痛的景象又开始浮现在我的眼前。在"波格隆"已经消灭了的今天,我又一次被悲哀与愤怒压倒了。我又在身经目睹那许多次的惨剧。我在挣扎,我在回想。

三 奴隶们的故事

她静静地听完了我的叙述。她不说话,她把头又掉过去望海。她很久不回过头来。

我也把头掉过去看海,因为我的心开始热得难受了,我没有办法使它安静。我注视着海,海只是咆哮,跳荡,张着它的大口要吞食一切,从漆黑的洞里时时喷出白色的浪沫,接连地发出如雷的响声。

"海,难道人间许多不平的事都被你一口吞下去了?那许多使人伤心断肠的惨剧都被你一口吞下去了?但是为什么我的眼前还有那些景象呢？我的耳边还有那些哭声呢？海,你更猛烈地咆哮起来！把那一切都冲倒罢！"我按着胸膛对海说。海只是用如雷的声音回答我。

我猛然回过头来,我看见她在注视我。我们两个人的眼睛对望着,并不避开。我们这样地望了好久。

她的眼光不再是我害怕的了。她的眼光简直要照透了我的整个身子,烧热了我的整个心。我如今也有了我的秘密,而且我的秘密也是和海的秘密有关联的。现在在她的身上我看不出一个奇异的女人,我好像很久就认识她了。我们差不多成了互相了解的朋友了:我是一个席瓦次巴德,而她的母亲也是一个犹太女人,她的杨和她的孩子又都是为着伟大的事业死去的。

"我现在终于找到一个人了,"她用清朗的声音说。"找到一个不是奴隶的人,可以把我的秘密交付给他。好罢,现在让我告诉你,我的故事和杨的故事。

"在太平洋上有一个叫做利伯洛的岛国,就是杨出生的地方,我从小就跟着父母来到了这里。这个岛国和许多别的国度一样,有几个坐在宫殿里发命令统治人民的酋长,有一些终日娱乐不事生产的贵族,又有一些从早晨劳动到晚上的奴隶。我的父亲不是这个岛国的人,他是到这里来经营商业的,当然不能算在这三种人里面,不过他和贵族们很接近,而且他的地位比这三种人都高。他常常带着母亲和我去参加贵族府第里的宴会或者茶舞会。贵族府第自然非常富丽,被邀请的人除了偶尔到场的酋长们外,大半是本地的贵族,或者外国来的高等人物。因为凡是从外国来的人,在这个国家里都被人视为高等人物,受人尊敬。贵族们都以和外国的高等人物往来为荣,凡是贵族的宴会总少不了要邀请外国高等人物参加。贵族小姐自然高兴和那些高等人物往来,而我们外国女人也常常被那些贵族少年包围。我常常和一些贵族少年在一起,拿他们来开心。那时候我的确很快活。

"每天晚上我总要跟着父母去参加贵族的宴会或者舞会。在那些地方,我们被奴隶们奉承、伺候。在那些华丽的厅堂里,乐队奏着流行的曲子,一对一对的男女不知道疲倦地尽情跳舞,或者欢笑地谈话。有时候我被那些贵族少年缠得头昏了,偷偷地跑到花园里安静一会儿。我便会看见一个少女在假山背后哭泣,或者一个老人在石凳上垂泪。他们看见我就躲开了,我也不去辨认他们的面貌,因为那时候我是不屑于正眼看奴隶的。一些人在开心作乐,一些人在流泪哀哭,这样的事在这里太平常了,我也不觉得奇怪。常常在冬天我披着重裘让那些贵族少年护送出来。就在府第的门口,刚上汽车的当儿,我看见一个穿破单衫的小孩跪在冰冷的石地上,一面战抖,一面哭着讨钱。他挡住了我们的路,因此常常被那些贵族少年不怜惜地用脚踢开。

"差不多在每个贵族府第里我都听见奴隶的哭声,在门前我都看见小孩在讨钱。我们享乐,看着别人受苦,一点也不动心。

"日子就这样地过去了。在某一个晚上我有了一个奇怪的遭遇。这个遭遇正是造成现在的我的一个重要原因。这晚上我受不了那些贵族少年的纠缠,不等舞会终了,就借故一个人偷偷地逃了出来。我的汽车夫不在那儿。我看见月色很好,便自己把车子开走了。我驾驶的技术本来不好,在一条马路的转角稍微疏忽了一点,把迎面来的一部人力车撞翻了,车子被抛了好远,车上的人跌下来,汽车再从那个人的身上辗过。周围响起了叫声,是几个人的声音。我闯了祸以后,虽然知道巡捕不会干涉我(因为在这个国度里对于我们这班高等人物,巡捕从来不敢冒犯,我们的汽车辗死人,并不算是犯罪),但是我究竟有点心慌。我正要开着汽车逃走,车门忽然开了,一个青年的强壮的手腕抓住我的膀子,一句我可以懂得的话在我的耳边响起来:'你得下来!'

"我从来没有过这样的经验,所以不知道应该怎样做。我只看了那人一眼,就下了车。他是一个瘦长的青年,相貌举动和那些贵族少年完全不同,我觉得他并不讨厌。他引我去看那个受害的人,在街灯光下面我看见了地上的血迹,和那个不像人样的尸体。是一个女人,身子蜷曲着,她的全身都是血。

"那个青年在和人力车夫说话。车夫抚着伤痕带哭地对他诉说什么。车夫说完了,他便用我可以懂得的话责备我,说这完全是我的错,因为我不听从巡捕的指挥,而且在车子转弯时又开足了马力。他又告诉我:这个女人是一个病妇,车夫正拉她去看病。她的家里还有小孩,靠她做手工生活。车夫认识她,所以知道得这么详细。

"那个青年严厉地对我说了许多话,他时时用手去指那个血污的尸体。他的眼光是那样可怕,那里面含得有很深的憎恨。我完全失掉了平时的骄傲。我甚至不敢正眼看他。我惶恐得差不多要哭出来了。结果,我承认了自己的错,对他说了些解释的话,我还答应负担那个女人家里小孩的生活费和教育费。

"我就这样地认识了他。我知道他叫做杨。他常常为了那些小孩的事情到我的家里来。我们渐渐地就成了朋友。

"和他成为朋友,这简直是我梦想不到的事。他是一个贫苦的学生,而且和那班贵族少年不同,他简直不知道怎样讨一个女人的欢心。他在我的面前说话行动,好像完全把我当作一个和他一样的人。

"我是在贵族少年的包围中过惯了贵妇人的生活的,我听惯了谄谀奉承的话。然而对于这个完全不同的大学生,我却一点也不讨厌。他的话,我也愿意听,因为从那里面我知道了许多未知的事情,我开始认识了一个新的世界。他的话,最初听来,也许有点不入耳,但是渐渐地我便看出来它们并不是空虚的。他的每一句话都是有真实感情的。里面都有他的憎恨、悲哀和欢乐。自然欢乐是很少的,因为据他说'在这个国度里可悲和可恨的事情太多了'。

"我认识了这个青年以后,我的生活也渐渐地起了一些变化。我不高兴跟那些贵族少年往来了。我不再像从前那样在宴会、茶舞会里浪费光阴了。我对这些不感到兴趣了。好像我的身体内有一种力量被杨唤起来了。我觉得我的身体内充满了一种东西,须得发泄出来。我常常听见我内心的呼唤,呼唤我去做一件有益的工作。

"我开始读着杨借给我的书,思索杨告诉我的话;有时我还跟他一起到奴隶们的住处观察他们的生活。我们常常去看那个被辗死的病妇的小孩们。他们也住在奴隶们住的地方,由一个亲戚照应着。他们的生活和教育的费用固然是我负担的,但数目也很有限,并不能够把他们从奴隶的境地中救出来,而同时我的父母已经表示不让我继续负担这些费用了。

"我是靠父母生活的。他们宁愿我花更多的钱购买衣服和装饰品,却不愿意我拿更少的钱去帮助受害者的几个小孩。我的生活方式的变化以及我和杨的亲密的往来,这都是我的父母所不满意的。他们更不愿意我跟那班贵族少年绝交。因此我常常跟父母争吵。后来有一次我们吵得太厉害了,我受不下去,便从家里逃了出来。

"我对杨发生了爱情。我们两个现在十分了解,而且有了同样的思想。我的思想并不全是从书本上得来的,一半还是我跟着杨观察、体验实际生活以后的结果。

　　"我脱离家庭是经过几次踌躇以后才决定的。在那些时候,我的内心发生了大的斗争。我差不多每晚上都看见那个被汽车辗死的病妇的血污的身体,和那些在奴隶住所里面的人的憔悴的面貌,我的耳里尽是呻吟哭泣的声音。我的梦魇太多了,我常常从梦里哭醒来,父母都不能够安慰我。只有杨来的时候,我看到他才能够摆脱恐怖。在他的身上我找到了保护的力量。所以我的父母要我决定在他们和杨之间选择的时候,我就跟着杨跑了。

　　"杨的身世我完全知道了。他是一个奴隶的后代。他是一个没有父母的孤儿。他在幼小的时候就经历过了种种困苦的生活。以后他偶然得到一个好心的贵族的帮助进了学校受教育。后来那个贵族死了,他便靠着自己的努力,勉强支持下去。他常常是这样的:上半天进学校去读书,下半天去做奴隶。他困苦地挣扎下去,他成功了。他住在奴隶中间,他自己也还过着奴隶的生活,所以他得到奴隶们的敬爱和信任。

　　"我从家里逃出来以后,就和杨同住在奴隶的住所里。我现在是他的妻子了。我脱下了贵妇人的服饰,穿上奴隶的衣服,我开始像奴隶那样地在我们的新家庭里操作。我和杨,和那些奴隶们分担着愁苦与贫穷。我开始了解奴隶们,我已经懂得他们的语言了。

　　"自然这种操作是我所不能胜任的。如果不是杨常常给我鼓励和安慰,如果不是那些奴隶们给我真挚的同情和帮助,恐怕我早已跑回家去了。母亲原先就料到这一层,她说:'我相信你

没有勇气跟家庭脱离关系,你出去不到一个星期就会回家来哀求我的宽恕。'

"但是我终于忍耐着支持下去了。渐渐地我习惯了这种生活,而且在这种生活里,在杨的爱情和信任里,在众人的同情和帮助里,我感到极大的快乐。这是我从前做贵妇人的时候所不曾感到过的。

"我和杨开始努力来改善奴隶们的生活:我们帮助他们求得知识,减少他们的困苦;我们使他们互相亲爱,互相了解。我们的理想是,使他们全体变成一个大家族,用全体的力量来谋大家共同的幸福。

"于是一种新的宗教起来了。杨和我并不是新宗教的创造者,我们不过是它的信徒。我们得到了一些忠实的帮助者,这都是杨的朋友和同学。

"渐渐地新宗教在奴隶们中间传布出去了。它已经得到了不少的信奉者。而且我们的努力也有了效果。奴隶们的生活已经略略改善了,困苦也稍稍减少了。我们正在高兴我们没有白费我们的光阴和精力。

"然而另一种努力发生了。酋长,贵族,高等人物看出来新宗教的存在对他们的统治不利;他们知道奴隶的知识增加、奴隶的生活改善是对他们大不利的。因此他们便努力来制止新宗教的传布,而且加强对奴隶们的压制。这种努力的领导者中间有一个就是我的父亲。

"我们的努力横遭摧残了。奴隶们的境遇比从前更困苦了。他们如今简直沉沦在黑暗的深渊里。许多人因为不能忍受困苦而自杀,许多人被繁重的工作压倒而病废。整个岛国被奴隶们的哭声淹没了。只有在宫殿里的酋长们,在府第里的贵族们,在别墅里的高等人物们才听不见奴隶们的哭声。每个奴隶在做完了一天繁重的工作以后，都含着眼泪跪在地上，虔诚地祈祷一个救世主降临来解救他们。

"在这些日子里我们的生活是最痛苦的。每天晚上杨带着疲倦的身体和阴郁的面貌回到家里来，总要用拳头打他自己的胸膛。我们不说话，彼此望着，两个人的眼睛都被泪水润湿了。在这时候周围的奴隶们的祷告声和哭诉声高响起来，我们好像沉在血泪的苦海里面了。于是一种尖锐的哭声突然响起来。我们知道又有一个或者几个奴隶死了。

"在这种时候我的杨常常抓起一把菜刀，或者拿了一支手枪，他要在深夜跑出去。他并不说话，但是我看见他的脸色，我就知道他要去做什么事。我便死死地挽住他，不要他出去。我又苦苦地向他解说我们所负的责任。他的激情终于渐渐地消退了。他长叹了一声，便把武器放下了。

"然而我们并没有绝望，我们仍然在困苦的环境中做那长期奋斗的工作。我们，我和杨，还有杨的朋友和同学。

"但是另一个大事变爆发了，这是我们完全没有料到的。原来在那些高等人物中间起了纠纷。其中有一种自称为高族的人竟然乘着岛国奴隶们陷入苦海里的时机，勾结岛国的酋长和贵族派兵来占领这个岛国的奴隶区域。高国离岛国最近，所以在很短的时期中他们的兵舰就把岛国包围了，他们的军队就在岛国登岸了。

"岛国的酋长和贵族们好像不曾看见这件事，他们一点也不作声让高国的高等人物们横行，因为奴隶区域被占领，其结果不过加重奴隶们的负担，使他们在两重压迫下面讨生活，对于岛国的酋长和贵族们是没有一点损害的。

"然而对于奴隶自身,高国的占领却是对他们的致命的打击。不管他们在平时怎样地屈服,怎样地只知道哭泣和祷告,这时候在杨和他的朋友们的鼓舞下,他们起来保护自己抵抗外来的侵入者了。

"是的,他们在最初也和别的国度里的奴隶一样,只是惶恐地向酋长和贵族们哀告,要求那班人保护他们,直到后来看见他们的哀求完全白费了,他们才想起自卫的一条路。但是这时候如果不是在圆街发生了大屠杀来刺激他们,他们也不会那样勇猛地战斗的。

"说起圆街的大屠杀,至今还使我的心里燃起憎恨和复仇的火焰。我想人对于人的残酷恐怕再没有比这个更厉害的了,便是你所叙述的'波格隆'时代反动统治者对犹太人的杀害也远不及它。

"在一个无月的夜里,住在圆街的奴隶们都已经睡熟了。大队的高国军人突然冲进了圆街,立刻把这条街占领了。然后他们打破每一家的门户,把所有的男人捉出来,赶到邻近圆街的一个广场上,用机关枪来扫射。一排一排的人死了,尸体压着尸体。老人和小孩也都死在那里。有三四个小孩逃走了,却被他们捉住一个,用刺刀在他的身上乱戳,让他呻吟哀号以至于死。

"于是女人的恶运到了。所有圆街的女人,不论老少都被他们奸污了,或者轮奸,或者残杀。他们的兽欲发泄尽了,便把被奸的女人刺死,然后点燃火把所有的房屋烧光,让那些未死的女人活活的葬身在火窟里。

"这个夜晚我们还没有睡,我们正在和一些奴隶谈话。两个小孩跑了来,他们哭着叫喊:'圆街完了!高国军队来了!我的爸爸、哥哥都被机关枪打死了。妈妈也被他们捉走了。'他们刚刚把话说完,便又有几个人跑来报告圆街的消息。接着我们就看见天空的火光。北方的一部分天空已经变了颜色。'火!火!火!圆街完了!'几个女人哀声叫着。杨正在注意地听着那两个小孩的详细的叙述。

"我有点不相信他们的话,然而天空中的逐渐蔓延的火势却又证实了他们所报告的事实。我的心开始战抖起来。在和平的地方用机关枪屠杀和平的人民,奸污妇女,烧毁房屋,不管圆街跟这里还隔了许多条马路,不管我的眼前还现着怎样和平而悲哀的景象,这大屠杀的消息也可以使我的血沸腾,何况在短时间以后圆街的大屠杀惨剧就会搬到这里来重演呢!

"我望着火势,我仿佛还听见许多女人的哀号,我的眼前现出她们的挣扎的景象,我觉得我自己马上就要躺在她们中间了。我起初略有点恐怖,以后憎恨就迷住了我的眼睛,我在心里发出恶毒的诅咒,我诅咒那些屠杀者马上灭亡!

"我们这一带立刻起了大的骚动。杨出去几次,又走了回来。他和许多人谈过话。我们在一个紧急的会议里,决定了行动的计划。

"不久又有人来说和圆街邻近的月街也起了火,屠杀者的军队已经侵入了星街。那几条街的人都逃到我们这一带来了。一霎时哭声震动了空气。我们好像到了维苏威火山① 爆发的时候了。

"不久星街又起了火。高国兵士狂欢地向着云街进发。我们焦急地听着这个不祥的消息,我们还没有准备好,我们只得让

---

① 维苏威火山:在意大利南部,公元79年火山爆发,把山脚下的古城庞贝整个埋在灰堆里面。

他们去蹂躏我们那些和平的兄弟。

"后来杨回来了。他告诉我,我们已经在池街准备好了。池街接连着云街,他们不能够再畅快地前进了。果然他们进了池街就遇到我们的埋伏。这一次算是替圆街的遭难者报了仇:我们的队伍虽然没有锋利的武器(我们只有菜刀、铁棒、锄头和很少的手枪),但我们却出其不意地把他们全部解决了,他们带来的新式武器也都给我们缴获了。于是我们的临时集合的队伍便向云街前进,一直到了月街,一面救熄了星街和月街的火。

"这个胜利的消息传到后面来的时候,所有的奴隶们,甚至丧失了房屋和家人的,也都一致欢呼庆祝。在他们的眼里自由的幻象从没有显得像这样美丽。在愁云笼罩着的奴隶区域里从来就看不见人们笑语作乐的。这一次表现出来:所有的奴隶一心一意地团结起来抵抗外来的屠杀者了。

"这次的胜利自然是空前的。不但那些屠杀者和高国的高等人物没有料到,便是岛国的酋长和贵族们也万万料不到。然而胜利的结果一方面引起了岛国酋长和贵族们的妒忌,另一方面又招来高国军队的更残酷的屠杀。

"屠杀者的军队又登岸了。他们带了最新式的武器向着奴隶区域进攻。奴隶们在杨的领导之下尽力抵抗。他们拿肉身来对付炮弹,不顾一切牺牲地为他们的自由战斗。一批人死了,又添了一批新的。他们一步也不肯退让。他们不再是顺从的奴隶了,他们如今是勇敢的英雄。

"在这种顽强的抵抗下,屠杀者的枪炮都没有用了。屠杀者一连进攻了三天,都不能够进占一寸的土地。他们便用硫磺弹焚烧奴隶区域内的房屋,他们又用飞机乱丢炸弹,杀害奴隶的家属。他们躲在安全的天空中或者远地方,却用精良的武器杀害无抵抗的妇人小孩,这些又卑劣又残酷的东西!

"在我们这个奴隶区域里到处都起火了。虽然我们努力救火,也没有多大用处。硫磺弹不住地飞来,没有一个时候停止过。飞机也常常掷下几百磅重的炸弹。每天总有几十处起火,许多房屋被烧毁,许多人被炸死。到处躺着死尸,已经来不及掩埋了。在前线的人也是大批地伤亡。

"我们的阵线实在守不住了。我们的队伍死伤的太多了。他们不敢和我们面对面地作战,他们只是用飞机炸弹和硫磺弹来屠杀我们。我们的肉身究竟抵抗不住。而且每条街都起了火,每条街都堆着尸体。食物的来源断绝了,饮料也缺乏了。整个奴隶区域里,秩序很混乱。我们的队伍只得往后退了。于是他们在大炮的掩护下追过来,很快地就把奴隶区域占了大半,继续他们的屠杀。

"我们又勉强支持了一天,他们终于把全部区域占领了。所有参加战争的人都免不掉一死,除了极少数投降的而外,没有一个活着。

"我们的抵抗完全失败了。我跟着杨和几个朋友退到最后的一条街。杨还在计划反攻,但已经没有一点办法了。我们的眼前尽是黑烟,脚下是碎砖破片和死尸。到处都有屠杀者的欢呼和我们姊妹们的哀号。

"我恐怖地、激动地拉着杨,要他跟着我逃出去,他一定不肯。在这争执中我才发觉他已经受伤了,是在胸部。我拉着他走进一个没有了主人的人家。他的几个朋友留在外面阻拦那些追来搜索的高国军人。我使他睡倒在床上,我解开他的衣服,那已经被血浸透了。我打算去找点水来给他洗伤。他却用他的微微战抖的手拉住我,不要我走。他用急促的声音说:'里娜,你不要去,我已经没有希望了。……我并不怕死,只是我失败而死,我很不甘心。……你不要思念我,不要为我哭,你应该为那许多人哭,那许多人,已经死了的,和以后要在更屈辱的境地中生活的。……你应该继续做我的未完的工作。……不要把你的青春浪费在悲哀和痛哭里。……完了,我们失败了,他们胜利了,在我们贡献了这么大的牺牲以后!……这个思想我实在不能够忍受!我信赖你,你要答应我:你会替我复仇,替这许多人复仇,你会使我的理想实现!……他们要来了,你快点走罢!不要管我!……我还要求你一件事:如果将来有一天你会找到我的尸首,请你把它抛到海里去。把我的尸首拿去喂海!我的憎恨是不会消灭的,我会使海咆哮得更厉害,颠簸得更凶猛!……倘使将来你不能够替我们复仇,赶走那些屠杀者,建立起我们的自由国家,实现我们的新宗教……我自己也会借着海的力量把这奴隶区域全部淹没。'

"我感动地听清楚了这些话,我把他稍微扶起来。我对着他发誓要照他的愿望做。他的脸上露出一个笑容,就倒下去,把眼睛永闭了。我用全个心灵去哭唤他,都不能使他醒过来。我的杨就这样地死了。

"我俯下身子,抱着他的尸体。我狂吻他的还有热气的脸。我哭唤他。我流了许多眼泪在他的脸上。我一生从没有像这样地痛哭过。这时候我忘记了外面的一切:枪声,呐喊声,狂欢声,哀泣声,呻吟声。

"天渐渐地黑了。我突然离开杨的尸体站起来,我已经没有眼泪了。我开了门,把头伸出去往外面看。眼前是一片红光,隐约地照见几个人影。那是一些奴隶。没有高国军人走近来,虽然他们的欢呼声还不断地送到我的耳边。杨的几个朋友已经看不见了。我大胆地唤了两三声,不见人答应。偶尔有几粒枪弹或碎瓦片在空中飞过。我又掩上了门。我拿一床破被褥裹住杨的尸体,然后出去叫了一个奴隶来。他起初还不敢听从我的话把这个包裹扛出去。但是他知道了这是杨的尸首,他就不顾一切地把它扛在肩头跟着我走出去了。

"我们踏着瓦砾走,一路上不敢说一句话,怕被高国军人听见。我们总是择着火势较小的街道走,然而不得不穿过两三条正在焚烧的街道。眼前是一片火光,我不能够分辨出前面的路来,街上到处都是死尸。空气非常闷热,又带恶臭。更可怕的是葬身在火窟里逃不出来的人的惨痛的呻吟。我们勉强找一个空隙走过去,但终于被火焰阻回来。在后面又起了喊杀的声音。我们没有路可走了:不是和杨的遗体同葬在火里,就会落在高国军人的手中。这是最紧要的关头。为了杨的缘故,为了他的事业的缘故,我们必须冲过去。我把这个意思告诉那个奴隶。他很感动。他叫我紧紧跟着他,让他试试看。

"我们冲过去了。我觉得一脸一身都是火,然而我并没有受伤。我的头发稍微焦了一点,那个奴隶差不多全身着了火。他一直冲到一条僻静的街道,便倒在街上乱滚,才把身上的火弄灭了。裹尸的被褥也着火了,我们抛弃了它。他扛着尸体继续往前走。

"我的头昏了,身体也很疲倦,如果不是一个理想支持着我,我已经倒在地上了。我忍耐着一切,继续朝前走。在路上我看见了几个尸体,他们都是杨的朋友。他们一身血污,都是新近被杀死的。奴隶中的英雄们就这样地灭亡了!

"路上我们还遇着几个高国军人,但我们都想法避开了。我们又遇见两三个奴隶,他们向我打听杨的下落。他们知道了杨的死讯，便哭着说：'我们的房屋烧光了！我们以后拿什么来生活？杨死了，还有谁来帮忙我们？高国军队来了，我们一辈子永远没有出头的日子了！'

"我没有回答他们。我只有陪着他们流泪。我望着他们的憔悴的瘦脸，我的心痛得厉害。我想难道我们就只有哭的权利吗？我抬头望天。天空被一片火光笼罩着，我找不到平时的那个蓝天了。不远处传来高国人的欢呼，奴隶们和女人们的呻吟哀号。我觉得我的心会因憎恨而破裂了。我反复地自问：'正义在什么地方？'但我却得不到一个回答。我偶尔把眼光落在街心的死尸上面。有几具死尸已经被烧得没有一点人样了，身子紧缩着，成了一堆骨头，头离开了身体，而且变得很小。我把眼光落在那上面，我的耳边仿佛响起了什么东西烧焦的声音。我再想到那些人当初活着的时候，我曾经和他们在一起生活、谈话、往来，那时他们和我一样都是有血有肉的人。我这么一想我的心又抖得厉害了。憎恨又迷住了我的眼睛。我对自己宣誓说：'倘使这个世界不翻转过来，倘使这些人的悲惨的命运得不到补偿，倘使他们的牺牲得不到一点代价，那么人间就永不会有正义了。然而我是要使这正义实现的。我还活着，我要来继续杨的事业，我要使杨的努力不致成为白费。我要来勇敢地实践我的誓言。'

"我觉得我好像又从死亡中挣扎出来了。我在我的身上发现了无比的勇气，我以为我可以抵抗全世界的恶了。我便催促那个奴隶加快脚步走。我不再害怕遇见高国兵士了。

"我们又走过许多条街，终于走出了奴隶区域。我们到了海边了。我们又沿着海岸走，到了目的地时已经过了午夜了。那个奴隶把杨的尸体交给我。他对我说：'这是杨的身体，我对于他算是尽了一点力,尽了这一点我所能够为他尽的力。他是我一生最敬爱的人,我……'他的声调突然变了。他立刻倒在沙滩上,滚了几下就不动了。我知道这个人把他的生命献给杨了。我感动得不能够多说话。我含着眼泪望着他,我接连说:'我是知道感激的,我决不会使你的牺牲成为白费!'

"然而现在我倒真使他的牺牲成为白费了!在他死后的这几年,在杨死后的这几年,我还没有做出一件事来。提到这个我只有心痛!

"于是我掉头去望海。海面上是黑沉沉的一片,望不出一点儿边际。东北角上有些高国兵舰不时在放射强烈的探照灯光。波浪汹涌,带着巨大的声音接连打击海岸和沙滩。大部分的沙滩已经被淹没了,但是海浪还在向前涌。我望着那个开始咆哮的海,我想起了杨的最后的遗言。我现在就要拿杨的身体来喂海了。我紧紧抱着他,在他的脸上狂吻了许久。终于我横了心肠把杨的身体抛下海去。我看着他的身体在海面上漂浮,突然被一个大浪卷了去就看不见了。我又把那个奴隶的尸体也抛到海里去。在一瞬间,这两个为自由牺牲的战士的身体就消失在海里了。

"我许久望着海,我想从那里看出一些变化来。然而那里只是黑沉沉的一片。海固然还在咆哮,还在颠簸,然而并不是那样厉害,那样凶猛,它决不能够把奴隶区域淹没。在吞食了这两个为自由牺牲的战士以后,海还是和以前一样,没有一点变化。

"我等了许久。海却逐渐地变了颜色,天快亮了。我站在海边,好像是做了一场大梦。杨的身体没有了,那个奴隶的身体也没有了。我的手上还有血迹。我觉得杨的血还在那里燃烧。这不能够是梦。我又回头去望奴隶区域。那里还被黑烟笼罩着。

于是一幕一幕的惨剧又在我的眼前出现了。

"杨的一生就这样地完结了。除了在我的心里和手上外,我再也找不到他的遗迹。我再注意地去看海。海面似乎更平静了。我不能够知道海的秘密。我的心痛得厉害,我的精力几乎因失望而消失了。

"时候还早,可是我不能够再留在海边了。我便转身回去,回到那开始活动起来的街市里去。我先走到贵族区域。在红木修砌的马路上跪着一排一排的奴隶,他们在那里祷告,在那里呼吁。我的眼前尽是些愁苦的脸。我走过他们的身边,几个人拉着我的衣裙哭诉道:'完了!我们什么都没有了!我们的家,我们的亲人,我们的一切全没有了!我们以后怎么办呢?有谁来救我们?杨呢?我们的杨呢?他还活着吗?他们不曾伤害他吗?'从声音里,从面貌上我都知道他们一夜没有睡觉。他们大概已经在这里跪了一个整夜了。

"我咬紧嘴唇皮,过了许久,才吐出一句话:'杨死了!'我还想和他们多谈几句。然而巡捕来了,来赶他们去服侍贵族和高等人物去。他们听不到我的别的话,我已经把他们的希望打破了。

"他们中间有几个人还带着眼泪回头来望我,像要和我说什么话似的,但也没有说出来。我的眼光和他们的对射着。我忽然明白了他们的意思。他们好像在说:'如果将来有一天你来继续杨的工作,你看,我们也会抛掉一切来跟随你。'但是这样的人太少了。大多数的人都低下头不作声,像牲畜一样地被巡捕赶着向前走,赶进每个贵族的府第去,高等人物的别墅去,酋长的宫殿去。

"我望着,望着,我的心里充满了愤怒。我看了看我的手,可

33

惜两只手都是空的。我没有武器。我只得瞪着眼睛让巡捕把他们赶走了。至于巡捕呢,他不敢看我,因为我究竟是一个高等人物。

"我沿着红木的马路闲走,我想找到一个可以和我谈话的人。然而马路上异常清静。每个府第和别墅的巍峨的大门关住了里面的一切。每一家门口都有一个巡捕站岗。在十字路口有两个高等国度的兵士执着枪立在那里。偶尔有一辆高国的铁甲车在路中间驰过,或者一个高国兵士掮着枪在人行道上闲走。空气是十分安静,我万想不到就在这附近的地方会发生这几天来的大屠杀。我疑惑我是在做梦,我便想象着几天以前的奴隶区域里的景象。我向着奴隶区域走去,我以为我会看见我平时熟识的人和熟识的地方。

"我走完了红木的马路,我便走进奴隶区域了。在交界的地方驻扎着一小队高国兵士,我经过,并没有被他们留难,因为我是一个高等人物。有几个奴隶不知怎样触怒了他们,被他们缚在电线杆上痛打。

"我走进去了。我信步走着,因为我已经辨认不出来街道了。我的面前横着烧焦的断木和破瓦,堆得相当高。我站在瓦砾堆上,引目四望。没有什么东西阻拦我的眼光。完好的房屋都没有了。到处都是瓦砾堆。有几间房屋还剩了个空架子,里面完全是空的;有的房屋倒塌了,只剩下一堵墙壁。有几条街上还留着孤零零的几间房屋。

"我认不出哪里是圆街,月街,云街,池街。我胡乱走着。我踏着瓦砾堆,有些地方还有热气。我非常小心,怕踏着没有爆炸的炮弹。在一堵墙壁下面躺着一具尸体,身上涂满了血迹,是新近被杀死的。离这尸体不远,有一个女人的尸体,她仰卧着,我看见了她的脸。我认识她,这个年轻的女人。她的住处和我们隔得很近。她时常提着篮子帮我到市场去买菜,提着桶到广场去提水。这个活泼可爱的少妇,她出嫁不到两年,现在却躺在这里了。她的脸白得像一张纸,她的眼睛闭着。她的嘴微微张开,里面还有血在流。她的身子赤裸着,下身尽是血。我想唤她的名字,在平时我们太熟习了。我的脑子里还深映着她的活泼的姿态。但是眼前的一切把我的幻象打破了。她躺在那里,也不动一下。我不能够再看她了。泪珠迷了我的眼睛,我把手按住胸膛,毅然往前面走了。

"在路上我仿佛听见一个熟习的女性的声音:'里娜,'好像那个女人在后面唤我。我掉过头,没有一个人影。她的尸体静静地躺在那里。忽然我被一个痛苦的思想压倒了。我非常后悔,我悔恨我来迟了。我想要是我早来一些时候,我还可以把她救出来,我还可以使她免掉那惨痛的命运。然而现在太迟了。如今出现在我的眼前的不是她的活泼的姿态,却是她的流血的嘴。她的嘴张开,好像在叫着复仇。

"我走在路上,我的脑子里装满了复仇的思想。这个女人的死给我带来更大的激动。杨死了,但是他把未完的事业交付与我,我还有安慰他的机会。至于这个女人,我拿什么来安慰她呢?拿什么来补偿她所贡献的牺牲,洗涤她所遭受的凌辱呢?她死了!我不能够帮助她,不能够拉她起来向她絮絮地宣传我们的新宗教,说将来一切都会翻过来,被践踏的会得到安乐,做奴隶的会得到自由。这些话如今都没有用了。我无论做什么事,说什么话,都不能够安慰她了!我憎恨,我悲痛。我觉得一种破坏的激情快要在我的身体内发生了。我想毁灭一切,把整个奴隶区域毁掉。不让那些高国的占领者留下一个。但是我从什么地方去找武器呢?

"我走在路上,我用憎恨的眼光看周围的一切。一队高国兵士在瓦砾堆上走过去了。几个奴隶躬着腰在瓦砾堆里挖掘。一个老妇坐在她的成了废墟的家门前低声哭泣。另一个女人牵了两个孩子找寻她的失去的丈夫。几个老人一路上摇头叹气。最悲惨的是一个十多岁的孩子,他守着一具烧焦了的尸体痛哭,却被一个高国兵士在他的手臂上戳了一刺刀。

"我走着,一路上遇见不少的奴隶,都低着头不说一句话,好像尽是些影子。一个奴隶带着笑容恭敬地听一个高国兵士说话;另一个高国兵士领着五六个奴隶在搬运东西。

"我走到那些比较完整的街道。那里驻扎着大队的高国兵士。他们有刺刀,有手枪,有机关枪,有大炮。我看见一些奴隶在服侍他们,但里面却没有一个女人。

"我又往前面走,我走到最后的一条街。街上到处留着血迹,已经成了黑红色。每一个人家都住了高国兵士,所有的大门开着,有些兵士在里面唱歌。我走过一家门前,我认得那是杨绝命的地方,但那里也被高国兵士占领了。整个奴隶区域里已经没有一块干净的土地了。便是屈服了的奴隶也只得栖息在断壁颓垣下面,他们有的那一点东西也给高国兵士拿走了。更悲惨的命运在前面等待他们。对于他们,我只有怜悯。

"我走出来,路上遇着几个高等国度的军官,他们兴高采烈地谈论着,每看见悲惨的景象,总要发几声笑语。他们好像在看演戏,没有一点同情心。一个奴隶低着头走,不留心撞到一个高大的军官的身上,他连忙向那军官谢罪,却被军官一脚踢倒在地上,那一只沉重的马靴!我看见那个人抚着伤痕,默默地挣扎,半晌爬不起来。然而军官却得意地对同伴说:"'这种奴隶真应该让高国人捉来像猪一般地宰杀!'便扬长地去了。

"我站在旁边看着这一切,我的心痛得太厉害了。我并没有安慰那个奴隶,因为我知道这时候话没有用处,我不能够做一个虚伪的慈善家。我曾经和他们在一起生活过,然而如今我眼睁睁看着他们沉沦在黑暗的深渊,却不能够拯救他们。我太脆弱了。

"是的,我太脆弱了!我不能够帮助那些奴隶,我不能够加害于那些屠杀者,占领者。在反抗运动失败,大批的奴隶被屠杀,我的杨殉了道以后,我却靠着贵妇人的资格回到被占领的奴隶区域来,旁观着失败的奴隶们的悲惨生活和胜利的占领者的残酷行为。我太脆弱了。

"我走出了奴隶区域,好像离开了一个地狱。我又走进红木的马路。这时候马路变得非常热闹了。许多汽车接连地飞驰着,成了两根不断的线。汽车里坐的尽是贵族小姐和高等人物,或者贵妇人和贵族少年。每个宫殿、府第和别墅里面都传出来音乐声,每家门口都站了两排奴隶,恭敬地伺候客人的出入。到处是男人的笑声和女人的娇语。我现在走进另一个世界里面了。

"是的,在这个地方竟然分成了两个世界。人们是并不互相关联的。奴隶们在那边流血,哭泣,受侮辱;而酋长、贵族、高等人物却畅快地在这里笑乐。我起初有点不了解,但是不久我想起先前听见的一句话:'这种奴隶真应该让高国人捉来像猪一般地宰杀,'我也就明白了。对于奴隶们,同情和正义是不存在的。这些'东西'是专为另一些人设的。一切的希望都断绝了。留在这些人中间没有一点用处,他们不会出来站在奴隶一边跟高国的占领者作斗争的。奴隶们的命运只有靠奴隶自己决定。然而

37

在这次反抗运动失败以后,奴隶中间的英雄已经死光了,剩下的一些人都没有力量来继续斗争。

"完了,我们的希望就这样地完结了。我不知道应该怎样来实践我的誓言,我已经无法继续杨的工作了。"

她说了这许久,才住了口,接着长长地嘘了一口气。

她的叙述引起了我的悲哀,我的愤怒,我的同情,我的眼泪。我竟然忘记了自己,我仿佛就是她的叙述中的主人公。直到她闭了嘴,我才从另一个世界里醒过来,我才看见我依旧在船上,在我的前面是漆黑一片的海。这里并没有高国兵士,也没有奴隶。只有她,一个贵妇人。但是她的存在给我证实了她所叙述的一切。

我很想知道她的故事的结局,我很关心那些奴隶们的命运。我很希望她马上接着说下去。我害怕她的嘴一旦闭上就不再张开。我焦急地望着她的脸和眼睛,那上面好像罩了一层薄雾,我不能够知道她这时候的心情。

忽然她把头掉过去大声对着海说:"海,你既然咆哮得这么厉害,颠簸得这么凶猛,为什么你不起来把那岛国的奴隶区域淹没呢?海,你把我的杨的身体怎样了?为什么不让他来实现他的约言呢?现在我的力量已经用尽了!我在这个世界上找不到正义了!"

这些话好像一瓢冷水泼在我的头上。我也掉头去望海。海是那样深沉,我不能够知道它的秘密。我还不能不想到那奴隶们的故事。我感到一种恐怖,我又感到一种绝望的愤怒。我等待着海浪高涨起来吞掉我们的船,吞掉这个没有正义的世界。

四 "怒吼罢,奴隶们哟!"

"以后的事情怎样呢?难道奴隶们的命运真是无法挽救的吗?"我这样问道。

她起初不回答,好像没有听见我的问话似的。后来她把脸向着我,她的脸上闪耀着一种奇异的光。她加重语气地说:"我做了。我成功了。我实践了我的约言。"

"你成功了?"我惊喜地问。我不相信她的话,她的话来得太突然了,我完全料不到。而且她的脸上没有一点笑容,脸色是那样阴沉,这又引起了我的疑虑。

"是的,我成功了。我把高国的占领者完全消灭了,"她愤怒地说。"几年过去了,奴隶区域渐渐地恢复了从前的状况。不,比从前繁荣得多,因为它已经是高国的占领区域了。巍峨的大厦里住着高国人。在大厦后面是几排窄小的楼房,在那里奴隶们依旧哀诉着他们的悲惨的命运。我回到那里去了。我终于唤起了他们。我又一次把他们组织起来,像杨从前所做的那样。他们都愿意为自由牺牲。他们决心起来跟占领者拚命。于是在一个黑夜里——"

她停了停,用手压住被风吹散开的头发,然后接着说下去:"是的,在一个黑夜里,奴隶们全起来了。我们突然向高国的占领者开始攻击,恰像他们从前攻击我们那样。他们没有一点防备,这一次他们的锋利的武器没有用了。他们抵挡不住我们的进攻。许多房屋起火了,这是我们自己烧起来的。我们焚烧了自己的房屋,断了自己的归路,表示决心要跟占领者拚命。我们胜利了。高国兵士完全溃散了。他们变成了胆小的懦夫,跪着向我们求饶。我们认识他们,他们就是几年前屠杀过我们兄弟姊妹的那班东西,没有一个不是的!我们不能够忘记,受害者的血还在我们的身上燃烧。我们不能够放过他们,让他们有时间去准备第二次的大屠杀。于是又经过一场战斗,我们就得到了最后的胜利。我们把占领者完全消灭了!"

她的脸忽然亮了一下,她又说:"这时候岛国里再没有奴隶了!所有做奴隶的都离开了红木的马路,回到了自己的区域,住在占领者的大楼里面。没有一个人肯去服侍酋长、贵族、高等人物了。没有一个人再愿意做奴隶了!"

"真的?"我又惊喜地问。"那班人又怎么办呢?他们不会来干涉吗?他们没有奴隶是不能够生存的。"

"他们来干涉,来攻击,都没有用!因为这时候奴隶们已经变成强者了。他们战胜了高国的占领者,他们又战胜了一切的攻击者。"

"那么那些高等国度呢?它们不会像高国那样派遣军队来吗?他们又怎样抵抗那许多军队呢?"我关心地问。

"然而我们终于胜利了。我们把一切的敌人都消灭了,因为我们变成了强者。我们用自己的血争到了我们的自由。从这时候起岛国里再没有酋长、贵族和高等人物,也没有什么奴隶。都是一样的自由的人!杨的事业完成了。他的理想实现了!"她说到这里又长长叹了一口气。

"居然有这样的好事情!为什么我从来不曾听见说过呢?"我欢喜得差不多要跳起来了。

她不回答我,却又掉过头去看海。

"这样重大的消息,为什么我以前一点也不知道?那个新的国家如今还存在着吗?"我欣慰地问道,我急切地等待着她的回答。

她许久不说话,忽然掉过头来,仰望着天叹了一口气,慢腾腾地回答道:"那个国家只是在我的理想里面。那只是一场梦。"

我不懂她的意思。她的态度是很严肃的。她决不会和我开玩笑。但是她刚才说的那些话又是什么意思呢?我开始在猜想。可是她又说话了:

"我方才说的一番话不过是我的理想。那真实的故事是没有结局的,因为现在我们并没有胜利。岛国的奴隶区域依旧被高国兵士占领着,奴隶们依旧在酋长、贵族、高等人物的三重剥削下面讨生活,依旧在高国兵士的枪刺下面哭泣、呻吟。"

"什么?这个消息是假的?这不过是你的理想吗?啊,你把我欺骗了!"我因为绝望而愤怒了,我忍不住这样地责备她。

"为什么欺骗你呢?"她冷静地说,但我看得出来这冷静只是表面的,她的心里有什么东西在燃烧。"这样的事本来是做得到的,只要奴隶们下决心,一致团结起来反抗暴力,他们一定会得到最后的胜利。是的,我相信他们一定会胜利。"

她停了一会,又换了一种语调继续说下去:"然而事实却不是这样。奴隶们似乎被大炮和机关枪吓得不敢抬头了,再不然,就是他们已经倦于斗争了。我没有方法唤起他们。……我这许多时候并没有懈怠过我的工作,我并没有浪费过我的光阴。我确实尽力做了我所能够做的。我继续生活在他们中间,和他们接近,用尽力量去鼓动他们。我对他们谈起杨的故事,谈起大屠杀的故事,谈起高国兵士怎样占领奴隶区域的故事。我又对他们谈起杨的宗教,以及奴隶们怎样可以变成强者的故事。我对他们谈了许多、许多。可是我并没有得到回音。他们渐渐地不敢亲近我,不敢相信我了。我差不多被他们当作一个不祥的女人,好像我不会给他们带来幸福,只会带来灾祸似的。

"我愈来愈孤独了。在奴隶群中间我是孤零零的一个自由的人。自由吗?呸!在我周围的众人都做奴隶的时候,我怎么会得到自由!我应该说我愈来愈感觉到不自由了。我差不多找不到一个可以和我谈话的人。我的周围的确只有一些奴隶,身心两方面同时屈服的奴隶。

"从前的时代是不会再来的了。那些懂得自由的奴隶中的英雄差不多完全牺牲了,他们死在那次大屠杀中。剩下的一些人都是甘愿在高国军人和岛国贵族的双重统治下面低头的。为了个人的身家性命,为了卑贱惨苦的生存,他们居然会出卖一切。'反抗'这个名词变成了不祥的咒语,再没有谁敢站起来做一个自由的人。

"我在这种环境里工作了两年。结果我只得到十几个同情者。是的,十几个同情者。他们是很勇敢的,他们了解我,同时也懂得自由,愿意为自由牺牲。但是单单十几个人又能够做什么呢?

"希望愈加淡了。在这些日子里我每天晚上都要走到海边去。我去看海,去看我的杨是否会实践他的约言。

"每晚上在海边我都看见同样的景象:一片黑漆漆的海面,海不住地咆哮、颠簸,有时候也显得很可怕。可是决不能够使人相信它有一天会怒吼起来把整个奴隶区域淹没掉。

"每晚上从海边回来,我就好像落在冰窖里一样。我常常连走路的勇气也没有了。我走过高国兵士的营房,总要听见欢乐的淫秽的歌声。在大街上时常有高国人鞭打奴隶的事。奴隶们整天地被凌辱、被践踏,受饥寒,吃鞭打,给人服役,比从前还悲惨,然而他们现在连诉苦的胆量也没有了。他们走在路上,缩着颈项,或者低着头,不说一句话,或者露一个疲倦的不自然的笑脸。他们不像是人,只像一些影子。

"在这种情形下面,我实在不能够忍耐了。我每次、每次对自己说:'等着罢,将来总有一天什么都会翻转过来的。'但是我已经等了几个年头了,而希望还是那样渺茫,情形甚至比以前更坏。

"我们,我和那十几个同情者实在不能够再等待了。我们决定不再做那种徒然的唤醒奴隶的工作了。我们愿意把生命拿来作孤注一掷,做一次痛快的尝试。我们要用这十几个人的力量来完成杨的志愿,我们要跟高国的占领者拚命。

"我们差不多要准备完全了。然而一个黑夜里,又是在黑夜!我得到消息:我的十几个同情者全被捕了。同时还有五六个高国兵闯进我的房间里来搜查。所有的书报、文件都被他们翻看了,他们找不到什么证据。一个军官半客气、半命令地对我说话,要我马上离开奴隶区域。

"我问他们为什么要我离开。他们并不说出理由。我和他们争辩,但也没有用处。我骂他们,他们竟然像没有听见。

"后来他们'护送'我离开我的住所。他们还'陪伴'我到船上。他们强迫我离开了岛国。他们口口声声说护送,说陪伴,而事实上我却被他们放逐出来了。

"离开了岛国,我又到过不少的地方,在那些地方也有我可以做的工作,在那些地方也充满了压迫和惨痛,在那些地方也有着像奴隶一类的人。然而无论什么时候我总不能够忘记那个岛国和岛国的奴隶区域。我更不能忘记的是那十几个被捕的同情者的命运,以及那许多、许多匍匐在双重统治下面甚至不敢呻吟诉苦的奴隶们的命运。我每想到这些,我就恨不得马上回到岛

43

国去。然而在我和岛国之间不仅隔了几道海洋,而且还隔了种种人间的障碍。在那里已经没有我立足的地方了。

"我常常对自己说:'忘掉罢,忘掉那岛国的事情罢!为什么一定要去实践你的约言呢?世界是那样大,你可以工作的地方也很多。你何必一定要到那岛国去继续杨的工作呢?'然而这也没有一点用处。女人的心是不容易忘记什么的。那憎恨已经在我的心里生了根了。而且当我打算忘掉旧事的时候,那一切,杨的面貌,许多奴隶的面貌,连接的瓦砾堆,烧焦的尸体,朋友们的血,少妇的赤裸的身体和那像是在喊叫复仇的嘴,那一切都非常明显地出现在我的眼前。我不能够忘记,我什么也不能够忘记!

"在报纸上我常常读到岛国的消息,总是充满着不幸、惨苦和血泪。奴隶们的不幸,奴隶们的惨苦,奴隶们的血泪已经越过了几道海洋而到达我的身边了。无论我走到什么地方,我都会知道岛国的消息。差不多每一天的报纸都要带来一些新的血泪。高国兵士的压迫,岛国酋长、贵族以及高等人物的剥削,这些只是继续不断地增加。奴隶们的负担比在任何时候都更重。这时候整个岛国真是被奴隶们的血泪淹没了,从那血泪的海中还时时透出一些占领者和剥削者的欢笑声。

"我实在不能够忍耐下去了。我决定要回到那里去,要不顾一切地回到那里去。即使那里只有死留给我,我也要回去。

"我果然回到岛国去了。当我看见海边新建筑的高楼和插在高楼顶上的高国国旗时,我的心里不知道是怎样地激动,我恨不得马上就上岸去,马上就做出一些事情。然而我的计划都成了泡影。我一走上岸,就受到高国兵士的接待。他们把我拘留了几天便又用原船送我离开了。第二次我回来连上岸的机会也没有。但是我并不灰心。第三次我终于成功了。我到了岛国,上了岸,没有人知道。

"在奴隶区域里我找到了一个熟人。我前次离开岛国时他差不多还是个孩子。现在他已经长成了。他是我们的同情者。前次我们的计划失败以后,他因为年纪轻,没有人疑心他,所以他现在还很安全。他含着眼泪告诉我那十几个被捕的同情者的命运。他们在牢狱里被高国兵士惨杀了,没有一个活着出来。他又对我详细叙述这几年来他的遭遇和岛国里的情况。他又告诉我他怎样奋斗,怎样在奴隶群中宣传着杨的宗教。他说他怎样焦急地等待着我回来,继续从前的工作。他是那样兴奋。从他的谈话和举动上我看到了充沛的热情。我了解他了。

"这'孩子',我一直叫他做'孩子',在这'孩子'的身上我看出了一个勇敢的人,一个和杨一样勇敢的人。我的希望又复活了。我想这次我们一定可以做出一些事来。于是我们又开始了工作。

"事情在最初好像很有希望,我们进行得很顺利。我们开始把奴隶区域里的沉寂的空气打破了。我们得到一些新的同情者,又得到更多的同情者,他们信赖这'孩子',像从前另一些人信赖杨一样。我们做得很秘密,没有被外面的人知道。我一面工作,我的心里充满着快乐。我想,这一次我们的事业一定会成功。

"在这些日子里,晚上我常常到海边去,去看那吞食了杨的尸体的海。自然我是化了装出去的,那些高国兵士不会认识我。

"如今在海边我看见的不再是那一片漆黑的海面了。在那里泊着无数的汽船,每一只都是灯光辉煌,照耀得像在白昼一样;每一只船上都充满了笑语和音乐。岸上耸立着一长排新的建筑,每个建筑的窗户大开着。我的眼光穿过窗户看见了那些高国占领者的夜生活。我看见了赌博厅,我看见了跳舞会,我看见了酗酒的地方。在那些建筑里面,在那些汽船里面高国的男女在调情,在作乐,犹如岛国的酋长、贵族以及高等人物在宫殿里、府第里、别墅里那样。同时在旁边伺候的也是岛国的奴隶。

"从前的景象如今完全看不见了。海也不咆哮了,不颠簸了。它变得非常平静,好像在给高国的享乐者助兴一样。

"看着这些景象我只有心痛。所以我每一次从海边回来,总是带回了一些阴郁的思想,这思想常常给我驱散了快乐,驱散了希望,要等到那'孩子'来安慰我,拿他的热情来鼓舞我,我才能够恢复我的勇气。

"我依旧时常到海边去望海。可是我的心情和从前完全不同了。我不再把我的希望寄托在海上面了。我不再相信它会那样凶猛地咆哮起来把奴隶区域淹没掉,我是来问它究竟把杨的尸体怎样处置了。然而我永远得不到回答。

"不管这一切,我们的事业渐渐地有了大的进展了。后来我连到海边去的功夫也没有了。同时外面传说高国兵士已经知道我回来,正在探访我的踪迹,我不得不小心防范着。

"我们加倍努力地工作,为了要使我们的事业早日成功,免得被高国兵士破坏。但是我们却没有那样多的时间,因为灾祸马上就来了。

"有一天那'孩子'突然病倒了,接着在同情者中间就发生了纠纷,这纠纷引起了裂痕。我虽然依旧努力不懈地继续工作,而且为他们调解,但是也没有用。就在这个期间,一个黑夜里,是的,又是在黑夜里,高国兵士作恶的时间总是在黑夜!我的秘密的住所被包围了。十几个高国兵士进来把我捉了去。

"这一次他们公开地说不再释放我了。他们称我做'可怕的妇人'。他们说不是有人告密,他们还捉不到我。他们把我带到一个秘密法庭去受审判。我在那里一句话也不说。他们拿我没有办法,因为我究竟是一个贵妇人。他们对我相当客气,并没有用刑具来拷打我。

"审判的结果:我被判决终身监禁。我并不替自己辩护,因为这时候我完全在他们的手里,是杀是囚,只好由他们决定。

"从此我的希望完全断绝了。一个非常窄小的囚室就是我的新世界。我被判定永远住在这个小房间里,再不能够活着出去。一天从早到晚只能够看见同样的东西:黑暗的墙壁,伸手达不到的小窗洞,一张小方桌,一张床,和盥洗用具。没有空气,没有阳光,没有人声。

"我整天被过去的阴影压迫着,被失败的悲哀折磨着,和对于同情者(尤其是那'孩子')的思念苦恼着。我时而悲哀,时而愤怒,时而耽心,时而思索复仇的计划。我没有一个晚上闭过眼睛。所以不到一个星期我就病倒了。我以为这一次我的生命完结了。

"但是高国的占领者却不愿意我死,他们居然请了医生来给我治病,又把我移到另一个地方。我的新居外面是一座花园,房里的布置也还不错。我现在并不缺乏什么,就只是没有自由。

"我起初很奇怪他们为什么这样优待我,后来我才知道这是我父亲的力量。我被捕的消息传到了父亲的耳里,他便到高国占领者这里来设法救我。他本来可以把我救出来的。然而我不肯写悔过书,不肯答应跟他回家去过从前那样的生活,所以他终于失败了。我们见了面,恢复了父女的感情,但是我不肯为着他牺牲我的信仰。

"不管这个,我依旧出来了,回到活动的人间来了。是那个

47

'孩子'救我出来的。他得到我被捕的消息就从病床上起来,想出种种救我的方法。他终于成功了。

"在一个黑夜里,又是在黑夜!他居然把我救了出来。他把我弄到他的家里过了一晚,准备送我离开岛国。这晚上他告诉我许多事情。我才知道同情者里面果然有人出卖了我们,因此除了两三个投降者而外,大部分都被捕了。我们的努力完全付诸东流。我现在除了离开这里外,再没有别的路。

"我第二天本来可以动身,但是一件事情留住了我。那个'孩子'突然又病倒了,他吐出大量的血。这些日子里,他为了救我的缘故,牺牲了自己的健康,我决不能抛弃他,一个人走开。虽然他极力劝我走,但是我终于留下了。我决定留在这里服侍他。这时候还有一种东西把我牵引到他的身边,这就是爱情。我在囚牢里才发觉我爱他。我不愿意离开他。

"我在他的家里住了一个星期,他的病依旧没有起色。外面的风声很紧,常常谣传高国兵士要搜查整个奴隶区域。他又劝我马上离开岛国,我坚决地回答他说:'我要留在这里看护你的病。我不走。'他看见我的态度很坚决,也就不再劝了。

"这天晚上,我已经睡熟了,忽然被响声惊醒起来。我看见那个'孩子'倒在地上,开始在喉鸣。我连忙下床去看他。他一身都是血污,地板上有一把小刀。我明白了。我拿了水来洗他的伤痕,撕下一块衣襟塞住他的伤口。我要把他扶到床上去。然而他摇手阻止我,他微笑地说:'现在你可以走了。'

"我不顾一切地跪下去,捧着他的脸狂吻,我一面狂叫:'你要活起来,你要活起来!'

"他睁大着眼睛,一面微笑,一面挣扎。他说:'我要死了,我现在可以告诉你一句话:我爱你,我死了也爱你。'

"这句话我等了好久了,他现在说出它来,然而已经太迟了。这几年来我只找到一个勇敢的人,他把我从牢里救出来,而他却因为爱我的缘故割断了自己的生命。我埋葬了杨以后,现在又来埋葬我的另一个爱人。我的悲哀太大了。我伏在他的身上伤心地哭起来。

"他抚着我的头发,声音清晰地说:'里娜,你不要哭,不要悲痛。我是不要紧的。你要活,你要活下去!我们的事业才开始呢!我死在你的怀里,我很快活。……我爱你,我死了也爱你。只要你还活着,还活着来继续我们的事业,我死了也没有什么遗憾。……我这许多日子来就只有一个思虑,就是你的安全。现在你出来了,我也放心了。……你快离开这里,他们随时都会来捉你的。……为什么还要哭呢?我的病反正不会好,早点死了也痛快些。……不要灰心,不要因为失败灰心。你要继续工作,要把奴隶唤醒起来,要他们怒吼。奴隶的怒吼会把占领者、剥削者的欢笑淹没的。……啊,让奴隶们怒吼起来!怒吼……怒——吼……'

"那'孩子'就这样地死去了。我的哭声把他唤不转来。失了他我不仅失掉一个最勇敢的同伴,我还失掉了一个爱人。这许久我就爱上了他,可是一直到死他才向我吐露他的爱情,使我连对他叙说爱情的机会也没有。我们就这样地永别了。

"我现在应该走了。他说得不错:我应该活着,活着来使奴隶们怒吼起来,怒吼起来把那些占领者、剥削者的欢笑淹没掉。

"我站起来揩了脸上的泪痕。我把他的脸望了好一会。我俯下头去和他接了最后的吻,就毅然地走了。我把他的尸体留在房里让别人去处置他。我不能够像埋葬杨那样地埋葬他。所以就在今天我还不知道他的尸体在什么地方。

"不管这算不算是结局,我的故事就这样地完结了。这是我料不到的。然而两年多的光阴又过去了。"她说到这里便住了口,伸手把眼睛揩了一下。她的脸朝着黑暗的远方,她好像在回忆当时的情景。她的头发被风吹得差不多直立起来,像狮子的鬃毛一样。她的头突然显得很大了。她转过脸来,我似乎看见了两只血红的眼睛。

"这两年来我走过了不少的地方,就好像走过人心的沙漠一样,我永远是一个孤独的人,"她呻吟似地继续说。"到处我都看见奴隶,我找不到一个勇敢的男人,像杨和那'孩子'那样。所有的人都死了,然而血的誓言是不会死的,它永久留在我的心里。这几年来我从没有忘记过它。它每天每天烧着我的心,使我不能够有片刻的安静。我曾经几次对自己说:'你忘了罢,为什么老是想着那些事?你也可以放弃一切,去过点安静的生活,像那许多男人一样。'但是我不能够,因为一个女人的誓言是不能够被忘掉的。于是我又对自己说:'你应该遵守你的誓言,你应该坚持下去,你应该用尽你最后的力量去完成你的事业'……"

她长长地叹一口气,接着又自语似地说:"如今两年多的光阴又过去了。我依旧孤零零地到处漂泊,我不能够回到那岛国去。我依旧不曾听见奴隶们的怒吼。要到什么时候奴隶们才会怒吼起来呢?……我实在不能够忍耐了。我要听那吼声。怒吼罢,岛国的奴隶们!你们怒吼起来,咆哮起来,就像这海一样!"

她闭了口,便又用手去摇撼铁栏杆。铁栏杆发出微弱的叫声,这显然跟怒吼声差得远了。我不能够说话,我被一种恐怖的思想占有了。我不看她,我只看海。我的耳里充满着风的怒吼,海的咆哮。我的眼前是一片掀动得厉害的黑漆漆的海面。别的一切都没有了。好像岛国的奴隶们真的怒吼起来,他们的吼声已经通过大海大洋来到我的耳边了。没有酋长,没有贵族,没有高等人物,没有高国的占领者。我的眼睛里没有他们的影子,我的耳边没有他们的笑语。只有黑漆漆的海面,只有从海里升起来的奴隶们的怒吼。海面不住地增高,不住地颠簸,好像马上就要压过船头,把我们这只船,把全世界淹没掉一样。

"你看!"我恐怖地、激动地指着海面对她说。"那不是奴隶们在怒吼吗?"

"不,"一个冷峻的声音回答我。"那只是海的咆哮。海永远这样地咆哮着,它已经咆哮了许多、许多年了,可是除了一些船只外,并没有看见它淹没过什么!"

"海呀!你究竟把我的杨怎样处置了?为什么不让他怒吼起来?"她独自对海说。

"我要回去,我要回到那岛国去。我不能够再漂泊了。即使在那里只有死等着我,我也要回去。"她说着一面接连地摇头,好像狮子在抖动鬃毛一样。

"来,跟着我来,到我的舱里来。我有东西给你看,我从前在高国占领者的监狱里写的东西!"她突然伸出手抓住我的膀子,用一种命令似的声音说,然后松开手径自走了。

我并不推辞,而且我也不想推辞,我默默地跟着她,因为这时候我的心被她的故事完全抓住了。

后　　篇

一　里娜的日记

三月八日

　　这是我患病以后拿笔写字的第一天。我觉得我的精力已经逐渐恢复了。我还要活,我还不会死。是的,我的事业还没有完成,我不会死。

　　从那个送饭来的奴隶的口里我才知道我还在病院里睡过了十几天。病院里的生活不曾给我留下什么印象。我只记得一个有黑胡须的医生天天来给我打针,一个中年的看护老是坐在我的床前,一个高国军官时时来看我。有一天我可以坐起来了,于是两个看护把我扶到汽车里,由两个高国兵士押送,把我送到这个地方来。我在这里又躺了两天,才可以勉强行走。

　　这个新地方的确比那个囚室舒适多了。外面是一所花园,里面有三间房屋。我自己住一间,一个奴隶住一间,还有一间留给那两个看守的兵士住。

　　自从离开我父亲的别墅以后,我就没有过着像这样舒适的生活了:用不着自己劳动,一切都有人服侍,什么东西也不缺乏。然而我却宁愿回到奴隶区域去,因为在这里我究竟缺少一件东西,而且是最宝贵的东西,那就是自由。

我一生从来没有像现在这样爱自由的。然而我愈爱它,我便愈痛切地感到我的自由给别人剥夺了。我固然可以在自己的房间里做任何事情,但是我却不能不听见那两个高国兵士的咳嗽和谈笑:这给我提醒我是个失去了自由的人;我可以在花园里随意行走,但是我始终被那两个高国兵士监视着:这也给我提醒我是个失去了自由的人。

花园的铁栅门永远关着,那一把大铁锁沉重地垂在门上,我每次看见它,我就要埋头看我的手腕,我在考虑我能不能把它从门上扭下来。然而我是一个女人,又是在病后,我没有这样的力气。我想,要是他们不把我移到囚室里去的话,我这一生恐怕不会活着走出这所花园了。

在囚室里我已经把我的希望完全埋葬了。到了这里我又一次埋葬了新的希望,可是新的希望却不时来引诱我。

花园外是一条泥土路,垣墙里绿树的茂密的枝叶垂了些到外面。园里有几种花已经含苞待放了。我或是坐在窗前,或是走在花径里,我常常看见铁栅门外过路的奴隶们的孩子,有男的,有女的,他们手里提着篮子,或者提着桶。他们走过这里总要在铁栅门前站一会儿,他们在谈话,有时候还要唤两声我的名字。我不认识他们,他们居然知道我。我虽然不能够和他们谈话,但是看见他们的天真的小脸,也够使我安慰了。这下一代人,我想一定比他们的父母更有希望,他们将来一定不会做顺从、屈服的奴隶。不过我耽心我以后不会再看见他们了,因为今天早晨那两个高国兵士对他们说了些恐吓的话,还把那个七八岁的苹果红脸颊的女孩打了一下。

在这个岛国里不平的事情太多了,就在这么清静的地方也还会看见。我气得心发痛,我忍不住把那两个高国兵士痛骂了

53

一顿,但是他们好像没有听见一般,依旧板着面孔在园里踱来踱去。

三月十日

那个奴隶给我送午饭来。我问她外面的情形,她不肯告诉我,她说她害怕那两个高国兵士。不错,许多男人都在机关枪下面低头,何况她这个半老的妇人。然而我想她一定还记得那年的大屠杀,我要设法鼓动她。

然而她也告诉我一个消息:我的被捕是由于同情者中有人告密。我不相信这样的话。我自问那许多同情者里面有谁会出卖我呢?我只记得一些痛苦的、朴实的面貌。他们决不能够出卖我。

这个消息给我引起了许多的回忆。许多面孔、许多景象在我的眼前轮流替换着。只有一张面孔长久占据着我的脑子,这是我那个"孩子"的。

在那些时候"孩子"差不多每天晚上都到我家里来。他看见我埋下头在房里踱着,或者双手捧着脸,身子躺在床上,他就知道我从海边带回来了一些阴郁的思想。于是他把我从床上拉起来,或者拉我坐在他的旁边,他做出快活的样子和我谈着种种的未来计划,有时候他还谈他幼年时代的种种有趣的事情。他极力安慰我,或者和我开玩笑,他有时候唤我做"姊姊",有时又唤我做"母亲"。他和杨不同,他不是一个严肃的人,他是个天真的大孩子。他不断地谈笑,一直谈到我恢复了快乐和勇气,于是我们又开始工作。

那圆圆的脸,那一双发光的眼睛,那一张表示有决心的嘴,以及那热烈的表情,真诚的态度!那一切,不管我怎样想摆脱也摆脱不开。我一闭上眼睛就看见他立在我的面前,我睁开眼睛,又仿佛听见他在旁边叫"里娜","姊姊",或者"母亲"。我也轻轻地唤了一声"孩子"。

我唤他,听不见他的应声。我睁大眼睛向四周看,屋里并没有一个别的人,只有白的墙壁和简单的陈设。我突然记起来:"孩子"病了。

我被捕的时候,他正患着病睡在家里。我因为忙着调解同情者的纠纷,和做别的工作,不能够去看护他。我每天只到他家里去一次,但很快地就走了。在那些时候他躺在床上常常拿一本书在看。一个老妇人在旁边照应他。他的面容很憔悴,只有两只眼睛还在闪闪地发光。

啊,我记起了。许多的事情我都记起来了。有一次我到他那里去。那个老妇人出去了,他独自坐在床上。他看见我进去,竟然要下床来,却被我连忙阻止了。

"你来了,我今天一整天都在想你,"他大声说,一个笑容使他的憔悴的面容显得美丽了。他告诉我他的病已经好多了,可以勉强坐起来。他又叫我在床沿上坐下,央求我多坐一会儿,陪他谈话。他说一个人躺在床上太寂寞,如果我不常常去陪他,他就会不顾病体跑到外面去。

我和他谈了许多话,我把我的工作情形告诉了他,他也讲出了他的一些看法。

"姊姊,告诉我,像我们这样的人也有恋爱的权利吗?像我这样把生命许给事业的人,"他突然问我,他的脸红了。

我惊讶地望着他,我不懂他为什么要问这个问题。我微笑地说:"当然是有的。但是,孩子,你为什么突然想到这件事情?"

"但是这本书上不是说'我们爱我们就有罪了'吗?我想一

55

个人既然把生命许给事业,那么他自己就没有一点权利。"他指着手边的一本书,是左拉的小说。①

"那么你为什么又要问我呢?"我嗤笑地反问他。

他的脸红着,他迟疑地回答说:"但是事实并不是这样,我——"他突然住了口。

我以为我明白了,便抿着嘴笑起来。半晌我才说:"你一定是爱上了谁。是吗?告诉我那个人是谁。"

他不答话,我便接着说:"孩子,你是有权利的。你不像我,你还年轻。没有人能剥夺你的这个权利。说'我们爱我们就有罪了',那只是一句蠢话,不要相信它!"

"但是我所爱的那个人,她也有权利吗?"他迟疑地问。他埋下头去,不敢看我。

"为什么她没有呢? 女人和男人一样,"我笑着回答。我在想:这个女人究竟是谁呢? 在我们的同情者中间也有几个少女。我想可以和他发生恋爱关系的至少有三个。我便问:"是张吗?"他摇摇头。"王吗?"他又摇头。"赵吗?"他依旧摇头。

"我现在不告诉你,"他顽皮似地说,就把这番谈话结束了。

那时候我没有时间去想这些事,但是现在我渐渐地明白了。

是的,我又记起来了。另一天我走进他的房里,他闭着眼睛在背诵一首诗。他听见我的脚步声便停止了。我只听清楚一句:

那令我生爱的人儿永不知道我的爱。

那令他生爱的人儿究竟是谁呢? 我现在开始明白了。

---

① 指左拉的长篇小说《萌芽》(《Germinal》)。

啊,还有。他有一次在谈话里忽然正经地问我:"年龄的相差和爱情没有妨碍吗?"我因为马上忙着谈别的重要问题,所以并没有回答他的这句问话。然而如今我完全明白了。

孩子,你的心我完全明白了。我这时候才知道了你的爱情,但是已经太迟了。我们连见面的机会也被人剥夺了。

三月十二日

今天和那个奴隶谈了一些话。她说她几年前就知道我和杨的名字。她说在奴隶们中间如今提起杨的名字还有人流泪。她说起她的生活的困苦,一面说一面揩眼睛。我知道她的丈夫在别墅里做奴隶;她的一个独养子在高国占领者的大厦里当差,但是最近突然死了。她说:"他死了也好,免得活着受罪。"

"那年发生大屠杀的时候你在什么地方?"我问她。

她听见这句问话脸上现出恐怖的样子,恰恰在这时候高国兵士在外面大声咳嗽,她连忙向外面张望一下,就急急走出去了,留下我一个人在房里。

一张面孔闪进我的脑子里来,又是那个"孩子"。

"我们要反抗。如果反抗的结果就只有刑场、枪弹、监牢留给我们,我们也要反抗到底。"这样激昂的话从他的可爱的嘴里吐出来。他站在一张条桌前面,对着许多同情者的痛苦的、朴实的脸说话。他自己的脸被热情燃烧得发亮。他真可爱呀!许多人被他说得流泪了。他的话一句一句地进到人的深心。

"我不要戴这奴隶的镣铐了!我不知道你们大家的意思怎样。对于我,与其做一个顺从的奴隶而生存,毋宁做一个自由的战士而灭亡。灭亡并不是一个可怕的命运,它比在压迫下面低头、在血泪海里呻吟要美丽得多!"

这样美丽的话至今还在我的耳边荡漾。我恨不得马上走出去,到他那里听他的更多的美丽的话。然而一个思想开始咬我的脑子:我知道我永远不会再看见他了。那终身监禁!

我整天沉溺在思念与回忆里,我在思念他一个人,我在回忆关于他一个人的一切。

杨啊,原谅我,你看,我想着他就把你忘记了。难道我不应该爱他吗?难道"我们爱我们就有罪了"吗?

三月十三日

昨天晚上我梦见了杨。

依旧是他的瘦脸,依旧是那一对亮眼睛,依旧是那严肃的面容。

"杨,原来你还活着!"我连忙跑过去拥抱他,我高兴得差不多要流眼泪。

"里娜,不要这样,"他说,向后退了两步,用手阻止我前进。"现在我们中间已经隔了一个世界,我们不再是同一个世界的人了。"

"为什么呢?"我失望地、惊讶地问。"难道是因为他的缘故吗?你真以为我就有罪吗?"我觉得我快气得放声哭了。

"不是这个意思。你难道忘记了你亲手把我埋葬在海里的事情吗?我来,是来提醒你不要忘记你的誓言,不要忘记你的工作。"

"我并没有忘记!"我分辩说。"你看我不是努力了这许多年吗?现在我不做事,并不是我的错,是人家剥夺了我的自由。"

"不要拿这种话辩解!我知道你在这些日子里把一切都忘掉了!你不要骗我!"

悔恨、羞愤、痛苦一齐来扭痛我的心。我带哭地问:"难道你到这里来,就只是为了来说这几句话吗?你再没有别的安慰我的话?"

他并不回答,因为他已经不见了。

我醒过来,发现自己在一个黑暗的房间里。除了那两个高国兵士的鼾声外,四周就没有一点别的声音。我的眼睛是润湿的,枕头上有一摊泪水。我绝望地在心里狂叫"我的杨",再也听不见一声回应。

我仔细地回想,杨说得不错,为了那"孩子"的缘故,我差不多要忘掉一切了!

我不能够再合眼了,矛盾的思想来到我的脑子里。我发誓要制止我的爱情,要忘记那个"孩子"。但是我又禁不住要问自己:"我们爱,我们果然就有罪吗?"

没有人给我回答。我的内心的呼声在这个黑暗的房间里抖动着,一直到天明的时候。

今天是个晴天。小鸟很早就在树上叫起来。我走到花园里散步,草上的露珠差不多打湿了我的脚。阳光洗着我的脸,新鲜的空气梳着我的头。我的手抚着浅红的花苞和新绿的树叶。我觉得生命开始成长了。

我在草地上默默地徘徊了许久。我差不多不用思想,我只是静静地呼吸新鲜的空气,欣赏生命的成长、繁荣。在短时间里我竟然忘记了自己是怎样的一个人,而且处在怎样的环境里面。

然而后来我记起来了,我记起了我的童年。我的童年就是在花园里度过的。我父亲的别墅里的花园:草地,高楼,假山,小溪,石洞,茅亭,曲折的桥,奇异的花,长春的树木,运动的器具,伺候的奴隶,同游的小伴侣。

59

我的童年早已被我埋葬了，现在却清晰地出现在我的眼前。我又为童年时代的悲欢而感动了。那时候有一个男孩是我的最好的朋友。我们同在一处的时间不过两年，他就忽然得急病死了。我为他哭过许多次。然而不到几个月的功夫我就忘了他。在我的心里他就不再存在了。这许多年来我都没有想到他。但现在他的面貌竟然通过这些年代而毫无原因地浮现在我的脑子里了。

　　为什么他会出现呢？为什么我会回到那被埋葬了的童年时代呢？我不能不拿这问题问我自己。我想，难道我走近了生命的边沿吗？我的生命之书已经翻到了最后一页，所以又要往前面翻回去吗？

　　我突然被一种恐怖的思想压倒了。"活着进来，死了出去。"高国兵士曾经对我这样说过，而且说话的人就在我的视线以内，他还时时把眼光向着我这边射来。我明白了。我的生命之书已经翻到最后一页了，我是走近生命的边沿了。没有自由的生活不就是等于死吗？

　　我确实太脆弱了。在这时候，在我的四周充满着生命的时候，我却想到死，想到那些不愉快的事，拿悲哀和苦恼来折磨自己。这样下去，我怎么能够支持着来经历更长久的岁月呢？是的，更长久的岁月，我被捕后还不到两个月，我在这里还不到两个星期，然而我就已经看出自己的脆弱了。

　　思想太多了，我应该使自己镇静下来。我应该暂时忘记我的过去的一切，让我这脆弱的精神在大自然中陶醉一些时候。但是一看见那个垂在铁栅门上的沉重的锁，就不由得我不想起我的永远失去了的自由。同时那许多被剥夺了自由的奴隶们的命运也来把我的思想占据了。

不管我的身体怎样脆弱,但铁栅门依旧关不住我的思想。我怎么能忘记一切呢?尤其是在这春天给人带来生命的时候,而我和那些奴隶们失去了自由。从来没有一个时候,自由在我的眼前表现得这么具体化的。但这又有什么好处呢?这不过拿那火似的热望来折磨我罢了。终身监禁,我永远不能忘记的终身监禁!

三月十四日

上午来了一个意料不到的客人。这是我的父亲,是的,十几年来被我忘记了的父亲。

我脱离家庭以后就不曾再见过父亲一面。我们甚至没有通过一次信。关于家里的事,我只知道母亲死了,她是在我漂泊的时期中死的。我不曾去信探听母亲病死的详细情形。我也不知道她葬在什么地方。我第一次遇见"孩子"从他的口里得到母亲死去的消息时,我也曾流下眼泪。但是很快地我就把她的影像忘掉了。因为工作忙碌,而且为了我自己的誓言,我没有遗憾地埋葬了母亲的影像,我也不再想念那个在老年失去伴侣的父亲。

然而现在父亲来了,他给我带来了许多消息。他的第一件事就是把母亲的影像给我从坟墓中挖了出来。

父亲的确老多了。在分别了十几年以后我几乎不认识他了,只有那声音还没有大的改变,但是它也开始在发颤了。十几年前我和父亲分别,那时候我看见一张愤怒的脸,一对发火的眼睛,一种专横的态度。这些给我抹煞了他对我有过的一切关心,给我抹煞了我对他有过的爱慕的感情。所以我离开他好像离开了一个仇敌。而且就在今天,那个奴隶进来传达高国兵士的话,问我愿不愿意和父亲见面的时候,我也是迟疑了许久才决定的。我耽心在我们父女中间会发生一场争吵,我还把他当作一个不懂得宽恕的残酷的人。

然而出乎我的意料之外,我如今在父亲的身上看见了一个完全不同的人。他坐在我对面的一张沙发上。他的头发白了,而且现出了秃顶。脸上堆满了皱纹,两只眼睛没有一点光彩。他说话的时候露出残缺的牙齿,而且头不住地微微摇动。他有时候抬起放在沙发靠手上面的右手去摸他的粘着口沫的胡须,我看见那只手瘦得只剩下皮和骨,已经不是从前握着皮鞭打奴隶的那只手了。

父亲一开始就对我谈起母亲的死。他说我离家以后母亲不住地想念我。起先她还相信我和杨同居不到一个星期就会决裂,我会受不了苦跑回家去哀求她的宽恕。她一天一天地盼望着。她常常带笑地和父亲说起我回家时她怎样待我。她差不多每天晚上都要问父亲:"里娜也许明天会回来罢,她现在不知道怎样了?"一个星期过去了,我并没有回家。她依旧盼望着。后来几个月又过去了,我还是不回家,她又从父亲的口里知道了我和杨过得很好,而且两个人一起在奴隶区域里宣传新宗教。父亲以为这样说,就可以使她断念了。但事实上她从父亲那里知道了我"堕落"的消息(她和父亲都以为我是走到"堕落"的路上去了),她却更加为我耽心。她屡次想和我通信,甚至想到奴隶区域来说服我回家去,但是都被父亲阻止了。父亲认为我辜负了他的教养的恩,认为我败坏了他的家风,所以他不能够宽恕我。而且同时他还尽力帮助酋长、贵族们制止新宗教的传播,帮助他们压迫奴隶,他把他对我的憎恨发泄在奴隶们的身上。他想这样也许可以威胁我,使我屈服。但是这个方法也没有用处,我不回家,母亲的挂念也不会减轻。不久高国占领者的屠杀开始了,父亲自然不反对这屠杀,看见奴隶区域的大火,他只有高兴,他以为他报了仇了。在大火之后他听见杨的死讯,却不知道我的下落。他在各处探问,都没有结果。我失踪了,也许死了。这个消息是瞒不过母亲的,而且母亲从奴隶们那里又知道一些关于我的不真实、但又不吉的消息。于是母亲病了,父亲知道她的病源,但是他的劝慰并没有一点效果。母亲的病时好时坏。她这样支持了几年,终于得到消息:我被高国兵士逮捕而且秘密处了死刑。这个消息是奴隶们告诉她的。父亲虽然向她说明我并没有死,但是她不肯相信。她几次梦见我穿着血衣回家向她诉苦,醒来放声大哭,她说我一定死了。这个打击对于她是太大了,她的病弱的身体实在受不住。于是在病榻上缠绵了一个多月以后,她就"跟着她的女儿去了"(父亲说她自己说过这样的话)。她的痛苦是很大的,在那些日子里,好像有一种思想在折磨她。她常常表示后悔,说当初不该让我脱离家庭,她甚至独自说着对我道歉的话。

父亲说到这里,已经费了不少的时间。这种叙述并不是容易的事。中间他曾经停顿了几次,去揩眼泪。最后他忍不住就让他的泪珠沿着消瘦的面颊流下来。他微微闭着眼睛,呻吟似地喘着气。

在他叙述的中间,我不住地咬着嘴唇皮,为的不要流出眼泪,发出哭声。但是我失败了。我终于抽泣起来了。

我的母亲因为我的缘故受到这么大的痛苦。她这样关心我的安全,她这样表示对我的慈爱,而我竟然一点也不知道,我至今还把她当作我的一个仇敌。现在在她死了以后,在我不能够对她做出任何一件事情来表示我的感情的时候,她的真面目才清楚地出现在我的眼前。可是太迟了。一座坟墓埋葬了她,一所花园埋葬了我。我们连互相了解的机会也没有。

我的事业已经完全破碎了,我的同情者甚至出卖了我。奴隶们在呻吟,占领者和剥削者在欢笑。母亲永远闭了眼睛,父亲无力地躺在沙发上喘息。而我,我在失去了一切的希望以后,我只有痛哭!

是的,我现在什么也没有了,我拿什么来抵抗悲哀的打击呢?事业吗?信仰吗?复仇的思想吗?在这生命的废墟上面,只剩了一些断壁颓垣,已经不能够给我遮避风雨了。所以在短时间以内,我只有让我的眼泪狂流。

我和父亲对哭了一会儿,现在我们又是父女了。从前的一切完全成了过去的陈迹。我在他的身上似乎又找回来了那个爱我的父亲。他又用温和的调子继续说话。他说自从母亲死了以后他的生活变得非常寂寞。他曾经一度和一个少妇结婚,但不到两年妻子有了情人,跟他离了婚远走了。从此他就是孤零零的一个人,过去的创痕开始在他的心上溃烂。他的生活变得愈加单调了。他的健康突然坏起来,在一年内他好像老了十年。精神上的折磨是很难堪的。物质上的享受对他也不能够有什么帮助。他一天一天地在苦恼中挨日子,挨过了这些年代。于是一个希望来了。他知道我回来而且被捕了。

他便对自己说:"你不能再迟疑了。免得做出一件遗憾终身的事!"我的事情本来已经绝望了,靠了他的力量,我居然有了一线的生机。他设法把我从那个窄小的囚室送到医院去就医,然后又送到这个地方来。自然这一切都是高国占领者执行的,但这是他奔走的结果。

他又说他可以马上救我出去,让我重回到自由的人间,重回到亲爱的家庭,只要我答应写一张悔过书,担保我以后不再有反抗高国占领者的行动,只要我答应跟着他回家去继续过从前那样的生活。他求我这样做。他说他活着的时间已经不多了,他要求我去陪伴他,使他的最后的日子过得快乐。他说,他已经明白了从前的错误,而且为这错误身受了痛苦,他要求我原谅他,他希望我念着父女的感情,暂时为他的缘故放弃我的信仰。他又说,他辛苦了一生,积蓄了现在的这一份产业。他现在老了,不久就要撒手放弃它,他要求我回去,承继他的全部财产。他又说,我已经吃够苦了,而且在到处奔走活动了这许多年以后,我也算是尽了我的责任,现在也应当休息了。

他说了以上种种的话。他的态度很诚恳。现在他和我谈话,不像父亲和女儿,倒像两个亲密的朋友。他的话句句我都听进去了,然而我不能够马上回答一句。我的心乱了。

在多年的分离以后他第一次到我这里来求我原谅他,他怀着一颗空虚的心到我这里来寻求一点安慰。我无论如何不能够断然拒绝他,我不能够严厉地对他说:"去,我不要再见你,我没有你这个父亲。"这时候我只有一个思想,我只想到这许多年来他所受的痛苦,我只感到对他的同情。

"里娜,回去罢,父亲爱护你,父亲也需要你的照应。回去罢,你看,你也比从前瘦得多了,你应当好好地在家里休养!"父亲含着眼泪用激动的声音说,他站起来轻轻地抚着我的头发。"不要再信赖你那些同情者了。他们是不可靠的,你被捕不就是因为他们里面有人告密吗?回去罢,只有父亲会爱护你。……你还记着从前的事吗?不要提它了,我现在已经后悔了。"

他的话说得非常温和,而且很可怜,但是对于我却好像是针刺一般。我找不到什么来防御它们。我希望他安静地坐下来不要再说这类的话;我希望他和我谈一些别的事情;我希望他或者变换一个态度,他不来求我原谅,却来责备我,或者像仇敌一样向我挑战。因为这样我便不会感到踌躇,我可以采取一种断然的行动来对付他。但是现在我却站在十字街头了。我只有两条路:不是答应就是拒绝。

答应吗?我不能够。不管我怎样地没有活着出去的希望,不管我怎样孤寂地躺在这里等死,不管我的事业怎样不会完成,我的努力怎样徒然白费,不管我的同情者怎样地不可靠,然而我不能忘记我的血的誓言,而且不能够在作了那样的誓言以后再向高国的占领者低头,写封悔过书来忏悔过去的行动。事业,毁坏了;信仰,幻灭了;复仇的思想,成了渺茫的梦。但是这颗心是不能够死的。如果我能够出去,重回到自由的人间,那么我的第一个行动就是继续宣传反抗的新宗教。为了个人的安全而牺牲信仰,我是不做的。我把这个意思告诉了父亲。我还说:"父亲,不要再提这件事了。在分别了十多年以后,难得有这次会面的好机会。我们应该谈些快乐的事情,为什么尽说那些使人流眼泪的话呢?"

父亲声音战抖地说:"里娜,不要拒绝我这个最后的要求。你要知道我费了大力才得到这样的一个机会。要是把这个机会放过,我们以后就永没有再见面的日子了。你会在这里憔悴到死,没有人过问;我会在家里卧病呻吟,没有人安慰。我会想念你,一直到死我都唤着你的名字。你在孤寂中也会想念我,但是我的唤声你永远不会听见。我们为什么一定要这样地折磨自己呢?里娜,你多想一想,因为你的一句话就会毁坏我们两个人的幸福。……里娜,回家去罢,你父亲怀着热烈的心在欢迎你。我一生只向你要求这一件事,你不要拒绝我罢。……你看,我已经不是从前那样的人了,我是这样病弱,这样衰老!……"

对于这样的话,我拿什么来答复呢?我知道父亲没有说一句假话,我知道他这时候恨不得把整个心剖给我看。我觉得我差不多完全了解他了。他和母亲只生了我一个孩子。他们把整个的希望都寄托在我身上,他们依照他们的信念教养我,盼望我成为一个他们理想中的幸福的女人。然而结果我抛弃了他们,没有一点留恋,把他们十几年来的希望破碎得干干净净,给他们留下孤寂和思念。母亲被这孤寂和思念折磨死了。父亲也因为这孤寂和思念而病弱、衰老到现在这个样子!我所带给他们的痛苦太多了。我今天还忍心在父亲的忧愁杯里加上最后的一滴么?我在跟我自己挣扎,我迷惘似地说:"我不能,我不能。"我的意思是我不能够再违拗父亲的意愿。

父亲却以为我表示拒绝,他悲痛地说:"里娜,为什么不能够呢?这是我最后一次对你的请求了。你会了解父亲,你会知道父亲现在怎样地爱你,而且他已经为你贡献了很大的牺牲了。难道你连一份悔过书也不肯写?你为什么不肯暂时放弃你的信仰呢?你还年轻,你还有很多时间为你的信仰努力,可是你不久就会失掉父亲了……"

"父亲,父亲!"我突然悲声打断了他的话。"不要说这些话了。你要求我做别的任何事情都可以,只是不要叫我写悔过书,不要叫我牺牲信仰。别的一切我都可以牺牲。原谅我罢,我只有这个不能够牺牲,因为我正是靠着它生活……"

"里娜——"父亲刚刚开口又被我打断了。

"是的,我愿意回到家里去,同你过活,照应你,接受你的爱护,"我继续说下去。"是的,我很愿意这样做。但是为了这个缘故,为了个人的安全,要我牺牲信仰,我不能够做。我不是一个卑怯的人。"

67

"里娜,"父亲绝望地叫道。"你就一点也不顾念到我的处境吗?"

"父亲——"但是我又突然改变了语调:"我不能够做那种卑怯的事。即使是别人出卖了我,我也不能够出卖自己!我不能够写悔过书来换取我的自由。"

"但是为了我的缘故,你也不肯做吗?"

"不能够,"我突然恢复了勇气地说。"我不能够在高国占领者面前低头,而且我无过可悔,因为我并没有走错路。"

"里娜,你且想一想,坐在你面前的是你的父亲,他现在带着垂死的身体,怀着深切的慈爱,来哀求你的原谅,哀求你为他做一件小小的事,哀求你回家和他一起过安静的生活。你竟然忍心不答应他,使他孤零零得不到一点安慰、回去悔恨痛苦地死在家里吗?……不要做得太残酷罢。"

"不能够,我已经决定了。"我还想说话,但是悲痛堵塞了我的咽喉。我在吞食我的眼泪,我觉得我的勇气又消失了。我蒙着脸,不让父亲看见我的悲痛的表情,同时也不要看见父亲的悲痛的面容。

"里娜,这不仅是为着我的缘故,而且也是为着你的缘故。我更关心你,你比我更需要幸福,更需要自由。你不能够把你的青春埋葬在这里面,你不能够使你自己腐朽在这间囚室里。你应该回去,回到生活里面去。"

我不能够回答他,我差不多支持不下去了。

"去罢,跟着我回去罢,不要迟疑了。"父亲站起来走到我的身边,温和地抚着我的头发。我猛然不顾一切地抬起润湿的脸,用我的泪眼望他。许多不能够用言语表示的话都在我的脸上表现出来了。我不知道父亲是否懂得了我的意思。我只觉得两三滴泪珠从他的脸上流下来到了我的面颊。他摇着头接连地叹了几口气。

我依旧不说话,只用手按住胸膛,因为心里被什么东西绞痛着。这时候外面响起了歌声和笑语,是高国的兵士在唱歌。

"不能够,我不能够回去!"我突然迸出这句话来。我掉开头,挣脱父亲的手。我站起来,走到床前,躺下去,不再作声。

父亲在房里踱了几步,然后慢慢地走到床前,说:"我已经在家里给你预备好了一切:你的房间,你的衣服,你的东西。那一切我都给你保存得很好,跟从前没有两样。它们都欢迎你回去。还有那些奴隶,你从前对他们都很好,他们也都记挂着你。"

我把脸掉向里面,不让父亲看见。我不回答他,好像没有听见他的话一般。父亲又开始在房里踱着,他的缓慢无力的脚步声时时打在我的心上。

"里娜,"他忽然停住脚叫我,我用力咬紧牙齿,不发出一声回应。

"你决定不回去吗?这件事情就没有挽回的余地吗?"

我只含糊地说了一句:"不回去。"

"那么我回去了。以后我们就没有见面的机会了,"他用悲怆的语调说。"如果你以后改变了心思,请你设法通知我。我还是一样地欢迎你,爱护你。"他最后又加了一句:"只是恐怕我不会 活到那个时候了。"

我依旧不回答,我极力在压制我的悲痛。时间过得很慢。

"我去了,"父亲终于说了这句话。"你以后好好保重。如果你不改变心思,我就再没有机会来看你了。"

我含糊地应了一声,并不从床上起来。

"里娜,我去了,"他又重复说了一句,声音更无力。但是他并不走。

又过了一些难堪的时候,他第三次说:"我走了。"他却走到我的床前,伸出手最后一次抚摩我的头发,这一次摩得很久。我突然记起了,这样的抚摩在他并不是第一次。从前我还是一个小女孩的时候,他常常抱我坐在他的膝上,他一面这样抚摩我的头发,一面告诉我种种有趣的故事。在那个时候除了母亲而外,父亲就是我的唯一的亲人,不仅是亲人,他还是我的唯一的偶像。这许多年代像恶梦一般地过去了。如今我们父女又回到了那同样的境地。他依旧是他,我依旧是我,然而我竟然不肯答应他的要求,我拒绝他像拒绝一个仇敌!

我突然站起来,但是父亲已经向外面走了。

"父亲!"我吞着眼泪用力叫。我向门口奔去。

父亲的身子又在房里出现了。他的脸色苍白,头微微摇动。眼角和胡须上面都有东西在发亮。

"里娜,你还有什么话要说吗?是不是你改变了心思愿意跟我回去?"他的声音里战抖着喜悦与感动。他向我伸出一双手,好像欢迎我一般。

我呆呆地站着不动。我踌躇着,我不知道应该怎样做才好。我害怕他误会了我的意思。突然一种感情压倒了我。我不再思索。我向他奔过去,我跪倒在他的面前,抱着他的腿,让我的眼泪畅快地流在他的裤子上。我喃喃地说:"原谅我,原谅我。"

这时候对于我一切都不存在了,我不知道父亲说了些什么话,或者做了些什么事。只有在我觉得眼泪干了时,我才站起来。我极力装出镇静的样子对他说了一句:"我再没有话了。"我要掉过身子,却被他握着我的手臂。他温和地理顺我的乱发,揩掉我的脸上的泪珠。他问:"你保得定将来就没有一点悔恨吗?"

"我自己选定了这条路,我自己摘取了痛苦的果实,我当然不会有一点悔恨。只是——"我突然咽住了下面的话,因为我觉得再没有和他细说的必要了。我们是两代人,即使相爱,却也无法了解。我希望他在这里多留一会儿,但是我又希望他马上离开,因为看见他的衰老而悲痛的面容只有使我心痛。

他终于去了。我送走了他,好像埋葬了一个充满了痛苦与美丽的回忆的时代,这个时代是刚刚被发掘出来的,可是我如今又用这许多天来的悲痛把它埋葬了。

我注意地听着他的脚步声,好像在重温过去的旧梦。等到后来那声音消失了而另外响起高国兵士的靴钉声时,我才醒过来。我跑到床前,伏倒在被单上面,我把一个枕头都哭湿了。

傍晚时分那个奴隶送饭来,才把我叫醒。我叫她把餐具收回去,我今晚不想吃什么了。

我很疲倦,但是我觉得畅快。在流了这么多的眼泪以后,这许多日子来的阴郁的思想都烟消雾散了。父亲虽然给我带来悲痛,但是我并不后悔对他谈了那许多话。有了这一次的会面,我才可以毫无遗憾地把过去深深地埋葬了。在经过这样大的纷乱以后我的心又恢复了平静,就像暴雨住后的天空一样。

我想,这个晚上我一定不会有梦。

三月十六日

我说过不再想念父亲了。但是他的影像又来到我的脑子里。他是那么病弱,那么衰老。他的确需要人照应。

"你为什么一定要把自己献给事业呢?一个人为什么一定要有信仰?你看你从它得到了什么呢?"仿佛从父亲的口里吐出来这样的话。

我从信仰那里得到了什么呢？我得到的是很多,很多。我一个脆弱的女人,居然有力量忍受那一切的困苦,居然有力量经历那一切的失败,而且如今就躺在这里守着我的生命的废墟哀哭的时候,我还有力量拒绝父亲的要求。信仰究竟给了我什么呢？是的,它给了我痛苦。但是这痛苦就是力量。从这痛苦中我改造了自己,我现在变成了一个另外的人,一个可以使高国占领者战栗的人。我已经达到够高的高度了。我把自己献给事业,我从事业那里又得到了丰富的生命。单就脱离家庭以后这十几年来我的生活来说,我也无疑地要比父亲强多了。

　　然而我又不能不想到父亲的生活,想到母亲的死亡。是的,我带给他们的痛苦的确太多了。但是我也没有别的办法。我拿事业和父母比较,我选取了事业。我把众人的痛苦放在一两个人的痛苦之上。所以我毅然地抛弃了父母,没有一点悔恨,而且同时还拿我自己的痛苦来报偿他们。我是用尽我的力量了。我的生活的斗争的确使我熬尽了心血。父亲,原谅我罢。我又一次在这里求你的宽恕了。

三月二十日

　　我昨晚梦见那个"孩子"。他在我的旁边念着那首诗。

　　　那令我生爱的人儿永不知道我的爱……

　　"孩子,我知道,你是指的谁。"我带笑地说。

　　他的脸马上涨红了,他激动地说:"你不会知道的,你永远不会知道的。"

　　"你为什么还要隐瞒呢？那人儿不就站在你的面前？"我抿着嘴嗤笑说。

他的脸突然发亮了。他的脸变得更美丽。

"来罢,她在等候你。"我把手臂张开,他果然跑到我的面前,跑进我的怀里。我抱着他,他也抱着我。我们狂吻着,我们忘记了周围的一切,差不多溶化在热爱里了。

过了好一会儿,他松了手,放开我。我注意地看他的脸。我忽然发觉那是杨的面貌。

"杨,是你?"我惊疑地叫起来。我呆呆地立着,不明白这是怎么一回事。

"当然是我,"杨严肃地说。"里娜,你不能够忘记我。我要永远跟着你。"

"那'孩子'呢?刚才他还在这里!"我悲痛地说。"你为什么这样对我说话?难道我就有罪吗?"

"你们爱,你们是没有罪的。但是那个'孩子'已经死了。我跟着你,是要你不要忘记你的誓言。"

"那个'孩子',他死了?"我绝望地大声说。

"是的,他死了,他们把他杀死了。依旧是高国占领者干的事!我们太迟缓了!你太迟缓了!"杨冷酷地说。

我的"孩子"死了!希望完全破灭了!整个世界好像都沉溺在黑暗里面。

"你应该加倍努力地工作,"杨冷静地继续说。

"加倍努力地工作?我躺在这个囚室里,能够做什么呢?我的力量已经竭尽了,"我悲痛地答道。"我永远不会实践我的誓言了。我不能够建立自由的国家,我不能够实现新的宗教。那么,还是请你来实践你的约言罢。你马上就来鼓动海,使海怒吼起来,淹没掉整个奴隶区域,淹没掉整个岛国罢。那'孩子'死了,全部的希望都消失了。我不能够再生活下去了。"

"里娜,你听你在说些什么?"杨温和地哂笑起来。"难道你没有那'孩子'就不能够生活吗?但是你没有他,你已经过了很多、很多的年代了。你应该知道人并不单靠爱情生活,而且今天许多人都生活在困苦和屈辱里,他们一生得不到爱情。这样的人是很多、很多的。"

"他们和我又有什么关系呢?我躺在这里不能够做任何事,我现在需要的是爱情。"

"爱情?我不是把它给了你吗?"他的阴沉的脸突然亮起来。他的面容在发光,他的声音里抖动着热情,恰像他第一次向我叙说爱情时那样。我又找回来我的杨了,是那个把我从别墅的堕落生活中救出来的杨。"那么,你现在把它怎样了?你为什么还需要新的爱情?你就不记得从前的那些日子?在你的心里爱情已经死了!因为你现在并不需要它。你现在需要的是勇气。"

我没有说话,我的眼前好像展开了一幅银幕,在银幕上接连地映出来我和杨两人的种种事情。我觉得我还是在他的爱情的拥抱里。

"你还应该生活下去,"杨接着说。"我还得让你再试一次,也许这是最后的一次了。如果你再失败,那么我就来代替你,我要使海怒吼起来,淹没掉整个的岛国。但是你应该再试一次。"

"我不要再试了,你让我跟你去罢,"我紧紧抱着他哀求道。我害怕再失掉他,我害怕他再抛弃我,让我一个人腐朽在孤寂的囚室里。"我不能够让爱情死掉,没有它我就不能够生活。我愿意跟你去,到那海的坟墓里去。"

"里娜,你不能够跟我去。你还应该再试一次,那最后的一次!也许你会成功……"他挣脱我的怀抱走了。

我醒过来,我抱着被单的一角。周围是死一般的静寂。屋子里抖着灰白的光。没有一点人声,没有一个人影。高国兵士也不发出叫声。一切都死了。只有我还活着。

是的,我还活着,活着来试那最后的一次。我想这一次我要把生命拿来作孤注一掷了。但是我的眼睛为什么会润湿呢?难道是在哭我自己,哭杨,哭那"孩子"?

杨死了,那"孩子"也死了,我自己也快死了。

但是一张可爱的脸闪进我的脑子里,他在说:"我没有死!"

天明了,奴隶给我送早餐来。我问她关于"孩子"的事,她完全不知道。后来被我问急了,她才告诉我,上个星期高国兵士在奴隶区域里杀了几个我的同情者,她不知道我的"孩子"是否在内。

她的话自然不会假。无疑地我的"孩子"死了。他在同情者中是最努力的一个,当然不能够避免这样的灾祸。

死了!一把刀,许多滴血。于是一个可爱的年轻的生命就灭亡了。

每个人都要死,但是他们不能够在死后爬起来去和所爱的人抱吻。血蒙在生人的眼睛上,使眼睛生出火来。

那"孩子"不会再在我旁边念"那令我生爱的人儿永不知道我的爱"的诗了。我也不会再看见他的可爱的面孔了。血蒙住我的眼睛,我只看见一片火光。那是复仇的火。

杨说得不错,我的爱情已经死了,我并不需要它。我所需要的是勇气,复仇的勇气。

每个人都要死,但是我要活,活着来试那最后的一次。那一次我应该成功了,因为总结算的时期到了。

我仿佛在翻一本账簿:许多枪子,许多炮弹,许多飞机,许多炸药,许多火花,许多把刀,许多根皮鞭,许多肉体,许多生命,许多滴血,许多废墟。现在是总结算的时期了。

我需要着勇气,来投下那最后的判决。

我不能够放过最后一次的机会。

三月二十二日

花园里展示着更丰富的生命,而我的房里却只有孤寂。我好像已经把一只脚踏进坟墓里面去了,还回过头来看那个热闹的世界。这是一个何等痛苦而绝望的挣扎。

自由成了渺茫的梦。我的青春眼看着就要完结了。而那总结算的时候还没有来。

那个时期要到什么时候才会来呢?我安慰自己说:"等着罢,你还应该忍耐。"

但我禁不住又要问:"我是在拿忍耐来骗自己吗?"

一张严肃的面孔出现了,接着又是一张热烈的脸。我连忙按住胸膛,接连地说:"你还应该忍耐。"因为实际上我已经不能够忍耐了。

我也许还缺乏勇气。但是我有肉,有血,有感情。我不能够在万物开始繁荣的季节中让自己腐朽在这里,不做任何事情。

三月二十四日

父亲来了一封信。他说他已经躺在病床上不能够动弹了。

他的话自然是真的,因为信笺上面除了签名外,便没有他的笔迹,而且那签名也是难辨认的。

他说他活着的时间恐怕不会久了。所以他一定要写这封信给我。他不能够夺去我的最后的一个机会,因为他一死,就不会再有人来援救我了。

他很想和我再见一面,他希望我记住前次他劝告我的话。他要求我回家去看他,和他在一起度过他的最后几天的光阴。他希望我不要拒绝他的这个小小的要求。

　　他又说,我离开他以后,这十多年来他的生活已经够痛苦了。如果我还多少同情他,怜悯他,就请我马上写好悔过书,拿去向高国占领者换取我的自由,换得自由好回家去和他见面。

　　他最后说,他随时都会死,他恐怕这封信送到我的眼前时,他已经不能够呼吸新鲜的空气了。但是他的最后的一念还是在我的身上。他一定要知道我已经获得了自由和幸福,他才能够瞑目。因此他希望我无论如何不要拒绝他的要求。

　　父亲的信就这样地完结了。我读着它,好像在重温那连续的旧梦。

　　但是许多的景象很快地过去了。我依旧坐在这孤寂的房间里。桌子上放着父亲的来信。信笺上似乎现出他的衰老、憔悴的面容。

　　我们好像相隔得这么近。然而在我们中间却隔着一堵无形的墙。我要去抱吻他,但是什么东西拦住我。我在跟它挣扎。我终于绝望了。

　　是的,我绝望了,绝望地明白了。我们是被判定了永远分离的。我把自己献给事业,抛弃了父母,走我自己所选择的路,在痛苦中找寻生命。甚至在今天,在一切希望都消失了以后,我依然没有悔恨。而且就这样我还不是第一个人。在这时候,在这岛国里,在奴隶区域里,不知道有若干人被逼迫和他们的父母分离,不知道有若干男女在思念他们的失去了自由的亲人。那么我有什么权利来抱怨这个命运呢?

　　"父亲哟,请原谅你的女儿,她不能够回家看你。她宁愿被那爱慕你的思念折磨到死,她宁愿以后再经历更惨痛的岁月,但是她不愿背弃了信仰写悔过书来换得自由,换得自由过以前的那种贵妇人的生活,"我的回信开始这样说。

接着我便解释我不能够回家的理由,我还解释我过去的努力的意义。我又说明奴隶们的困苦需要向做父母的讨去他们的唯一的女儿。我又肯定地说我的命运是顺着我的信仰自然得到的结果。

最后我引用了苏菲亚① 在登绞刑台前寄给她母亲的信里的话:"我希望你会安静自己,你会了解你的女儿的这点苦心,请不要为我的命运悲伤罢。请你宽恕我做了使你悲伤的事,不要多多责备我。"

信送出去了。我不能够想象父亲读到它时会有什么感想。但是我相信他会读出眼泪来,因为我已经把泪珠洒在信笺上面了。

我又一次想起了杨在梦里告诉我的话。他说得不错。我不需要爱。爱只有使我痛苦。

三月二十五日

天落着雨。我推开窗户望,花园里好像被一种悲哀的网笼罩着。一阵风向我吹来。我觉得冷。周围的一切都带了灰暗的颜色。生命开始被摧残了。

我在房间里,站在窗前,显出十分无力的样子,什么事都不想做。我想,难道我又病了吗?为什么我会有这样的心情?

我太脆弱了。如果我终于得不到自由,而永远腐朽在这里,

---

① 苏菲亚·别罗夫斯卡雅:参加暗杀沙皇亚历山大二世的计划的民意社女革命家。

那么我真是太脆弱了!

三月二十七日

父亲的消息来了。

这不是父亲的信,这是别墅里的总管写的,大意说:"你的父亲已经在三月二十四日下午五点钟去世了。"

一个大的打击落在我的头上。父亲死了!他连读我那封最后的信的机会也没有!

死了!这时候对于我什么都死了。在短时间里我竟然疑惑我自己是不是也在坟墓里面。

我曾经埋葬了一个过去的时代,我最近又把它从坟墓里挖出来。但现在我要把它完全埋葬了,永远地埋葬了。

我这一次并不吝惜我的眼泪,因为我想这应该是我最后一次的痛哭了。我用眼泪来埋葬,我埋葬了母亲和父亲,同时我也埋葬了杨和那个"孩子",还埋葬了那些同情者。

如今,在这世界里,我是孤零零的一个人。我没有母亲,没有父亲,没有爱人,没有同情者。我有的是事业,是工作,那复仇的工作。

三月三十日

我在忧郁中过了两天。在这两天里我没有笑过一次,我也没有说别的话,我只是不断地自语着"复仇"。我在想复仇的方法。

沉重的铁锁依旧垂在栅门上,它阻挠了我的整个计划。但是我并不灰心。

我对自己说:"你现在还会有什么顾虑呢?你已经经历过了

种种的生活，只是没有经历死。那么就去尝试一次死的滋味罢。这也强似腐朽在这里！"

然而我怎样去尝试呢？

四月二日

我怎样去尝试呢？这几天来我反复地这样自问，我却找不到一个明确的回答。

但是希望来了。

那个奴隶秘密地给我带来一封信。这是我的"孩子"写的。

> 姊姊——我还活着。我已经想出了好办法，这几天内就会给你带来自由。你等着罢，信任我像你从前那样。——你的孩子。

这封短信给我带来了大的快乐，不仅是快乐，它还给我带来希望，带来生命。

"孩子"还活着！我早已相信他遇害了。他还活着！他还要来救我！他说已经有了好办法，而且就在这几天内……

这封信的确是"孩子"写的。我认得他的笔迹。他要给我带来自由。是的，我信任他像从前那样。

但是他怎样能够和我通信呢？他用什么方法使那个奴隶愿意给他传信呢？我絮絮地问那个奴隶，她一定不肯说。

周围的一切景象在短时间里完全改变了面目。今天是一个晴天。花园里到处照着阳光，到处充满着生命。窗户开着，我倚窗望外面，温和的风抚着我的脸。

我在窗前立了许久。我的眼睛望着远处，望着那自由的幻景。我差不多忘记自己是在这个不自由的地方了。

我觉得身子变得轻快多了。那些过去的阴影逐渐离开了我。我在自己的身上发现了新的生命。

没有悲哀,没有回忆。我只有快乐,只有希望。

四月四日

没有一点"孩子"的消息。我还是在这个房间里。铁栅门上依旧垂着沉重的铁锁。但是我并没有绝望。

是的,我并没有绝望。虽然自由的渴望在我的心里燃烧,使我不能够忍耐。但我还是很安静的,因为我信赖那个"孩子"。

一张圆圆的脸,一双发光的眼睛,一张表示有决心的嘴,嘴里说:"等着罢,信任我像你从前那样。"

是的,"孩子",我要等着,我要等着你给我带来自由。我信任你。

没有悲哀,没有回忆。我只有快乐,只有希望。

我等待着。我充满了希望,充满了信仰。

过去的阴影死了,一切的苦难都跟着死了。我还活着,活着来翻开我的生命的新的一页,来达到那最后的胜利!

四月五日

自由,难道世间还有比你更美丽的东西吗?……

二 结 尾

在二等舱的房间里我读着这个女人的日记,虽然只是简短的记录,但是从里面我看出来一个女人的灵魂。

我读完了它,我好像看见了一场生活的苦斗。这里面有哀诉,有绝望,有眼泪,有矛盾,有挣扎,但结果却给了我一个希望。

我一页一页地读着,我自己完全消失在她的记录里面。我和她一同流泪,我和她一同欢乐。阖上这本小书,我好像别了一个世界,一个值得留恋的世界,一个充满着希望的世界;我好像别了一个女人,一个把胸怀如此诚实地展示出来的女人,一个如此勇敢、如此诚实的女人。

我怀着感动的、虔敬的心把这本小书还给她。她把它接着,她用手抚摩这本小书好像在爱抚一个心爱的孩子。

我望着她,我被她的全人格感动了,我不说一句话,我只是默默地回想她所给我的一切印象。

她突然翻开书页,用她的朗朗的声音念道:

"过去的阴影死了,一切的苦难都跟着死了。我还活着,活着来翻开我的生命的新的一页,来达到那最后的胜利!"

她抬起头。她的面容完全变了,变得这么美丽:她的脸非常清明,没有一点云翳,和大雨住后的天空一样。她的眼光非常坚定,没有一点疑惑。

这个变化只给我带来更大的感动。我没有一点惊讶。我觉得我现在完全了解她了。这样的一个女人,我一生从来没有见过。但是我看见她,并不觉得她是一个陌生人。我好像很久就认识她了。是的,这大约是因为她体现了我的一种朦胧的渴望罢。这里说的渴望的事,是毫不奇怪的,在席瓦次巴德一家里,没有人不曾有过一种渴望,这渴望要说明出来,也许就是对于自由、正义以及一切合理的东西的渴望罢。

她站起来和我握手,一面说:"再见。"并不容我说一句话,就把我送了出来。

我回到自己的舱里,另外的两个旅客睡得像死猪一样。从窗洞里望出去,天和海都是黑沉沉的。我摸出表来看,指针已经不走了。我不知道现在是什么时候,但我奇怪夜会是这样的长。

第二天早晨我起床很迟,快到十二点钟了。船早靠了码头。许多人在上下往来。起重机的声音吵闹地进了我的耳朵。

我走上甲板,只看见一个平静的海面,和许多大小的船只;我只看见各种各类的人,和忙碌的、安闲的脸。我记起了昨夜的事情。我连忙去寻那个女人,但是已经找不到了。我到她的房间里去,那个房间是空的,没有一个客人,也没有一件行李。

显然她上岸了。

从此我就再没有遇见她。我得不到一点关于她的消息。而且连一点线索也找不到。在太平洋上并没有一个叫做利伯洛的岛国。那个高国也是没有的,虽然那里有一个国家的名称和高国有关系,那个国家也是以侵略出名的,但是我没有去过那里,而且我知道那个国家是岛国,和她的故事里所说的不同。

那个女人,那个我所渴望的女人就这样不留一点痕迹地消失了。我到处访求也探不出她的踪迹来。

我常常对朋友们谈起她,朋友们都说这样的女人和这样的故事是不会有的,一定是我误把梦景当作了真实。他们并且解释说,在海上人们很容易做奇怪的梦。

但是我决不相信我的遭遇会是一场梦景。我不相信把自己献给事业、为着信仰工作、牺牲了个人的一切幸福、去追求众人的幸福、说痛苦就是力量、在痛苦中寻找生命,——这样的一个女人会是梦里的人物;我决不相信那一本充满着哀诉、绝望、眼泪、矛盾、挣扎,而最后被一个希望完全掩盖了的日记会是我的脑子虚构出来的东西。

我相信她一定存在,我要继续追寻她,我要走遍天涯地角去追寻她,一直到死!

憩园

一

我在外面混了十六年，最近才回到在这抗战期间变成了"大后方"的家乡来。虽说这是我生长的地方，可是这里的一切都带着不欢迎我的样子。在街上我看不见一张熟面孔。其实连那些窄小光滑的石板道也没有了，代替它们的全是些尘土飞扬的宽马路。从前僻静的街巷现在也显得很热闹。公馆门口包着铁皮的黑漆门槛全给锯光了，让崭新的私家包车傲慢地从那里进出。商店的豪华门面几乎叫我睁不开眼睛，有一次我大胆地跨进一家高门面的百货公司，刚刚指着一件睡在玻璃橱窗里的东西问了价，就给店员猛喝似的回答吓退了。

我好像一个异乡人，住在一家小旅馆里，付了不算低的房金，却住着一间开了窗便闻到煤臭、关了窗又见不到阳光的小屋子。除了睡觉的时刻，我差不多整天都不在这个房间里。我喜欢逛街，一个人默默地在街上散步，热闹和冷静对我并没有差别。我有时埋着头只顾想自己的事，有时我也会在街头站一个钟点听一个瞎子唱书，或者找一个看相的谈天。

有一天就在我埋头逛街的时候，我的左膀忽然让人捉住了，我吃惊地抬起头来，我还以为自己不当心踩了别人的脚。

"怎么，你在这儿？你住在哪儿？你回来了也不来看我！该挨骂!"

　　站在我面前的是我的小学同学、中学同学、大学同学姚国栋,虽说是三级同学,可是他在大学读毕业又留过洋,我却只在大学念过半年书,就因为那位帮助我求学的伯父死去的缘故停学了。我后来做了一个写过六本书却没有得到多少人注意的作家。他做过三年教授和两年官,以后便回到家里靠他父亲遗下的七八百亩田过安闲日子,五年前又从本城一个中落的旧家杨姓那里买了一所大公馆,这些事我完全知道。他结了婚,生了孩子,死了太太,又接了太太,这些事我也全知道。他从来不给我写信,我也不会去打听他的地址。他辞了官路过上海的时候,找到我的住处,拉我出去在本地馆子里吃过一顿饭。他喝了酒滔滔不绝地对我讲他的抱负、他的得意和他的不得意。我很少插嘴。只有在他问到我的写作生活、书的销路和稿费的多寡时才回答几句。那个时候我只出版过两本小说集,间或在杂志上发表一两篇短文,不知道怎样他都读过了,而且读得仔细。"写得不错!你很能写!就是气魄太小!"他红着脸,点着头,对我说。我答不出话来,脸也红了。"你为什么尽写些小人小事呢?我也要写小说,我却要写些惊天动地的壮剧,英雄烈士的伟绩!"他睁大眼睛,气概不凡地把头往后一扬,两眼光闪闪地望着我。"好,好,"我含糊地应着,在他面前我显得很寒伧了。他静了片刻,忽然哈哈大笑起来。他第二天便上了船。可是他的小说却始终不曾出版,好像他就没有动过笔似的。

　　现在站在我面前的就是这位朋友,高身材,宽肩膀,浓眉,宽额,鹰鼻,嘴唇上薄下厚,脸大而长,他并没有大的改变。只是人稍微发胖,皮色也白了些。他把我的瘦小的手捏在他那肥大的、汗湿的手里。

"我知道你买了杨家公馆,却不知道你是不是住在城里,我又想你会住在乡下躲警报,又害怕你那位看门的不让我进去,你看我这一身装束!"我带了一点窘相地答道。

"好了,好了,你不要挖苦我了。去年那次大轰炸以后,我在乡下住过两三个月就搬回来了。你住在哪儿?让我去看看,我以后好去找你,"他诚恳地笑道。

"国际饭店。"

"你什么时候到的?"

"大概有十来天。"

"那么你就一直住在国际饭店?你回到家乡十多天还住在旅馆里头?你真怪!你不是还有阔亲戚吗?你那个有钱的叔父,这几年做生意更发财了,年年都在买田。你为什么不去找他?"他放开我的手大声说,声音是那么高,好像想叫街上行人都听见他的话似的。

"小声点,小声点,"我着急地提醒他。"你知道他们早就不跟我来往了……"

"可是现在不同了,你现在成名了,书都写了好几本,"他不等我说完便抢着说。"连我也很羡慕你呢!"

"你也不要挖苦我了。我一年的收入还不够做一套像样的西装,他们哪里看得起我?他们不是怕我向他们借钱,就是觉得有我这个穷亲戚会给他们丢脸。哦,你的伟大的小说写成没有?"

他怔了一下,忽然哈哈大笑。"你记性真好。我回家以后写了两年,足足写坏了几千张稿纸,还没有整整齐齐地写上两万字。我没有这个本领。我后来又想拿起笔翻译一点法国的作品,也不成。我译雨果的小说,别人漂亮的文章,我译出来连话都不像,丢开原书念译文,连自己也念不断句,一本《九十三年》①我译了两章就丢开了。我这大学文科算是白念了。从此死了心,准备向你老弟认输,以后再也不吹牛了。现在不讲这些,你带我到你的旅馆里去。国际饭店,是吗?这个大旅馆在哪条街,我怎么不知道!"

我忍不住笑起来。"名字很大的东西实际上往往是很小的。就在这附近。我们去罢。"

"怎么,这又是什么哲理?好,我去看看就知道。"他说着,脸上露出欣喜的微笑。

---

① 《九十三年》:法国小说家和诗人维·雨果的长篇历史小说。

二

"怎么,你会住这样的房间!"他走进房门就惊叫起来。"不行,不行!我不能让你住在这儿!这样黑,窗子也不打开!"他把窗门往外推开。他马上咳了两声嗽,连忙离开窗,掏出手帕揩鼻子。"煤臭真难闻。亏你住得下去!你简直不要命了。"

我苦笑,随便答应了一句:"我跟你不同,我这条命不值钱。"

"好啦,不要再开玩笑了,"他正经地说。"你搬到我家里去住。不管你愿意不愿意,我一定要你搬去。"

"不必了,我过两天就要走,"我支吾道。

"你就只有这点行李吗?"他忽然指着屋角一个小皮箱问道,"还有什么东西?"

"没有了,我连铺盖也没有带来。"

他走到床前,向床上看了看。"你本领真大。这样脏的床铺,你居然能够睡觉!"

我不说什么,只是笑了笑。

"行李越少越好。我马上就给你搬去。我知道你的脾气,你住在我家里,我决不会麻烦你。你要是高兴,我早晚来陪你谈谈;你要是不高兴,我三天也不来看你。你要写文章,我的花厅里环境很好,很清静,又没有人打扰你。你说对不对?"

我对他这番诚意的邀请,找不到话拒绝,而且我听见他这么一讲,我的心思也活动了。可是他并不等我回答,就叫了茶房来算清旅馆账,他抢先付了钱,又吩咐茶房把我的皮箱拿下楼去。

我们坐上人力车,二十分钟以后,便到了他的家。

三

　　灰砖的高门墙,发亮的黑漆大门。两个脸盆大的红色篆体字"憩园"傲慢地从门楣上看下来。本来关着的内门,现在为我们的车子开了。白色的照壁迎着我。照壁上四个图案形的土红色篆字"长宜子孙"嵌在蓝色的圆框子里。我的眼光刚刚停在字上面,车子就转弯了。车子在这个方石板铺的院子里滚了几下,在二门口停下来。朋友提着我的皮箱跨进门槛,我拿着口袋跟在他后面。前面是一个正方形的铺石板的天井,在天井的那一面便是大厅。一排金色的门遮掩了内院的一切。大厅上一个角落里放着三部八成新的包车。

　　什么地方传来几个人同时讲话的声音,可是眼前一个人的影子也没有。

　　"赵青云!赵青云!"朋友大声唤道。我们走下天井。我向左边看,左边是门房,几扇门大开着,桌子板凳全是空着的。我又看右边,右边一排门全闭得紧紧的,在靠大厅的阶上有两扇小门,门楣上贴着一张白纸横条,上面黑黑的两个大字,还是那篆体的"憩园"。

　　"怎么到处都写着'憩园'?"我好奇地想道。

　　"就请你住在这里头,包你满意!"朋友指着小门对我说。他不等我回答,又大声唤起来:"老文!老文!"

93

我没有听见他的听差们的应声,我觉得老是让他给我提行李,不大好,便伸过那只空着的手去,说:"箱子给我提罢。"

"不要紧,"他答道,好像害怕我会把箱子抢过去似的,他加快脚步,急急走上石阶,进到小门里去了。我也只好跟着他进去。

我跨过门槛,就看见横在门廊尽处的石栏杆,和栏外的假山、树木、花草,同时也听见一片吵闹声。

"谁在花园里头吵架?"朋友惊奇地自语道。他的话刚完,一群人沿着左边石栏转了出来,看见我那位朋友,便站住,恭敬地唤了一声:"老爷。"

来的其实只有四个人:两个穿长衫的听差,一个穿短衣光着脚车夫模样的年轻人,和一个穿一身干净学生服的小孩。这小孩的右边膀子被那个年轻听差拖着,可是他还在用力挣扎,口里不住地嚷着:"我还是要来的,你们把我赶出去,我还是要来的!"他看见我那位朋友,气愤地瞪了他一眼,噘起嘴,不讲话。

朋友倒微微笑了。"怎么你又跑进来了?"他问了一句。

"这是我自己的房子,我怎么进来不得?"小孩倔强地说。我看他:长长脸,眉清目秀,就是鼻子有点向左偏,上牙略微露出来。年纪不过十三四岁的光景。

朋友把皮箱放下,吩咐那个年轻的听差道:"赵青云,把黎先生的箱子拿进下花厅去,你顺便把下花厅打扫一下,黎先生要住在这儿。"年轻听差应了一声,又看了小孩一眼,才放开小孩的膀子,提着我的皮箱沿着右边石栏杆走了。朋友又说:"老文,你去跟太太说,我请了一位好朋友来住,要她捡两床干净的铺盖出来,喊人在下花厅铺一张床。脸盆、茶壶同别的东西都预备好。"头发花白、缺了门牙的老听差应了一声"是",马上沿着左边石栏杆走了。

剩下一个车夫,惊愕地站在小孩背后。朋友一挥手,短短地说声:"去罢。"连他也走开了。

小孩不讲话,也不走,只是噘起嘴瞪着我的朋友。

"这是你的材料,你很可以写下来。我给你们介绍一下,"朋友得意地笑着对我说,然后提高声音:"这位是杨少爷,就是这个公馆的旧主人,这位是黎先生,小说家。"

我朝小孩点一个头。可是他并不理我,他带着疑惑和仇恨的眼光望了我一眼,然后把两只手插在裤袋里,大人似的问我的朋友道:

"你今天怎么不赶走我?你在做什么把戏?"

朋友并不生气,他还是笑嘻嘻地望着小孩,从容地答道:"今天碰巧黎先生在这儿,我介绍他跟你认识。其实你也太不讲理了,房子既然卖给别人,就是别人的东西,为什么还要常常进来找麻烦呢?"

"房子是他们卖的。我又没有卖过。我来,又不弄坏你的东西,我不过折几枝花。这些花横竖你们难得有人看,折两枝,也算不了什么。你就这样小器!"小孩昂着头理直气壮地说。

"那么你为什么老是跟我的听差吵架?"朋友含笑问道。

"他们不讲理,我进来给他们看见,他们就拖我出去。他们说我来偷东西。真混账!房子都让他们卖掉了,我还希罕你家里这点东西?我又不是没有饭吃,不过不像你有钱罢了。其实多几个造孽钱又算什么!"这小孩嘴唇薄,看得出是个会讲话的人,两只眼睛很明亮,说话的时候,一张脸挣得通红。

"你让他们卖掉房子?话倒说得漂亮!其实你就不让他们卖,他们还是要卖!"朋友哈哈笑起来。"有趣得很,你今年

95

几岁了？"

"我多少岁跟你有什么相干？"孩子气恼地掉开头说。

那个年轻听差出现了，他站在朋友面前，恭敬地说："老爷，花厅收拾好了，要不要进去看看？"

"你去罢，"朋友吩咐道。

年轻听差望着小孩，又问一句："这个小娃儿——"

朋友不等年轻听差讲完，就打岔说："让他在这儿跟黎先生谈谈也好。"他又对我说："老黎，你可以跟他谈谈，"（他指着小孩）"你不要放过这个好材料啊。"

朋友走了，年轻听差也走了。只剩下我同小孩两人站在栏杆旁边。我望着他，他也望着我。他脸上愤怒的表情消失了，他正在用怀疑的眼光打量我。他不移动脚步，也不讲话。最后还是我说一句："你请坐罢。"我用手拍拍石栏杆。

他不答话，也不动。

"你今年几岁了？"我又问一句。

他自语似的小声答了一句："十五岁。"他忽然走到我面前，闪着眼睛，伸手拉我的膀子，央求我："请你折枝茶花给我好不好？"

我随着他的眼光望去。石栏外，假山的那一面，桂树旁边，立着一棵一丈多高的山茶。深绿色的厚叶托着一朵一朵的红花。

"就是那个？"我无意地问了一句。

"请你折给我。快点儿。等一会儿他们又来了，"孩子恳切地哀求，他的眼光叫我不能说一个"不"字。我知道朋友不会责备我随便乱折他园里的花。我便跨过栏杆，走到山茶树下，折了一小枝，枝上有四朵花。

他站在栏杆前伸着手等我。我就从栏外地上,把花递给他。他接过花,高兴地笑了笑,说一声:"谢谢你,"马上转过身飞跑了。

"等一下!等一下!"我在后面唤他。可是他已经跑出园门听不见了。

"真是一个古怪的小孩,"我这样想。

四

　　园里很静。现在只有我一个人。朋友把我丢在这里就不来管我了。我在栏外立了好几分钟，也不见一个听差进园来给我倒一杯茶。我便绕着假山，在曲折的小径里闲走。假山不少，形状全不同，都只有我身材那样高，上面披着藤蔓、青苔；中间有洞穴，穴内开着红白黄三色小草花；脚下小径旁草玉兰还没有开放。走完小径，便到一间客厅的阶下，客厅的窗台相当高，纸窗中嵌的玻璃全被绘着花鸟的绢窗帘掩住，我看不见房内的陈设，我想这应该是上花厅了。在这窗下，在墙角长着一棵高大的玉兰树，一部分树枝伸出在梅花墙外，枝上还挂着残花。汤匙似的白色花瓣洒满了一个墙角，有的已经变黄了。可是余香还一阵一阵地送入我的鼻端。

　　我在这树下立了片刻。我弯下身去拾了两片花瓣拿在手里抚摩。玉兰树是我的老朋友。我小时候也有过一个花园，玉兰花是我做小孩时最喜欢的东西。我不知不觉地把花瓣放到鼻端去。我忽然惊醒地向四周看了看。我忍不住要笑我自己这种奇怪的举动。我丢开了花瓣。但是我又想：那个小孩的心情大约也跟我现在的差不多罢。这么一想，我倒觉得先前没有跑去把小孩拉回来询问一番，倒是很可惜的事情了。

　　我并不走上台阶去推客厅的门（我看见阶上客厅门前左面

有一张红木条桌和一个圆磁凳),我却沿着墙往右边走去。我经过一个养金鱼的水缸,经过两棵垂丝海棠,一棵腊梅,走到一个长方形的花台前面。这花台一面临墙,一面正对着一间窗户全嵌玻璃的客厅。我知道这就是所谓"下花厅",我那位朋友给我预备的临时住房了。花台上种着三棵牡丹,台前一片石板地。两棵桂花树长在院子里,像是下花厅的左右两个哨亭。左右两排石栏杆外面各放了三大盆兰花,花盆下全垫着绿色的圆磁凳。

我走上石阶,预备进花厅去。但是朋友的声音使我站住了。他远远地叫道:"老黎,怎么只有你一个人?杨家小孩什么时候走的?你跟他谈了些什么话?"

我掉过头去看他,一面说:"你们都走了,当然只有我一个人……"可是我没有把话说完又咽下去了,因为我看见他后面还有一个穿淡青色旗袍、灰绒线衫、烫头发的女人,和一个抱着被褥的老妈子。我知道他的太太带着老妈子来给我铺床了。我便走过去迎接他们。

"我给你介绍,这是我太太,她叫万昭华,你以后就喊她昭华好了;这是老黎,我常常讲起的老黎。"朋友扬扬得意地给我们介绍了。他的太太微微一笑,头轻轻地点了一下。我把头埋得低,倒像是在鞠躬了。我抬起头,正听到她说:"我常常听见他讲起黎先生。黎先生住在这儿,我们不会招待,恐怕有怠慢的地方……"

朋友不给我答话的时间,他抢着说:"他这个人最怕受招待,我们让他自由,安顿他在花厅里不去管他就成了。"

他的太太看他一眼,嘴唇微微动一下,可是她并没有说什么,只对他笑了笑。他也含笑地看了看她。我看得出他们夫妇间感情很好。

"虽说是你的老同学,黎先生究竟是客人啊,不好好招待怎么行!"太太含笑地说,话是对他说的,她的眼睛却很大方地望着我。

一张不算怎么长的瓜子脸,两只黑黑的大眼睛,鼻子不低,嘴唇有点薄,肩膀瘦削,腰身细,身材高高,她跟她的丈夫站在一块儿,她的头刚达到他的眉峰。年纪不过二十三四,脸上常常带笑意,是一个可以亲近的、相当漂亮的女人。

"那么你快去照料把屋子给他收拾好。今晚上你自己动手做几样菜,让我跟他痛快地喝几杯酒,"朋友带笑地催他的太太道。

"要你太太亲自做菜,真不敢当……"我连忙客气地插嘴说。

"那么你就陪黎先生到上花厅去坐罢。你看黎先生来了好半天,连茶也没有泡,"她带着歉意地对她的丈夫说,又对我微微点一下头,便走向下花厅去了。老妈子早已进去,连那个老听差老文也进去了,他手里抱着更多的东西。

五

"怎么样？你还是依我太太的话到上花厅去坐呢，还是就坐在栏杆上面？不然我们在花园里头走走也好，"朋友带笑问我道。

我们这时立在门廊左面一段栏杆里。我背向着栏外的假山，眼光却落在一面没有被窗帘掩住的玻璃窗上，穿过玻璃我看见房内那些堆满线装书的书架，我知道这是朋友的藏书室，不过我奇怪他会高兴读这些书。我忍不住问他："怎么你现在倒读起线装书来了？"

他笑了笑："我有时候无聊，也读一点。不过这全是杨家的藏书，我是跟公馆一块儿买下来的。即使我不读，拿来做摆设也好。"

他提起杨家，我马上想到那个小孩，我便在石栏上坐下来，一面要求他："你现在就把杨家小孩的事情告诉我罢。你知道多少，就说多少。"

"你找到了材料吗？他跟你讲了些什么话？"他不回答我，却反而问我道。

"他什么话都没有说。他要我给他折枝茶花，他拿起来就跑了，我没有办法拉住他，"我答道。

他伸手搔了搔头发，便也在石栏上坐下来。

"老实说，我知道的也不多。他是杨老三的儿子，杨家四弟兄，老大死了几年，其余三个好像都在省里，老二、老四做生意相当赚钱。老三素来不务正业，是个出名的败家子，家产败光了，听说后来人也死了。现在全靠他大儿子，就是那个小孩的哥哥，在邮政局做事养活一房人。偏偏那个小孩又不争气，一天不好好念书，常常跑到我这个花园里来折花。有天我还看见他在我隔壁那个大仙祠门口跟讨饭的讲话。他跑进来，我们赶他不走，就是赶走了他又会溜进来。不是他本事大，是我那个看门的李老汉儿放他进来的。李老汉儿原是杨家的看门头儿，据说在杨家看门有二十几年了。杨老二把他荐给我。我看他做事忠心，也不忍心多责备他。有一回我刚刚提了一句，他就掉眼泪。有什么办法呢？他喜欢他旧主人，这也是人之常情。况且那个小孩手脚倒也干净，不偷我的东西。我要是不看见也就让他去了。只是我那些底下人讨厌他，常常要赶他出去。"

"你知道的就只有这一点吗？我不懂他为什么常常跑到这儿来拿花？他拿花做什么用？"我看见朋友闭了嘴，我的好奇心没有得到满足，便追问道。

"我也不知道，"朋友不在意地摇摇头说，他没有想到我对小孩的事情会发生这么大的兴趣。"也许李老汉儿知道多一点，你将来可以跟他谈谈。而且我相信那个小孩一定会再来，你也可以问他。"

"不过你要答应我一件事：以后小孩再来，让我对付他，你要吩咐你的听差不干涉才好。"

朋友得意地笑了笑，点点头说："我依你。你高兴怎么办就怎么办罢。只是你将来找够材料写成书，应该让我第一个拜读！"

"我并不是为了写文章,我对那个小孩的事情的确感到兴趣。我多少了解他一点。你知道我们家里从前也有个大花园,后来也跟我们公馆一块儿卖掉了。我也想到那儿去看看,"我正经地说。

"那么你为什么不去看看?我还记得地方在暑袜街。你们公馆现在是哪一家在住?你打听过没有?只要知道住的是谁,让我给你设法,包你进去,"朋友同情地、热心地说。

"我打听过了。卖了十六七年,换了几个主人,已经翻造过几次,现在是一家百货公司了,"我带点感伤地摇摇头说。"我跟那个小孩一样,我也没有说过要卖房子,我也没有用过一个卖房子得来的钱。是他们卖的,这个唯一可以使我记起我幼年的东西也给他们毁掉了。"

"这有什么难过!你将来另外买一所公馆,照样修一个花园,不是一样吗?"朋友好心地安慰我。可是他的话在我听来很不入耳。

我摇摇头,苦笑道:"我没有做富翁的福气,我也不想造这个孽。"

"你真是岂有此理!你是不是在骂我?"朋友站起来责备我说,可是他脸上又现出笑容,我知道他并没有生我的气。

"这跟你有什么相干?我是指那些买了房子留给子孙去卖掉的傻瓜,"我说着,我的气倒上来了。

"那么你可以放心,我不会把这个花园白白留给我儿子的,"朋友说,他伸出右手,做了一个姿势,头昂起来,眼里含笑,好像在表示他有什么伟大的抱负似的。我没有作声。歇了片刻他又说:"不要讲这些闲话了。石头上坐久了不舒服。我们到下花厅去看看,昭华应该把屋子收拾好了。"

六

　　我跟着朋友走进了下花厅。他的太太正立在窗前大理石方桌旁整理瓶里的花枝,听见我们的脚步声,便回过头来看她的丈夫,亲切地笑了笑,然后笑着对我说:"房子收拾好了,不晓得黎先生中意不中意,我又不会布置。"

　　"好极了,好极了,"我朝这个花厅的左面一部分看了一眼,满意地说。我的话和我的表情都是真诚的,大概她看出了这一点,她的脸上也露出微笑。

　　我有这样一种感觉:她每一笑,房里便显得明亮多了,同时我心上那个"莫名的重压"(这是寂寞,是愁烦,是悔恨,是渴望,是同情,我也讲不出,我常常觉得有什么重的东西压在我的心上,我总不能拿掉它,是它逼着我写文章的)也似乎轻了些。现在她立在窗前,一只手扶着那个碎磁大花瓶,另一只手在整理瓶口几枝山茶的红花绿叶。玻璃窗上挂着淡青色窗帷,使得投射在她脸上的阳光软和了许多。这应该是一幅使人眼睛明亮的图画罢。我知道这个方桌就是我的写字桌。床安放在屋角,是用匠床铺的,连踏凳也照样放在床前。一幅圆顶的罗纹帐子悬在床上。床头朝着窗安放,我的皮箱放在床头一个方凳上;挨近床脚,有两张沙发,中间夹放着一个茶几。

　　她的手离开了花瓶,身子离开了方桌,她向她的丈夫走去,一面对我说："黎先生,请坐罢。"她吩咐刚把沙发搬好的老文说："老文,你去给黎先生泡碗茶来。"又对那个叠好铺盖以后站在床头的老妈子说："周嫂,你记住等会儿拿个大热水瓶送来。"又对我说："黎先生,你要什么,请你尽管跟他们说,要他们给你拿来。你不要客气才好。"

"我不会客气的,谢谢你。姚太太,今天够麻烦你了,"我感谢地说。

"黎先生,你还说不客气,你看,'谢谢','麻烦',这不是客气是什么?"姚太太笑着说。

我那朋友插嘴了："老黎,我注意到,你今天头一次讲出'姚'字来,你没有喊过我的名字,也没有喊过我的姓,我还怕你连我叫什么都忘记了!"他哈哈笑起来。

我也笑着答道："你那个伟大的名字,姚国栋,我怎么会忘记? 你是国家的栋梁啊!"

"名字是我父亲起的,我自己负不了责,你也不必挖苦我。其实我父亲也不见得就有什么用意,"朋友带笑辩道。"譬如日本人给他儿子起名龟太郎,难道是要他儿子做乌龟吗?"

"当然啊。他希望他儿子像乌龟那样长寿!"我也笑了。"还有你的大号诵诗,不知是不是要你读一辈子的诗。"

"我们回去罢,让黎先生休息一会儿,他也累了。我还要预备晚上的菜。你们晚上一边吃酒,一边慢慢谈罢,"姚太太忍住笑压低声音对她的丈夫说。

"好,好,"她的丈夫接连点着头,含笑地看了她一眼,说："让我再说一句。"他又向着我："这个地方清静得很,在这儿写东西倒很不错。不过太清静了,晚上你害怕不害怕?"他不等我回答,马上接着说："你要是害怕,倒可以喊底下人找我来聊聊天。"

"你高兴,就请来谈谈,我很欢迎。不过你放心,我不会害怕的,"我笑着回答。

朋友陪着太太走了。我还听见他在窗下笑。今天也够他开心了。

我在方桌前藤椅上坐下来。我感到一点疲倦,不过我觉得心里畅快多了。我仰着头静静地听窗外树上无名的小鸟的歌声。

七

晚上就在这个下花厅里我和老姚（我开始叫他做"老姚"了）坐在一张乌木小方桌的两面，吃着他的太太做的菜，喝着陈年绍酒。菜好，酒好，他的兴致更好。他的话就像流水，他连插嘴的机会也不留给我。他批评各种各类人物，评论各种各样事情。他对什么都不满意。他一直在发牢骚。可是从他这无穷无尽的牢骚中，我却知道了一个事实：他对自己的生活并没有什么不满意，他甚至把他的第二次结婚看作莫大的幸福。他满意他这位太太，他爱他这位太太。

"老黎，你觉得昭华怎样？"他忽然放下酒杯，含笑问我道。

"很不错！你应该很满意了，"我称赞道。

他高兴地闭了一下眼睛，用右手三根手指敲着桌面，接连点了几下头，然后拿起酒杯，大大地喝了一口，忽然一个人微微笑起来：

"老黎，我劝你快结婚罢。有个家，心也要安定些。"他停了一下，又说："你不要老是做恋爱的梦，那全是小说家的空想。你看我跟昭华也没有讲过恋爱，还不是别人介绍才认识的。可是结了婚，我们过得很好。我们都很幸福。"

"我听说你们原是亲戚，"我插嘴说。

"虽说是亲戚，可是隔得远。我们素来就少见面。说真话，我对她比对我头一个太太满意得多。"喜悦使他那张开始发红的脸显得更红了。

"像你这样对结婚生活满意,还要整天发牢骚,倒不如我一个人独来独往自由自在,"我又插嘴说。

"你不明白,对你说你也不会了解。中国人讲恋爱跟西洋人讲恋爱完全不同,西洋人讲了恋爱以后才结婚,中国人结了婚以后才开始恋爱,我觉得还是我们这样更有趣味,"他得意地、好像在阐明什么大道理似的慢吞吞说,一面还动着右手加强他的语气。

我不能忍耐了,便打岔道:"算了,算了,你这种大道理还是拿去跟林语堂博士谈罢。他也许会请你写本《新浮生六记》,去骗骗洋人。我实在不懂!"

"你不懂?你看,这不是最好的例子?"他带一点骄傲地笑起来,侧过脸望着花厅门。我也掉过头去。他的太太进来了。周嫂打个灯笼跟在她后面。

我连忙站起来。

"请坐,请坐。菜做得不好,黎先生吃不惯罢,"她笑着说,两排白牙齿在我的眼前微微亮了一下。

"好极了,我吃得很多。就是今天太麻烦你了。姚太太吃过饭吗?"我仍然站着笑答道。

"吃过了,谢谢你。请坐罢,不要客气,"她说。我坐下了。她走到她的丈夫身边,他抬起头看她,说:"你再吃一点罢,"他把筷子递给她。她不肯接,却摇摇头说:"我刚吃过。……你们酒够了罢,不要喝醉了。你说黎先生酒量也不大,就早点吃饭罢,恐怕菜也要冷了。"

"好,不喝了。老文,周嫂,添饭来罢。"老姚点了点头,便提高声音叫人盛饭。

"小虎还没有回来?"他关心地问他的太太。

"我打发老李接他去了,已经去了好久,他也应该回来了,"她答道。

"辣子酱给他留得有吗?"他又问道。

"留得有。他爱吃的东西我都会留给他。"

饭碗送到桌上来了。我端着碗吃饭,我不想打扰他们夫妇的谈话。我忽然听见一个小孩的声音高叫:"爹,爹!"我抬起头,正看见一个穿西装的十一二岁的小孩跑到朋友的身边来。

"你回来了? 在外婆家玩得好吗?"朋友爱怜地问道,一面抚摩小孩的梳得光光的头。

"很好。我跟表哥他们又下棋又打扑克。明天是星期,不是老李拚命催,我还不想回来。外婆喊我明天再去耍,说下回不必打发老李来接,他们家的车子会送我回来。"

"好,下回你去,就不打发车子接你,让你玩个痛快,"朋友笑着说;"你回来连妈也不喊一声,你妈还在挂念着你呢!"

孩子站在朋友的左边,太太站在朋友的右面。孩子抬起脸看了他的后母一眼,短短地唤了一声,又把脸掉开了。他的后母倒温和地对他一笑,答应了一声,又柔声说:"小虎,你还没有招呼客人。这位是黎叔叔。"

"你给黎叔叔行个礼,"朋友推着孩子的膀子说。

孩子向前走了两步,向我鞠了一个躬,声音含糊地唤了一声:"黎叔叔。"

这孩子可以说是我那个朋友的缩本,他的脸,眉毛,鼻子,嘴,都跟我那个朋友的完全一样。不同的是服装。老姚穿蓝绸长袍,小姚穿咖啡色西装上衣,黄卡叽短裤,衬衫雪白,领带枣红。论体格和身材,小姚倒跟杨家小孩相似,可是装束和神采却大不相同了。

"老黎,你看,他像不像我?这是我的第二个宝贝!"老姚夸耀地说,他哈哈地笑着。我偷偷看了他的太太一眼。她红了脸,埋下头去。这告诉我:朋友的第一个宝贝便是她了。

老姚看见我不答话,便伸出左手在孩子的背上推一下,说:"你走过去一点,让黎叔叔看清楚!"

孩子向前再走两步,他露出一种毫不在乎的神气动了动头,要笑不笑地说一句:"看嘛,"抄着手站在我的面前,他还带着一种类似傲慢或轻蔑的眼光在打量我。

"像不像?"朋友还在追问。

"真像!……不过我觉得……"

"真像"两个字就使他满意了,他似乎没有听见下面的"不过……"这半句话,他马上伸出左手对儿子说:"小虎,过来,你妈给你留得有辣子酱,你要不要吃点东西?"

"我现在很饱。今晚上'宵夜'罢。"孩子跑到父亲身边,拉着父亲的手撒娇地要求:"爹,我今天跟表哥他们打扑克,输了四百五十块钱,你还我。"

"好,等一会儿你在你妈那儿拿五百块钱,"这位父亲爽快地一口答应了。"我问你,你在外婆家吃的什么菜?"

"妈,你等一会儿要给我啊,"孩子不回答父亲的问话,却侧过头去对他后母笑了笑,这一声"妈"叫得亲热多了。

"我回去就拿给你。你爹在跟你讲话。等一下你陪我一块儿进去,我要看着你换了衣服温习功课,"他后母温和地带笑说。

"是,"孩子不高兴地答应一声,他眼睛一眨,下嘴唇往右边一歪。这种表情我先前在比较他们父子的面貌时就已经看到了。由于这种表情,拿整个脸来说,儿子实在不像父亲。

朋友太太看见小虎的这种表情,她默默地看了我一眼,她的脸上仍然带着微笑,眼里却似乎含有一种说不出的哀愁。但是等我注意地看她的时候,她正在愉快地跟她的丈夫讲话,我在她的脸上再也找不到类似哀愁的表情了。

姚太太带着小虎先走了。我和老姚吃完饭,又谈了好久的闲话,现在他不再发牢骚,却只谈他的太太和儿子的好处。我知道他和这个太太结婚三年多还没有生小孩。头一个太太留下一儿一女,但是女儿在母亲去世后两个月也跟着死了。

这一夜我睡在空阔的大客厅里。风吹着门响,树叶下落,鸟在枝上扑翅,沙石在空中飞舞。我并不害怕。可是我没有习惯这个环境,我不能安静地闭上眼睛。

我想着我那个朋友同他的太太和小孩的事情,我也想着杨家小孩的事情。我想了许久。我还把那两个小孩比较一下。我又想着姚太太的家庭生活是不是像她的丈夫所说的那么幸福。我越想越睡不着。后来我烦躁起来,骂着自己道:"你管别人的事情做什么?各人有各人的生活方式,用不着你耽心!你好好地睡罢。"

可是在窗外黑夜已经开始褪色,小鸟吵架似地在树上和檐上叫起来了。

八

我睡到上午十点钟才起床,太阳照得满屋子金光灿烂。老文进来给我打脸水、泡茶,周嫂给我送早点来。午饭的时候老姚夫妇在下花厅里陪我吃饭。

"就是这一次,这算是礼貌。以后我们便让你一个人在这儿吃,不管你了,"老姚笑着说。

"很好,很好,我是随便惯了的,"我满意地答道。

"不过黎先生,你要什么,请只管喊底下人给你拿,不要客气才好啊,"姚太太说,她今天穿了一件浅绿色旗袍,上面罩了一件白色短外套。她听见我跟朋友讲起昨晚睡得不好,她便说:"这也难怪,屋子太敞了。我昨天忘记喊老文搬一架屏风来,有架屏风隔一下,要好一点。"

饭桌上的碗筷杯盘撤去不久,屏风就搬进来了。黑漆架子紫色绸心的屏风把我的寝室跟花厅的其余部分隔开来。

我们三个人还在这间"寝室"里闲谈了一会儿。他们夫妇坐在两张沙发上。老姚抽着烟,时时张口,带着闲适的样子吐烟圈,姚太太坐得端端正正,手里拿着茶杯慢慢地喝茶,好像在想什么事情。我却毫无拘束地翘着腿坐在窗前藤椅上。我们谈的全是省城里的事,我常常发问,要他们回答。

后来姚太太低声对她丈夫讲了几句话,她的丈夫便掷了烟头站起来,在房里走了几步,对我说:"今天下午我们两个都不在家,她母亲"(他掉头看了看太太)"约我们去玩,还要陪她老人家听戏。你高兴听京戏吗?我可以陪你去,不过这儿也没有什么好脚色。"

"你知道我从来不看旧戏,"我答道。

他的太太也站了起来。他接着说:"我想你现在也许改变了,好些人上了年纪,就慢慢地圆通了。"

"可是也有人越老越固执啊,"我笑着回答。

朋友笑了,他的太太也笑了。她说:"他是说他自己,他老是觉得他自己很圆通。"

"你不要讲我,你还不是一样。譬如你不喜欢听京戏,你母亲一说听戏,你就陪她去。我从没有听见你说过'不去'的话。你高兴看外国电影,没有人陪你去,你就不去看。所以不知道的人还以为你是个戏迷呢!"朋友跟他的太太开玩笑,太太不回答他,却只是微笑,故意把眼光射到窗外去,可是她那淡淡擦过粉的脸上已经起了红晕。她后来又收回眼光去看她的丈夫,嘴唇动了动,似乎在求他不要往下说。但是他的口开了,话不吐完,便很难闭上。他又说:"老黎不是外人,让他听见没有关系,他不会把你写在小说里面。"(她的脸通红,她连忙装作去看什么东西,转过了身子。)"其实他还是你一个同志!他也爱看外国电影,以后有好片子,请他陪你去看罢。还有,老黎,你在这儿觉得闷的时候,要是高兴看线装书,我书房里多得很,我可以把钥匙交给你。"(他自己先笑起来)"我知道你不会看那些古董的。我太太有很多小说,新的旧的都有。商务印书馆的《说部丛书》,她就有全套。这自然不是你们写的那一种。不过总是小说罢。我也看过几本,虽是文言译的,却也很能传神!新出的白话小说这

113

里也有。"

太太似乎害怕他再讲出什么话来,她脸上的红晕已经消散了,这时便把身子掉向他催促道:"你一开头,话就讲不完。你也该让黎先生休息一会儿。我还要进去收拾……"她的脸上仍旧笼罩着笑容,还是她那比阳光更亮的微笑。

"好,我不讲了。看你那着急的样子!"朋友得意洋洋地对他的太太笑道。"我们今天把老黎麻烦够了。我们走罢。让他安静地写他的文章。"

我对他们夫妇微笑。我站起来送他们出去,现在我是这半个花厅的主人了。我站在窗下石栏杆前,望着他们的背影。他们亲密地谈着话,沿着石栏杆走过了上花厅,往里去了。

九

　　下半天他们夫妇果然不曾来。也没有别人来打扰我,除了周嫂来给我冲开水,老文给我送饭。

　　我吃过晚饭,老文给我打脸水来。我无意地说了一句:"这太麻烦你们了,以后倒可以不必……"

　　老文垂着手眨着老眼答道:"黎老爷,你怎么这样说!你是我们老爷的好朋友,我们当底下人的当然要好好伺候。万一有伺候不周到的地方,请你不客气地骂我们几句。"

　　这番话使我浑身不舒服起来。我被人称作"黎老爷",这还是头一次。我听着实在不顺耳。我知道他以后还会这样叫下去的,会一直叫到我离开姚家为止。这使我受不了。我想了想,只好老实对他说:"你是老家人了,你跟别人不同。"(这句话果然发生了效力,他的脸上现出笑容来。)"请你不要喊我'黎老爷',我们在'下面'都是喊先生,你就照'下面'的规矩喊我'黎先生'罢。"

　　"是,以后就依黎老爷的话;哦,是,黎先生。说老,我们在姚家'帮'了三十几年了。我们是看见我们老爷长大的。我们老爷心地好,做事待人厚道,就跟老太爷一模一样。"

　　"你们太太呢?"我问道。

　　"是说现在这位太太吗?"他问道。我点点头。老文便接着

115

说下去:"太太过门三年多了,她从来没有骂过我们半句。她没有过门的时候,人人都说她是个新派人物,怕她花样多。她过来了大家都夸奖她好,她心地跟她相貌一样。她脸上一天总是挂着笑容。她特别看得起我们,说我们是姚家老家人。她有些事情还要问我们。我们伺候这样的老爷、太太,是我们底下人的福气。"笑容使他的皱脸显得更皱了,可是他一对细小的眼睛里包满泪水,好像他要哭起来似的。

我洗过脸,他便走到茶几旁去端脸盆。我连忙又问一句,因为我的好奇心被他的叙述引动了,我想从他的口里多知道一些事情。

"你们头一位太太呢?"

老文放下脸盆,看了我一眼,垂着手站在茶几前,摇摇头答道:"不是我们底下人胡言乱语,前头太太比这位差得太多,真赶不上。前头太太留下了一位少爷,还有一位小姐,小姐后来也死了……"他突然把下面的话咽住了,转过头去看门外。

"你们少爷我也见过,相貌跟你们老爷一模一样,"我接下去说,我想用这句话来引出他以后的话。

"不过脾气却跟老爷两样。"他看看我,又看看门外,他似乎想收回那句话,可是已经来不及了。他一定知道我清清楚楚地把话听进去了。

"不要紧,你有话只管讲,我不会告诉别人。你说得不错。我也看得出来。你们少爷对你们太太不大好。"

"黎——先生,你还不知道,虎少爷自来脾气大,不说对他后娘,就是对他亲生妈也不好。前头太太去世时候,虎少爷快八岁了,他哭都没哭一声。他外婆太宠他,老爷也太宠他,我们太太拿他简直没有办法。"他走到我面前,压低声音说:"我听见周大娘说,我们太太为他的事还哭过好几回,连老爷都不晓得。"他停了一下,仍旧小声说下去:"太太回娘家,要带他去,他死也不肯去。他自己的外婆总说我们太太待不得前娘儿子,这两年赵家外老太太简直不到我们家来了,就是时常打发人来接虎少爷过去耍。我们太太逢年过节还是到赵家去。去年赵家怕警报,下乡去住了大半年,就把虎少爷接去住了三四个月。虎少爷回都不想回来了。老爷、太太打发我们去接了好几趟,才接回来的,回来还大发脾气,说在城里头炸死了,归哪个负责!老爷不骂他,太太也不好讲话。其实他在赵家从来不翻书,一天就跟表哥表弟赌钱……"

"你们老爷为什么这样不明白?像你们少爷这样年纪,做父亲的正应该好好管教他,"我插嘴说。

"唉,"老文着急地叹了一口气,"老爷宠他,什么事都依他,从小就是这样。叫我们底下人在旁边干着急。"他忽然忘了自己地提高声音:"年纪不小了,已经十三岁了,还在读高小第四册。"过后他气恼地昂起头来,自语道:"我们说是说了,就是给旁人听见,也不怕,我们顶多告假回家就是了。"

"他十三岁?我还以为至多十一岁呢!"

"心思多的人不肯长,有什么办法?"老文的声音里还含着怒气。

"昨天那个杨家少爷也不过这样年纪……"我说。

"杨家少爷?"老文惊诧地问道,但是他不等我解释,马上接着说,"我们晓得就是常常跑进来折花的那一个。他家里从前也很阔,听说比我们老爷还有钱,现在败了。不过饭还吃得起。我听见看门的李老汉儿说,那个杨少爷今年还不满十五岁,已经上了三年中学,书读得很好。"

"你们老爷不是说他不肯好好念书吗?"我问道。

"那是老爷的话。我们讲的是李老汉儿的话,我们也不晓得究竟是真是假。我们原说,既然书读得好,怎么又会常常跑进我们花园来要花?这个道理我们实在不明白。问起李老汉儿,他也不肯说,我们多问两句,他就流眼泪水。昨天他还跟我们讲过情,说是只要老爷不晓得,又没有给赵青云看见,就让杨少爷来折几枝花罢。我们倒有点不好意思。其实我们也不想跟杨少爷为难,人家好好的少爷,公馆又原是他们家卖出来的,再说折两枝花,也值不了几个钱,横竖老爷、少爷都不爱花,就是太太一个人高兴看看花。其实太太也讲过,一两枝花有什么要紧,人家喜爱花,就送他一两枝。只是赵青云顶不高兴,花儿匠老刘请了三个月病假,现在归赵青云打扫花园,他顶讨厌旁人跑进花园里头来。老爷也吩咐过不要放杨少爷进公馆来,说是怕把虎少爷教坏了。所以赵青云碰到杨少爷,总要吵嘴。一个要赶,一个不肯走,偏偏杨少爷人虽小,力气倒不小,嘴又会讲话。有时候赵青云一个人把他没有办法,我们碰到,只好去帮忙。"

"你们老爷害怕虎少爷跟着杨少爷学坏,是不是你们少爷喜欢跟杨少爷一块儿玩?"我又问。

"哼,我们虎少爷怎么肯跟杨少爷一堆耍?他顶势利了,从来没有正眼看过我们,从来不肯好好地跟我们讲一句话。老爷真是太小心。"

"你们太太是个明白人,她可以劝劝你们老爷,对虎少爷的教育不好这样随便啊,"我说。

老文绝望地摇着头:"没有用。老爷什么事都明白,就是在这件事情上头有点糊涂。你跟他讲,他不会听。"他弯下身子,带着严肃的表情,低声对我说:"听说太太跟老爷讲过几回,虎少爷在家里不肯念书,时常到他外婆家去赌钱,又学了些坏习气,她做后娘的不大好管教,怕赵家讲闲话,要老爷好好管他。老爷却说,年纪小的人都是这样,大了就会改的。虎少爷人很聪明,用不着管教。太太碰了几回钉子,也就不敢多讲话了。赵家对太太顶不好,外老太太同两位舅太太都是这样,她们不但在外头讲闲话,还常常教唆虎少爷跟太太为难。老爷一点也不管。太太跟周大娘讲过,幸好她自己没有添小少爷,不然,她做后娘更难做了。"

"你们太太的处境也太苦了,"我同情地、不平地说,"真是想不到。"

"是啊,要不是周大娘跟我们说,我们哪儿会晓得?太太一天都是笑脸,见到人总是有说有笑的。我们只求老太爷的阴灵保佑她添两位小少爷,将来大起来,做大事情,给她出一口气。"老家人的诚心的祝福在这空阔的厅子里无力地战抖着。我看见他用手揩眼睛,觉得心里不痛快,站起来,默默地在屋里走了几步。

我觉得老文的眼光老是在我的身上打转,便站定了,望着他那微微埋下的头,等着他讲话。

"黎先生,这些话请你不要告诉旁人啊,"他小心地央求我,脸上愤怒的表情完全消失了。我看到一种表示自己无力的求助的神情。没有门牙的嘴像一个黑洞。

"你放心,我绝不会告诉人,"我感动地说。

"多谢你,我们今天把心里头的话都讲出来了。黎先生,我们虽是没有读过几年书的底下人,我们也晓得好歹,明白是非,我们心里头也很难过。"老文埋着头,捧着脸盆,伤感地流着泪走出去了。

我一个人站在下花厅门口。我引出了他的这许多话,我知道了许多事情。可是我的好奇心得到了满足么?
　　没有。我只觉得有什么野兽的利爪在搔我的胸膛。

十

　　第二天老文送午饭来,他告诉我虎少爷昨晚又没有回家,还说了一些关于小虎的话,又说起小虎甚至在外面讲过他的后母的坏话。我听了,心里不大痛快。午饭后,我不能在屋里工作,也不想出去逛街。我在花厅里,在园子里走了不知若干步,走累了,便坐到沙发上休息;坐厌了,我又站起来走。最后我闷得没有办法,忽然想起不如到电影院去消磨时间。我刚从石栏杆转进门廊,就看见周嫂给我送晚饭来,说是老文告假上街去了,所以由她送饭。

　　我只好回到下花厅里吃了晚饭。周嫂冲了茶,倒了脸水。她做事手脚快,年纪在四十左右,脑后梳一个大髻,脸相当长,颜色黄,颧骨高,嘴唇厚,眉毛多,身体似乎很结实。她在我面前不肯讲话。我故意问她,虎少爷在家不在家。

　　"他?不消说又到赵家去了。我们太太回娘家,千万求他去,他也不肯。他只爱到赵家去耍钱,"周嫂扁起嘴,轻蔑地说。

　　"你们老爷喊他跟太太去,他也不听话吗?"我再问一句。

　　"连老爷也将就他,他是姚家的小老虎,小皇帝。"她掉开头,不再讲话了。

　　晚饭后我走出大门,打算到城中心一家电影院去。看门人李老汉正坐在大门内一把旧的太师椅上,抽着叶子烟,看见我便站起来,取下烟管,恭敬地唤了一声:"黎老爷,"对我和蔼地笑了笑。

我出了大门,这声"黎老爷"还使我的耳朵不舒服,我便转回来。他刚坐下,立刻又站起身子。

"李老汉儿,你坐罢,不要客气,"我做个手势要他坐下,一面温和地对他说;"你不要喊'老爷',他们都喊我'黎先生'。你明白我的意思吗?"

"是,黎先生,我明白,"他恭顺地回答。

"你坐罢,你坐罢。"我看见旁边没有别人,决定趁这个机会向他打听杨家小孩的事。我在对面一根板凳上坐下来,他也只好坐了。

"听说,你以前在杨家帮过很久,是吗?"我望着他那光秃的头顶问道。

"是,杨老太爷房子刚刚修好,我就进来了,那是光绪三十二年,离现在三十几年了。我起初当大班抬轿子,民国六年跟人家打架,腿跌坏了,老太爷出钱给我医好,就喊我看门。"他埋下头把烟管在一只鞋底上敲着,烟蒂落下地来,他连忙用脚踏灭了火。他把烟管横放在他背后椅子上。

"杨家的人都好吗?"我做出关心的样子问道。

"老太爷民国二十年就过世了。大老爷也死了五年多了,只有一个少爷,公馆卖了,他就到'下面'去,一直没有消息。二老爷在衡阳,经营生意,很顺手。四老爷在省城什么大公司当副经理,家境也很好。就是三老爷家产弄光了,吃口饭都很艰难……"他接连叹了几口气,摇了几下头,抚摸了几下他那不过一寸长的白胡须。

"昨天来的那个小少爷就是他们杨家的人吗?"

"是,这是三老爷的小少爷。跟他父亲一样,很清秀,又很聪明,人又好强。三老爷小时候,老太爷顶喜欢他,事事将就他。后来三老爷长大了,接了三太太,又给朋友带坏了,把家产败得精光,连三太太的陪奁也花光了。后来三太太、大少爷都跟他吵嘴,只有这个小少爷跟他父亲好。"

"那么杨家三老爷还在吗?"我连忙插嘴问道。

"这个……我不晓得,"他摇了几下头。我注意他的眼睛,他虽然掉开脸躲避我的眼光,可是我见到了他一双眼睛里的泪水,我知道他没有对我说真话,他隐瞒了什么事情。但是我还想用话套出他的真话来。

"杨家大少爷不是在邮政局做事吗?那么一家人也应该过得去。这位小少爷还在上学,现在要送子弟上学,也要花一笔大钱!"

"是啊,他们弟兄感情好,小少爷读书又用功。大少爷很喜欢他兄弟,就是不喜欢他父亲。小少爷在学堂里头,每回考试,都中头二三名。"李老汉说着,得意地捏着胡须微笑了,可是眼里的泪水还没有干掉。

"不错,这个我也看得出来,的确是个好孩子,"我故意称赞道;"不过有一件事我不明白,他为什么常常跑到这儿来拿花,跟姚家底下人为难呢?他爱花,可以花钱买,又不贵。何必要折别人家的花?"

"黎先生,你不晓得,小少爷心肠好,他折花也不是自家要的。"

"送人,也可以花钱去买!茶花外面也有卖的,"我接下去说,我看见一线亮光了。

123

"外头茶花不多,就是有,也比不上杨家公馆里的!栽了三十多年了,三老爷小的时候,花园里头就有茶花。一共两棵,一红一白。白的一棵前年给虎少爷砍坏了。现在就剩这一棵红的。三老爷顶喜欢这棵茶花。他虽说不务正业,可是那回说起卖房子,倒不是三老爷的意思,二老爷同四老爷要拿钱去做生意,一定吵着要卖,大老爷的大少爷不过二十七八岁,没有结婚,性子暴躁,平日看不起家里几个叔叔,也吵着卖房子,说是把家产分干净了,他好到外国去读书,永远不回省来。三太太的钱给三老爷花光了,也想等到卖了房子,分点钱来过活。大家都要卖,三老爷一个人说不能卖也不中用。当时大家都着急得很,怕日子久了会变卦,所以房价很便宜。得了钱大家一分,三老爷没有拿到一个钱。"他的嘴又闭上了,一嘴短而浓的白胡须掩盖了一切。

"他怎么会没有拿到一个钱呢?三太太他们分到钱总会拿点给他花。至少他吃饭住房子得花这笔钱,"我惊奇地追问道,我相信他一定对我隐瞒了一件重要的事情。

"是,黎先生说的是,"他恭顺地答道。

我知道他不会再对我讲什么话了。他大概觉察出来我在向他打听消息,我在设法探出他心里的秘密,他便用这个"是"字来封我的嘴。我要是再追问下去,恐怕不但没有好处,反而会增加他对我的疑惧,还不如就此打住,等到以后有机会再向他探询罢。

我正在这样想的时候,忽然看见一个人影在门前晃了一下。李老汉马上站起,脸色全变了,他那张圆圆脸由于惊恐搐动起来,好像他见到什么他害怕看见的东西似的。

我也吃了一惊。我站起来,走出了大门。我向街中张望。

我只看见一个人的背影:瘦长的身材,粘染尘土的长头发,和一件满是油垢快变成乌黑的灰布夹袍。他走得很快,仿佛害怕有人在后面追他一般。

十一

我朝着他去的方向走,走过一个庙宇似的建筑,我瞥见了"大仙祠"三个大字。我忽然记起老姚的话。他说看见过杨少爷在这个庙门口跟乞丐在一块儿。他又说大仙祠在他的公馆隔壁,其实跟他的公馆相隔有大半条街光景。我的好奇心鼓舞我走进了大仙祠。

庙很小。这里从前大概香火旺盛,但是现在冷落了。大仙的牌位光秃秃地立在神龛里,帷幔只剩了一只角。墙壁上还挂着一些"有求必应"的破匾。供桌的脚缺了一只,木香炉里燃着一炷香;没有烛台,代替它们的是两大块萝卜,上面插着两根燃过的蜡烛棍。一个矮胖的玻璃瓶子,里面插了一枝红茶花,放在供桌的正中。明明是昨天我折给杨少爷的那枝花。

奇怪,怎么茶花会跑到这儿来呢?我想着,我觉得我快要把一个谜解答出来了。

神龛旁边有一道小门通到后面,我从小门进去。后面有一段石阶,一个小天井,一堵砖墙。阶上靠着神龛的木壁,有一堆干草,草上铺了一床席子,席子上一床旧被,枕头边一个脸盆,盆里还有些零碎东西。在天井的一角,靠着砖墙,人用几块砖搭了一个灶,灶上坐着一个瓦罐,正在冒热气。

谁住在这儿呢?难道杨家小孩跟这个人有什么关系?或者

杨家小孩是大仙的信徒？我问着自己。我站在阶上，出神地望着破灶上的瓦罐。

我听见背后一声无力的咳嗽。我回过头去。一个人站在我的后面：瘦长的身材，蓬乱的长头发，满是油垢的灰布长袍。他正是刚才走过姚家门口的那个人。他的眼睛正带着疑惧的表情在打量我。我也注意地回看他。一张不干净的长脸似乎好些天没有洗过了，面容衰老，但是很清秀。眼睛相当亮，鼻子略向左偏，上嘴唇薄，虽然闭住嘴，还看得见一部分上牙。奇怪，我好像在什么地方见过这个人似的。

他老是站着打量我，不作声，也不走开。他看得我浑身不舒服起来，仿佛他那一身油垢都粘到我身上来了一样。我不能再忍受这种沉默的注视，我便开口发问：

"你住在这儿吗？"

他没有表情地点一下头。

过了一会儿，我又说一句：

"罐子里的东西煮开了。"我指着灶上的瓦罐。

他又点一下头。

"这儿就只有你一个人？"过了几分钟，我又问一句。

他又点一下头。

怎么，他是一个哑巴？我又站了一会儿，同他对望了三四分钟。我忽然想起：他的鼻子和他的嘴跟杨家小孩的完全一样。两个人的眼睛也差不多。

这是一个意外的发现。难道他就是杨家三老爷？难道他就是杨家小孩的父亲？

我应该向他问话，要他把他的身世告诉我。没有用。他不讲话，却只是点着头，我怎么能够明白他的意思？即使他不是哑

127

巴,即使他真是那个小孩的父亲,他也不会对我这个陌生人泄露他的秘密。那么我老是痴呆地站在这里有什么用呢?

我失望地走出了小门。他也跟着我出来。我走到供桌前看见瓶里那枝茶花,我忍不住又问一句:

"这枝花是你的?"

他又点一下头。这一次我看见他嘴角挂了一丝笑意。

"这是我前天亲手在姚公馆折下来的,"我指着茶花说。

他似信非信地看了我一眼,微微一笑(我觉得他是在笑,或许不是笑也说不定),过后又点一下头。

"是杨家小少爷给你的吗?"我没有办法,勉强再问一句。

他再点一下头,索性撇开我,走下铺石板的院子,站到大门口去了。我没有看清楚他脸上的表情。这时庙里光线相当暗,夜已经逼近了。

我扫兴地走出庙门。在我后面响起了关门的声音。我回过头看。两扇失了光彩的黑漆大门把那个只会点头的哑巴关在庙里了。

我站在庙门前,掏出表来看,才六点十分,我马上唤住一部经过的街车,要那个年轻车夫把我拉到蓉光大戏院去。

我心里装了许多人的秘密。我现在需要休息,需要忘记。

十二

我回到姚家,还不到九点半钟。小虎正站在大厅上骂赵青云。他骂的全是粗话。赵青云坐在门房的门槛上,穿着短衫,袖子差不多挽到肩头,露出两只结实的膀子,冷一句热一句地回骂着。老文坐在二门内右面黑漆长凳上抽叶子烟。

"黎先生,回来啦,"老文站起来招呼我。

"他有什么事?"我指着小虎问道。

"他输了钱回来发脾气,怪赵青云接他早了。是太太打发赵青云去接他的。太太说他晚上还要温习功课,早晨七点钟上课,六点钟就该起来。其实他哪儿是读书,不过混混寿缘罢了,"老文摇头叹息道;"一个月里头总有十天请假,半个月迟到的。上了七年学认字不过一箩筐。这真是造孽!"

"老爷没有回来吗?"我问道。

"还早嘞。今天老爷、太太陪外老太太看戏,要到十二点才回来。老爷不在家,他发脾气,也没有人理他。赵青云又是个硬性子,不会让他,是他自讨没趣。"

小虎在大厅上跳来跳去,口里×妈×娘地乱骂,话越来越难听。有一次他跳下天井,说是要打赵青云。赵青云也站起来,把膀子晃了两晃,一面回骂道:"×妈,你敢动一下,老子不把你打成肉酱不姓赵!"

小虎胆怯地退了一步。这时二门外响起包车的铃声和车夫的吆喝声。小虎连忙向前走了两步,把两手插在西装袋里,得意地笑道:"好,你打罢。老爷回来了。看你敢不敢打!"

一部包车同两部街车在二门口停住了。车上走下一个素服的中年太太、一个穿花旗袍梳两条小辫子的小姐和一个穿青色学生服的十七八岁的青年。他们先后跨进门槛。老文垂下双手招呼了他们。他们对他点了点头。

小虎看见回来的不是他的父亲,回头便跑,跑上大厅的阶沿,又站住大声骂起来。那位太太和小姐走过他的身边,他并不理睬她们。她们也不看他。只有那个青年站住带笑问他一句:"虎表弟,你在跟哪个吵嘴?"

"你不要管!"小虎生气地把身子一扭,答了一句。

青年若无其事地笑了笑,就从侧门往内院去了。

"这是小虎的表哥吗?"我问老文道。

"是。这是居孀的姑太太,还有大小姐跟二少爷。他们都晓得我们虎少爷的脾气,能避开就避开。老爷不在面前,虎少爷从不把他们放在眼里。姑太太是长辈,你看他连招呼也不招呼。姑太太是我们老爷的亲姐姐,比老爷大不到两岁。姑老爷死得早,也留得有田地,姑太太一家人也能过活。老爷好意接姑太太来住,恐怕也因为公馆里头房子多,自己一家大小三个住不完。老爷、太太待姑太太都很好,就是虎少爷看不起人家。他常常讲姑太太家里没有什么钱,他们姚家有千多亩田。田多还不是祖先传下来的!人家小姐、少爷都在上大学读书,从来不乱花钱,好多人夸奖,那才是自己的本事。"老文提起小虎,气就上来了。他一开口便发了这一大堆牢骚。我了解他的心理,我知道他的愤怒是从什么地方来的。

"我哪天一定要好好地劝劝你们老爷,再这样下去,不但害了小虎一辈子,并且会苦坏你们的太太,"我说。

"不中用,黎先生,不中用。我们老爷就是在这件事上头看不明白。况且还有赵家一家人教唆。坏就坏在赵家比我们老爷更有钱,虎少爷就相信钱。偏偏太太娘家又没有多少钱,家境比我们姑太太还差,虎少爷当然看不上眼。就是太太过门那年,他到万家去过两回,以后死也不肯再去。"

"你们太太娘家还有些什么人?"

"万家除了外老太太,还有大舅老爷、大舅太太、两位少爷。大舅老爷比太太大十多岁,在大学里教书,听说名声很好。两位少爷都在外州县上学。虽说没有多少钱,人家万家一家人过得和和气气。那才像一个家!哪儿像赵家,没有一个人做正经事情,就只知道摆阔、赌钱!连我们底下人也看不惯。黎先生,你想,虎少爷今天去赵家,明天去赵家,怎么不会学坏?"

"想不到你这样明白,"我赞了他一句。

"黎先生,你太夸奖了,我们底下人再明白,又有什么用,还不是做一世底下人!在老爷面前我们一个屁也不敢放。他读过那么多的书,走过那么多的地方,我们还敢跟他顶嘴吗?我们就是想替太太'打抱不平',也不敢向老爷吐一个字。况且人家又是恩爱夫妻。外头哪一个不说老爷跟太太感情好!……虎少爷进去了。黎先生,你也进屋去休息罢。我们又吵了你半天。我们去给你打脸水。"他把一直捏在手里的叶子烟管别在后面裤带上,叹息似地微微摆着头,走下天井里去了。我只得跟着他走进"憩园"去。

十 三

我就这样地在姚家住下来。朋友让我自由,给我方便。园子里很静,少人来。有客人拜访,朋友都在上花厅接待他们。其实除了早晚,朋友在家的时候就不多。我知道他并没有担任什么工作,听说他也不大喜欢应酬。我问老文,老爷白天出门做什么事,老文说他常常去"正娱花园"喝茶听竹琴,有时也把太太拉去陪他。

我搬来姚家的第六天便开始我的工作。这是我的第七本书,也就是我的第四本长篇小说。是一个老车夫和一个唱书的瞎眼妇人的故事。我动身回乡以前,曾把小说的结构和内容对一位文坛上的前辈讲过。那时他正在替一家大书店编一套文学丛书,要我把小说写好交给那个书店出版,我答应了他。我应当对那位前辈守信。我的工作进行得很顺利。我关在下花厅里写了一个星期,已经写了三万多字。我预计在二十天里面可以完成我这部小说。

每天吃过晚饭我照例出去逛街。有时走得较远,有时走了两三条街便回来,坐在大门内板凳上,找李老汉谈天。我们什么话都谈,可是我一提到杨家的事,他便封了嘴,不然就用别的话岔开。我觉得他在提防我。

每天我走过大仙祠,都看见大门紧闭着。我轻轻地推一下,推不开。有一次我离庙门还有四五步远,看见一个小孩从庙里出来。我认得他,他明明是杨少爷。他飞也似地朝前跑,一下子就隐在人背后不见了。我走到大仙祠。大门开了一扇,哑巴站在门里。我看他,他也看我。他的相貌没有改变,只是一双眼睛泪汪汪的,左手拿着一本线装书。

他退后两步,打算把我关在门外。我连忙拿右手抵住那扇门,一面埋下眼睛,看他手里的书,问道:"什么书?"

他呆呆地点一下头,却把那只手略略举起。书是翻开的,全是石印的大字,旁边还加了红圈。我瞥见"共看明月应垂泪,一夜乡心五处同"十四个字,我知道这是二十多年前的旧印本《唐诗三百首》。

"你在读唐诗?"我温和地问道。

他又点一下头,往后退了两步。

我前进两步,亲切地再问:"你贵姓?"

他仍旧点一下头。泪水从眼角滴下来,他也不去揩它,好像没有觉察到似的。

我抬起眼睛看供桌,香炉里燃着一炷香。茶花仍然在瓶里,但是已经干枯了。我又对他说一句:"还是换点别的花来插罢。"

他这一次连头也忘记点了。他痴痴地望着花,泪水像两根线一样挂在他的脸颊上。

我忽然想到这天是星期六。我来姚家刚刚两个星期。那次杨少爷来要花也是在星期六。那个小孩大概每个星期六到这儿来一次。他一定是来看他的父亲。不用说,哑巴就是杨老三。照李老汉说,杨家卖了公馆,分了钱,杨老三没有拿一个。他大概从那个时候起就给家里人赶出来了;至于他怎么会住到庙里来,又怎么会变成哑巴,这里面一定有一段很长的故事,可是我

133

有什么办法知道呢？他自己不会告诉我。杨家小孩也不会告诉我。李老汉——现在李老汉不跟我谈杨家的事了。

哑巴在我旁边咳了一声嗽，不止一声，他一连咳了五六次。我同情地望着他，正想着应该怎样给他帮忙。他勉强止了咳，指着大门，对我做手势，要我出去。我迟疑一下，便默默地走了出去。

大门在我后面关上了。我也不回过头去看。浅蓝色天空里挂起银白的上弦月，夜还没有来，傍晚的空气十分清爽。

我在街上慢慢地走着。我希望我能够忘记这些谜一样的事情。

十四

"老黎！老黎！"一个熟习的声音在叫我。从迎面一部包车上跳下来一个巨大的影子。

我站定了，抬起头看。老姚笑容满面地站在我面前。

"我正耽心找不着你，想不到在半路上给我抓住了，真巧！"他满意地笑道。他马上掉转脸吩咐车夫："你把车子先拉回家去。"

车夫应了一声，便拉起车子走了。

"有什么好事情？你这样得意！"我问道。

"碰到你，我的难题解决了，"老姚笑答道。"我今天跟昭华约好七点钟去看电影，两张票子都买好了。哪知道我到赵家去，赵家一定要留我吃晚饭，晚上陪老太太听川戏，不答应是不行的。可是我太太看电影的事怎么办呢？我想，只好请你陪她去。不过我又怕你不在家。现在没有问题了。"

"其实你看了电影再去听戏也成，"我说。

"可是我还要赶回赵家去吃饭啊。现在我先回家跟昭华讲一声。"

"你不去，恐怕你太太不高兴罢。"

"不会，不会，"他摇摇头很有把握地说；"她脾气再好没有了。她也知道我平日不高兴看电影，我去也是为了陪她。"

"赵家没有请你太太吃饭？"

"你怎么这样罗苏，我看你快变成老太婆了，"老姚带笑地抱怨道。"快走，昭华在家里等我们。我还要赶到赵家去。赵家在南门，我们这儿是北门！"

我笑了笑，便跟着他走回公馆去。在路上他还是把我的问话回答了。他还向我解释："赵老太太不愿意看见昭华，说是看见昭华就会想起她的亲生女儿，心里不好过。自从我头个太太死后，赵老太太就没有到我家来过。其实昭华对赵家起先也很亲热。后来赵家常说怕惹起老太太伤心，不敢接她去玩，她才没有再到赵家去。其实这也难怪赵家，老太太爱她的女儿，也是人之常情，况且我头个太太又是她的独养女。"

"那么赵老太太看见你同小虎，就不会想到她的独养女吗？"我不满意他这个解释，便顶他一句。

"她喜欢小虎极了。今晚上听戏还是小虎说起的，"他似乎并没有听懂我的意思，却只顾说些叫我听了不高兴的话。

我们到了家。老姚要我回到房里等着。我跨进了憩园的门槛，还听见他在吩咐老文："你到外面去给黎先生雇一辆车来。"

十 五

我在园子里走了十多分钟,看见夜的网慢慢地从墙上、树上撒下地来。两三只乌鸦带着疲倦的叹息飞过树梢。一只小鸟从桂花树枝上突然扑下,又穿过只剩下一树绿叶的山茶树,飞到假山那面去了。

老姚夫妇来了。太太脸上仍旧带着她的微笑。她身上穿一件灰色薄呢的旗袍,外面罩了一件黑绒窄腰短外衣。老姚也脱去了长袍,换上一身西服,左膀上搭了一件薄薄的夹大衣。

"老黎,走罢,你不拿东西吗?"老姚站在石栏杆前,高兴地嚷起来。

"好。我不拿东西,"我一面回答,一面走上石阶,沿着栏杆去迎他们。

"黎先生,对不起啊,又耽误你的工作,"姚太太笑着对我道歉。

"姚太太,你太客气了。他知道(我指着她的丈夫)我是个电影迷,"我笑答道。"你们请我看电影,还说对不起我,那我应该怎么说呢?"

"不要再讲什么客气话了,快走罢,不然会来不及的,"老姚在旁边催促道。

我们走出园门。三部车子已经在二门外等着了。他们夫妇坐上自己的包车,我坐上街车,鱼贯地出了大门。

过了两条街,在十字路口,朋友跟他的太太分手了。又过了六七条街,我们这两部车子在电影院门口停下来。

我抬头看钟,知道还差八九分才到开映的时间。电影院门前只有寥寥十几个人。今天映的片子是《战云情泪》,演员中没有一个大明星,又是美国南北战争时期的故事,不合这里观众的口味也未可知。

戏院里相当宽敞,上座不到六成。我们前面一排,就空了五个位子。姚太太在看说明书,可是她没有看完,电灯便熄了。

银幕上映出来一个和睦家庭的生活,一个安静、美丽的乡村环境。然后是一连串朴素的悲痛的故事。我的心为那些善良人的命运痛苦。我看见姚太太频频拿手帕揩她的眼睛,我还听见她一阵阵的轻微的吐气。

映到那个从战地回来的父亲躺在长沙发上咽气的时候,片子忽然断了。电灯重燃起来。姚太太嘘了一口气,默默地埋下了头。我却抬起脸,毫无目的地把眼光射到一些座位上去。

我呆了一下。在我右面前三排的座位上,我看见了杨家小孩,就是我先前在大仙祠门口看见的那个样子。他正在跟旁边的一位中年太太讲话,这位太太脸上擦了点粉,头发梳成一个小髻,蓝花旗袍上罩了一件灰绒线衫,在她右面还有一个穿灰西装的年轻人,她侧过头对那个年轻人说了两句话,她笑了,那个年轻人也笑了。过后那个年轻人忽然回过头看后面。他的脸被我看清楚了。除了头发梳理得十分光滑、脸色比较白净外,他的脸跟杨家小孩的脸简直是一个模子里铸出来的。

真巧!许多事都碰在一块儿。想不到我又在这个电影院里看见了杨家小孩的母亲和他的哥哥。

电灯又灭了。片子接着映下去。最后战争结束，兵士们回到故乡。那个善良的姑娘在她同母亲重建起来的田庄上，在绝望的长期等待中，毕竟见到了她的情人的归来。

人们离开座位走了。电灯再亮起来。姚太太看了我一眼，便也站起来。我对她短短地说一句："片子还不错。"她点点头，答了一句："我倒没有想到。"

姚太太怕挤，她主张让旁人先出去。等我们走到门口，车子已经被人雇光了。我看见杨家母子坐上最后三辆街车走了。

老李正在台阶下等候姚太太，看见她便大声说："太太，车子在这儿。"

"黎先生的车子在哪儿？"姚太太问道。

老李答道："我雇好一部，给人家抢去了。今天车子少。到前面多半雇得到。太太要先坐吗？"

我连忙说："姚太太，请先上车罢。我自己到前面去雇车好了。要是没有车，走回去也很方便。"

"老李，你把车拉回去。我陪黎先生走一节路，等着雇到车再坐。横竖今晚上天气好，有月亮，"姚太太不同我讲话，却温和地吩咐老李说。

"是，太太，"老李恭敬地答道。

我只好同姚太太走下台阶。老李拉着车子慢慢地在前面走。我们两个在后面跟着。

139

十 六

　　我们跟着车子转了弯。我们离开了嘈杂的人声,离开了辉煌的灯光,走进一条清静的石板巷。我不讲话,我耳朵里只有她的半高跟鞋的有规律的响声。

　　月光淡淡地照下来。

　　"两年来我没有在街上走过路,动辄就坐车,"她似乎注意到她的沉默使我不安,便对我谈起话来。

　　"我看,姚太太,你还是先坐车回去罢。还有好几条街,我走惯了不要紧,"我趁这个机会又说一次。这不全是客气话,因为我一则耽心她会走累;二则,这样陪她走路,我感到拘束。

　　"不要紧,黎先生,你不要替我耽心,我不学学走路,恐怕将来连路都不会走了,"她看了我一眼,含笑道。"前年有警报的时候,我们也是坐自己的车子'跑警报',不过偶尔在乡下走点路。这两年警报也少了。诵诗不但自己不喜欢走路,他还不让我走路,也不让小虎走路。"

　　"姚太太在家里很忙罢?"

　　"不忙。闲得很。我们家里就只有三个人。用的底下人都不错,有什么事情,不用吩咐,他们会办得很好。我没有事,就看书消遣。黎先生的大作我也读过几本。"

　　我最怕听人当面说读过我的书。现在这样的话从她的口里出来,我听了更惭愧。我抱歉地说:"写得太坏了。值不得姚太太读。"

"黎先生,你太客气了。你是诵诗的老朋友,就不应该对我这样客气。诵诗常常对我讲起你。我不配批评你的大作,不过我读了你的书,我相信你是个好人。我觉得诵诗有你这样的朋友是他的福气。他认识的人虽然多,可是知己朋友实在太少,"她诚恳地说,声音低,但吐字清楚,并且是甜甜的嗓音;可是我觉得她的语调里含得有一种捉不住的淡淡的哀愁。我怀着同情地在心里说:你呢?你又有什么知己朋友?你为什么不想到你自己?可是在她面前我不能讲这样的话。我对着她只能发出唯唯的应声。

我们走过了三条街。我没有讲话,我心里藏的话太多了。

"我总是这样想,写小说的人都怀得有一种悲天悯人的菩萨心肠,不然一个人的肚子里怎么能容得下许多人的不幸,一个人的笔下怎么能宣泄许多人的悲哀?所以,我想黎先生有一天一定可以给诵诗帮忙……"

"姚太太,你这又是客气话了,我能够给他帮什么忙呢?他不是过得很好吗?他的生活比我的好得多!"我感动地说。我一面觉得我明白她的意思,一面又害怕我猜错她的真意,用这敷衍话来安慰她,同时也用这话来表明我在那件事情上无能为力。

"黎先生,你一定懂我的话,至少有一天你会懂的。我相信你们小说家看事情比平常人深得多。平常人只会看表面,你们还要发掘人心。我想你们的生活也很苦,看得太深了恐怕还是看到痛苦多,欢乐少……"

她的声音微微战抖着,余音拖得长,像叹气,又像哭泣,全进到我的心里,割着我的心。

我失去了忍耐的力量,我忘记了我自己,我恨不能把心挖了出来,我恳切地对她说:"姚太太,我还不能说我懂不懂你的意思。不过你不要耽心。请你记住,诵诗有你这样一位太太,应该是世界上最幸福的人。……"我激动得厉害,以下的话我讲不出来了。到这时,我忽然害怕她会误会我的意思,把我的话当作一个玩笑,甚至一种冒犯。

她沉默着,甚至不发出一点轻微的声息。她略略埋下头。过了一会儿,她又抬起脸来。可是她始终不回答我一句。我也不敢再对她说什么。她的眼睛向着天空,我看不到她脸上的表情。

这沉默使我难堪,但是我也不想逃避。她不提坐车,我就得陪她走回公馆。不管我的话在她心上留下什么样的印象,我既然说出我的真心话,我就得硬着头皮承担那一切的后果。我并不懊悔。

她的脚步不像先前那样平稳了。大概她也失去了心境的平静罢。我希望我能够知道她这时候在想什么事情。可是我怎么能够知道?

离家还有两条街了,在那个十字路口,她忽然掉过脸看我,问了一句:"黎先生,听说你又在写小说,是吗?"她那带甜味的温柔声音打破了沉默。

"是的。我没有事情,拿它来消磨时间。"

"不过一天写得太多,对身体也不大好。周嫂说,你整天伏在桌子上写字。那张方桌又矮,更不方便。明天我跟诵诗说换一张写字台罢。不过黎先生,你也应该少写点。你身体好像并不大好,"她关心地说。

"其实我也写得不多,"我感激地说。接着我又加上两句:"不写,也没有什么事情。我除了看电影,就没有别的嗜好,可是好的片子近来也难得有。"

"我倒喜欢读小说。读小说跟看电影差不多。我常常想,一个人的脑筋怎么会同时想出许多复杂的事情?黎先生,你这部小说的故事,是不是都想好了?你这回写的是哪一种人的事?"

我把小说的内容对她讲了。她似乎听得很注意。我讲到最后,我们已经到了家。

老李先拉着车子进去。姚太太同我走在后面。李老汉恭敬地站在太师椅跟前,在他后面靠板壁站着一个黑黑的人。虽然借着门檐下挂的灯笼的红光,我看不清楚这个人的脸,并且我又只是匆匆地看了一眼,可是我马上断定这个人就是大仙祠里的哑巴。然而等我对姚太太讲完两句话,从内门回头望出去,我只看见一个长长的人影闪了一下,就在街中飞逝了。

我没有工夫去追问这件事。我陪着姚太太走过天井,进了二门。

"我嫁到姚家以后第一次走了这么多的路,"她似乎带点喜悦地笑道。过后她又加了一句:"我一点也不累。"走了两步,她又说:"我应该谢谢你。"

我以为她要跟我分手进内院去,便含笑地应道:"不要客气。明天见罢。"

她却站住望着我,迟疑一下,终于对我说了出来:"黎先生,你为什么不让那个老车夫跟瞎眼女人得到幸福?人世间的事情纵然苦多乐少,不见得事事如意。可是你们写小说的人却可以给人间多添一点温暖,揩干每只流泪的眼睛,让每个人欢笑;要是我能够写的话,我一定不让那个瞎眼女人跳水死,不让那个老车夫发疯,"她恳求般地说,声音里充满着同情和怜悯。

"好,"我笑了笑,"姚太太,那么为了你的缘故就让他们好好

143

地活下去罢。"

"那么谢谢你,明天见,"她感谢地一笑,便转身走了。

我当时不过随便说一句话,我并不想照她的意思改变我的小说的结局。可是我回到花厅以后,对着那盏不会讲话的电灯,我感到十分寂寞。摊开稿纸,我写不出一个字。拿开它,我又觉得有满腹的话需要倾吐。坐在方桌前藤椅上,我听见她的声音。在屋子里走来走去,我听见她的声音。坐到沙发上去,我听见她的声音。"给人间多添一点温暖,揩干每只流泪的眼睛,让每个人欢笑,"这句话不停地反复在我的耳边响着。后来我的心给它抓住了。在我面前突然现出一个新的眼界。我第一次看见我自己的无能与失败。我的半生、我的著作、我的计划全是浪费。我给人间增加苦恼,我让一些纯洁的眼睛充满泪水。在这个充满苦难的世界上我没有带来一声欢笑。我把自己关在我所选定的小世界里,我自私地活着,把年轻的生命消耗在白纸上,整天唠唠叨叨地对人讲说那些悲惨的故事。我叫善良的人受苦,热诚的人灭亡,给不幸的人增添不幸;我让好心的瞎眼女人投江,正直的老车夫发狂,纯洁的少女割断自己的生命。为什么我不能伸出手去揩干旁人的眼泪?为什么我不能发散一点点热力减少这人世的饥寒?她的话照亮了我的内心,使我第一次看到那里的空虚。全是空虚,我的工作,我的生活,我的作品。

绝望和悔恨使我快要发狂了:我已经从我自己世界里的宝座上跌了下来。我忍受不了电灯光,我忍受不了屋子里的那些陈设。我跑到花园里去,我在两棵老桂花树中间来来回回地走了许久。

这一夜我睡得很迟,也睡得很坏。我接连做了几个噩梦。我在梦里也否定了我自己。

十七

  第二天我起床并不晚。可是我头痛,眼睛又不舒服。然而我并没有躺下来,我跟自己赌气,我摊开稿纸写,写不出,不想写,我还是勉强写下去。从早晨七点半钟一直写到十点半,我一共写了五百多字。在这三个钟点里面,我老是听见那个声音:"为什么不让他们好好地活下去呢?"我还想倔强地用尽我的力量来抵抗它。可是我的笔渐渐地不肯服从我的驾驭了。

  我把写成的五百多字反复地念了几遍,在这短短的片段里,我第一次看出了姚太太的影响。我气愤地掷开笔,我也说不出为什么动气。就在这个时候老姚进来了。

  我抬起头回答他的招呼,勉强地对他笑了笑,我仍然坐在藤椅上,不站起来。

  "怎么今天你脸色不好看?"他吃惊地大声问道。

  "我昨晚写文章没有睡好觉,"我低声回答。我对他撒了谎。

  "是啊,我昨晚上十二点钟以后回来,还听见你在屋里咳嗽,"他接着说。"其实你身体不大好,不应该睡得太迟。反正花园里很清静,你也有空,何必一定要拚命在晚上写!"从他的声音和他的表情,我知道他的关心是真诚的。我很感激他,因此我也想趁这个机会跟他谈谈小虎的事,对他进一个忠告。

  "你是跟小虎一块儿回来的吗?"我问道。

"不错。小虎这个孩子对京戏满懂。他看得很有兴趣，"老姚夸耀似地笑答道。

"不过太迟了，对他也不大好。小孩子平日应当早睡觉，而且晚上他还要在家里温习功课。他外婆太宠他了，我害怕反而会耽误他。你做父亲的当然更明白，"我恳切地对他说，我把声音故意放慢，让每个字清清楚楚地进到他的耳里。

他大声笑起来。他在我的肩头猛然一拍："老弟，你这真是书生之见。我对小虎的教育很有把握。昭华起先也不赞成我的办法，她也讲过你这样的话。可是现在她给我说服了。对付小孩，就害怕他不爱玩，况且家里又不是没有钱。爱玩的小孩都很活泼。不爱玩的小孩都是面黄肌瘦，脑筋迟钝，就是多读了几本书，也不见得就弄得很清楚。不是我做父亲的吹牛，小虎到外面去，哪个不讲他好！"

"小虎除了赵家，恐怕很少到别家去过罢，"我冷冷地嘲讽道。

他好像没有听懂我的话，仍然得意地对我笑着："就是赵家也有不少的人啊！"

"那是他外婆家。外婆偏爱外孙，这是极普通的事情，"我正经地说。"可是别的人呢？是不是都喜欢他？"我本来想咽下这样的话，然而我终于说了出来。

他迟疑了片刻，可是他仍然昂头答道："你指什么人？就拿我们家里来说罢，昭华也从没有讲过一句他的坏话。我姐姐不大喜欢小孩，不过她对小虎也不错。这个孩子就是太聪明，太自负。自然，聪明的孩子不免要自负。我以后还得好好教他。"

"这倒是很要紧的，不然我害怕将来会苦了你太太。我觉得你对小虎未免有点偏爱。当心不要把他宠坏了。"我这是诚恳的劝告,不是冷冷的嘲讽了。

"哪儿有这种事情?"他哈哈大笑道。"你没有结过婚,不会懂做父亲的道理。不用你替我耽心。我并不是糊涂虫。"

"不过我觉得旁观者清,你应当考虑一下,"我固执地说。

"老弟,这种事情没有旁观者清的。我对小虎期望大,当然不会忽略他的教育。"他拍拍我的肩头。"我们不要再谈这种事情,这样谈法是不会有结果的,因为你完全是外行。"他得意地笑起来。

我没有笑。我掉开头,用力咬我的下嘴唇。我暗暗地抱怨自己这张嘴不会讲话。我不能使他睁大眼睛,看清楚事情的真相;我不能使他了解他所爱的女人的灵魂的一隅。

就在这个时候,他的太太来了。还是昨天那一身衣服,笑容像阳光似地照亮她的整个脸。她招呼了我,然后对她的丈夫说:"赵家又打发人来接小虎过去。"

"那么就让他去罢,"她的丈夫不加思索地接口说。

"我觉得小虎耍得太多了,也不大好。他最近很少有时间温习功课,我耽心他今年又会——"她柔声表示她的意见,但是说到"会"字,她马上咽住下面的话,用切盼的眼光看她的丈夫,等着他的回答。

"没有关系,没有关系,"他摇摇头说;"上一回是学校不公平,不怪他。并且今天是礼拜,赵家来接,不给他去,赵家又会讲闲话。其实赵家一家人都喜欢他,他到赵家去,我们也可以放心。"

"不过天天去赵家,不读书,学些阔少爷脾气,也不大好,"她犹豫一下,看他一眼,又埋下头去,慢慢地说。

"爹!爹!"小虎在窗外快乐地叫道。他带着一头汗跑进房来。他穿了翻领白衬衫和白帆布短裤。他看见他的后母,匆匆地叫了一声"妈",过后又用含糊的声音招呼我一声。他对我点了一下头,可是他做得那么快,我只看见他的头晃了晃。

"什么事?你这样高兴!"朋友爱怜地笑着问。

"外婆打发车子来接我去耍,"小虎跑到父亲面前,拉着父亲的一只手答道。

"好罢,不过你今天要早点回来啊,"老姚抚摩着孩子的头说。

"我晓得,"孩子高兴地答应着,他放下父亲的手,接着又说一句:"我去拿衣服,"也不再看父母一眼,就朝外面跑去。

姚太太望着窗外,好像在想什么事情。

"你这位做父亲的也太容易讲话了,"我开玩笑地对老姚说。我不满意他的这种"教育"。

姚太太掉过脸来看我。

"这是父子的感情,没有办法,"老姚摇摇头说,看他的脸色,我知道他对他的这种"教育"也并非完全满意。

"我耽心的倒是小虎耍久了,更没有心肠读书,"姚太太插嘴说,她对丈夫笑了笑。

"不会的,不会的,"老姚接连摇着头说,"你这是过虑。我有把握不叫小虎染到坏习惯。"

"黎先生,你相信他的把握吗?"她抿嘴笑着问我道。

"我不相信,"我摇头答道。"照他说,他对什么事都有把握。"

姚太太点着头说:"这是公道话。他对什么事都很自负,不大肯听别人劝。"她又看他一眼。

他仍然带着愉快的笑容,动了一下嘴,正要讲话,周嫂的长脸出现了。

"老爷,大姑太太请你去一趟,说有事情要跟你商量,"周嫂说。

老姚对我说:"那么我们下午再谈罢。昭华倒可以多坐一会儿。"他马上跟着周嫂走了。

"黎先生,我已经跟诵诗讲过了,写字台等一会儿就给你搬来,"她站在窗前望了望丈夫的背影,忽然转过身子对我说。

"谢谢你。其实不换也好,这张方桌也不错,"我客气地说。

"这张方桌稍微矮一点。你一天要写那么多的字,头埋得太低,不舒服,"她说。

"我这样写惯了,倒不觉得什么。太麻烦你们,我心里也很不安。"

"黎先生,你以后不要这样客气好不好?你是诵诗的老同学,就不该跟我客气,"她温和地笑道。

"我并没有客气——"我的话被一阵闹声打断了。

"什么事情?"她惊讶地自语道,便向门口走去,我也走到那里。

杨家小孩同赵青云正站在石栏杆前吵架,杨家小孩嚷着:"我来找黎先生讲话,你没有权干涉我。"

"黎先生认不得你。你明明是混进来偷东西的,你怕我不晓得你的底细!"赵青云挣红脸骂道。

"赵青云,你让他进来罢,"姚太太在门内吩咐道。

"是,"赵青云答应一声,就不再讲话了。

杨家小孩走到门前,对她行一个礼,唤道:"姚太太。"她含笑地点一下头,轻轻答了一声:"杨少爷。"

他又向着我唤声:"黎先生。"

"你进来坐罢。你找黎先生有什么事情?"她温和地问他。不等他回答,她又对我说:"我先走了。要是杨少爷要花,黎先生,请你折两枝给他罢。"

"谢谢你,姚太太,"杨家小孩感谢地答道。

她走了。我看见小孩的眼光送着她的背影出去。

十八

"你坐罢,"我先开口。

他看看我,动动嘴,似乎要说什么话,却又没有说出来。

"你是不是来要花的?"我带笑地问他。

"不,"他摇摇头。

"那么你找我谈什么事情?"我站在方桌前面,背向着窗。他的手放在藤椅靠背上,眼睛望着窗帷遮住了的玻璃。

"黎先生,我求你一件事……"他咽住下面的话,侧过脸用恳求的眼光望着我。

"什么事?你尽管说罢,"我鼓舞地对他说。

"黎先生,请你以后不要到大仙祠去,好不好?"他两只眼睛不住地霎动,好像要哭的样子。

"为什么呢?你怎么晓得我到大仙祠去过?"我惊愕地问道。

"我我——"他红着脸结结巴巴地答不出来。

"那个哑巴是你的什么人?"我又问一句。

"哑巴?哑巴?"他惊讶地反问道。

"就是住在大仙祠里头的哑巴。"

"我不晓得。"他避开了我的眼光。

"我看见你拿去的那枝茶花。"

他不作声。

"我昨天看见你跟你母亲、哥哥一块儿看电影。"

他动了一下嘴,吐出一个声音,马上埋下了头。

"你为什么不要我到大仙祠去?只要你把原因对我讲明白,我就依你的话。"

他抬起头看我,泪珠不断地沿着脸颊滚下来。

"黎先生,请你不要管那些跟你不相干的事,"他哭着说。

"不要哭,告诉我大仙祠跟你有什么关系。你为什么不肯对我说真话?我或者可以给你帮点忙,"我恳切地说。

"我说不出来,我说不来!"他一面说,一面伸起手揩眼睛。

"好,你不要说罢。什么事我都知道。大仙祠那个人一定是你父亲。……"我的话还没有讲完,他忽然放下手,用力摇着头,大声否认道:

"他不是!他不是!"

我走过去,拉住他的两只手,安慰地说:"你不要难过,我不会对旁人讲的。这又不是你的错。你告诉我,你父亲怎么会弄到这个样子。"

"我不能说!我不能说!"他挣脱了我的手,往门外跑去。

"不要走,我还有话对你说!"我大声挽留他。可是他的脚步声渐渐地去远了。只有他一路的哭声在我的耳边响了许久。

我没有移动脚,我知道我不会追上他。

十 九

这天午饭以前写字台果然搬到下花厅来了。桌面新而且光滑,我在那上面仿佛看见姚太太的笑脸。

可是坐在这张写字台前面,我整个下午没有写一个字。我老是想着那个小孩的事情。

后来我实在无法再坐下去。我的心烦得很,园子里又太静了。我不等老文送晚饭来,便关上了下花厅的门,匆忙地出去。

我走过大仙祠门前,看见门掩着,便站住推一下,门开了半扇,里面没有一个人。我转身走了。

我在街口向右转一个弯,走了一条街。我看见一家豆花便饭馆,停住脚,拣了一张临街的桌子,坐下来。

我正在吃饭,忽然听见隔壁人声嘈杂,我放下碗,到外面去看。

隔壁是一家锅魁店,放锅魁的摊子前面围着一堆人。我听见粗鲁的骂声。

"什么事情?"我向旁边一个穿短衣的人问道。

"偷锅魁的,挨打,"那个人回答。

我用力挤进人堆,到了锅魁店里面。

一个粗壮的汉子抓住一个人的右膀,拿擀面棒接连在那个人的头上和背上敲打。那个人埋着头,用左膀保护自己,口里发出呻吟,却不肯讲一句话。

"你说,你住在哪儿？叫啥子名字？你讲真话,老子就不打你,放你滚开!"打人的汉子威胁地说。

被打的人还是不讲话。衣服撕破了,从肩上落下一大片,搭在背后,背上的黑肉露出了一大块。他不是别人,就是大仙祠里的哑巴。

"你说,说了就放你,你又不是哑巴,怎么总是不讲话？"旁边一个人接嘴说。

被打的人始终不开口。脸已经肿了,背上也现出几条伤痕。血从鼻子里流下来,嘴全红了,左手上也有血迹。

"你放他罢,再打不得了。他是个哑巴……"我正在对那个打人的汉子讲话,忽然听见一声痛苦的惊叫,我掉头去看。

杨家小孩红着脸流着泪奔到哑巴面前,推开那个汉子的手,大声骂着：

"他又没有犯死罪,你们做什么打他？你看你把他打成这个样子！你们只会欺负好人!"

众人惊奇地望着这个孩子。连那个打人的人也放下手不作声了,他带着一种茫然的表情看这个小孩。被打的人仍旧埋下头,不看人,也不讲话。

"我们走罢,"小孩亲热地对他说,又从裤袋里掏出一方手帕,递给他："你揩揩鼻血。"小孩拿起他的右手,紧紧捏住,再说一句："我们走罢。"

没有人干涉他,没有人阻挡他。这个孩子扶着被打的人慢慢地走到街心去了。许多人的眼光都跟在他们后面。这些人好像在看一幕情节离奇的戏。

两个人的影子看不见了。众人议论纷纷。大家都奇怪："这个小娃儿"是那个"叫化子"的什么人。我从他们的谈话里才知道那个哑巴不给钱,拿了一个锅魁,给人捉住,引起了这场纠纷。

"先生,饭冷了,请过去吃罢,我给你换碗热饭来,"隔壁饭店的堂倌过来对我说。

"好,"我答应一声。我决定吃完饭到大仙祠去。

二十

我走到大仙祠。门仍然掩着,我推开门进去。我又把门照旧掩上。

前堂没有人,后面也没有声音。我转到后面去。

床铺上躺着那个哑巴。脸上肿了几块,颜色黑红,鼻孔里塞着两个纸团。失神的眼光望着我。他似乎想起来,可是动了一下身子,又倒下去了。他痛苦地呻吟了一声。

"你不要怕,我不是来害你的,"我做着手势,温和地安慰他。他疑惑地望着我。

外面响起了脚步声,是穿皮鞋的脚。我知道来的是杨家小孩。

果然是他。手里拿着一些东西,还有药瓶和热水瓶。

"你又来了!你在做侦探吗?"他看见我,马上变了脸色,不客气地问道。

这可把我窘了一下。我没有想到他会拿这种话问我。我红着脸结结巴巴地回答他:

"你不要误会我的意思。我同情你们,想来看看我能不能给你帮忙。我并没有坏心思。"

他看了我一眼,他的眼光马上变温和了。可是他并不讲话。他走到床铺前,放下药瓶和别的东西。我去给他帮忙,先把热水瓶拿在我的手里。他放好东西在枕边,又把热水瓶接过去。他对我微微一笑说:"谢谢你。我去泡开水。"他又弯下身子,拿起了脸盆。

"我跟你一块儿去,你一个人拿不了,你把热水瓶给我罢,"我感动地说。

"不,我拿得了,"他不肯把手里的东西交给我。他用眼光指着铺上的病人:"请你陪陪他。"他一手提着空脸盆,一手拿着热水瓶,走出去了。

我走到病人的枕边。他睁着眼睛望我。他的眼光迟钝,无力,而且里面含着深的痛苦。我觉得这对眼睛像一盏油干了的灯,它的微光渐渐在减弱,好像马上就要熄了。

"不要紧,你好好地养息罢,"我俯下身子安慰他说。

他又睁大眼睛看我,好像没有听懂我的话似的。他的脸在颤动,他的身子在发抖。我不知道应该怎样照料他,便慌慌张张地问他:"你痛吗?"

"谢谢你,"他吃力地说。声音低,但是我听得很清楚。我吃了一惊。他不是一个哑巴!那么为什么他从前总是不讲话呢?

外面响起了脚步声。

"他是个好孩子,"他接着说,"请你多照应他。……"以后的话,他没有力气说出来。

那个小孩拿着热水瓶,捧着脸盆进来了。

我接过脸盆,蹲下去,把盆子放在病人枕头边的地上,把脸帕放到盛了半盆水的盆子里绞着。

"等我来,"小孩放好热水瓶,伸过手来拿脸帕。

我默默地站起来,让开了。我立在旁边看着小孩替病人洗了脸,揩了身,换了衣服,连鼻孔也洗干净了,换上了两团新的药

157

棉;过后他又给病人吃药。我注意地望着那两只小手的动作,它们表现了多大的忍耐和关切。这不是一个十三四岁小孩的事情,可是他做得非常仔细、周到,好像他受过这一类的训练似的。

病人不讲话,甚至不曾发过一声呻吟。他睁大两只失神的眼睛望着小孩,顺从地听凭小孩的摆布。在他那臃肿的脸上慢慢地现出了像哭泣一样的微笑,他的眼光是一个慈爱的父亲的眼光。等到小孩做完那一切事情以后,他忽然伸出他的干瘦的手,把小孩的左手紧紧地抓住。"我对不住你,"他低声说,"你对我太好了……"泪水从他的眼里迸了出来。

"我们都不好,让你一个人受苦,"小孩抽咽地说了一句,声音就哑了,许久吐不出一个字。他坐在床铺边上。

"这是我自作自受,"病人一个字一个字痛苦地说,声音抖得很厉害。

"你不要讲了,你看你成了这个样子;我们都过得好,"小孩哭着说。

"这样我也就心安了,"病人叹了一口气说。

"可是你……你做什么一定要躲起来?做什么一定要叫你自己受罪?……"小孩哭得更伤心了。他把头埋在病人的膀子上。

病人爱怜地抚摩着小孩的头:"你不要难过。我这点苦算不得什么!"

"不,不,我们要送你到医院去!"小孩悲痛地摇着头说。

"去医院也没有用,医院医不好我的病,"病人微微摇摇头,断念似地答道。小孩没有作声。"我现在好多了,你回家去罢。不要叫家里人耽心。"病人说一句话,要喘息几次,声音更弱,在傍晚灰黄的光线下,他的脸色显得更加难看,只有一对眼睛有点生气,它们爱怜地望着小孩的微微颤动的身子。

"那么你跟我回家去罢,在家里总比在这儿好些,"小孩忽然抬起头哀求地说。

"我哪儿还有家?我有什么权利打扰你们?那是你们的家,"病人摇着头,酸苦地说。

"爹!"孩子抑制不住自己的感情,哭着叫起来。"为什么你不该回去?难道我们家不是你的家?难道我不是你的儿子?这又不是丢脸事情!我做什么还不敢认我自己的父亲!……"孩子又把头埋下去,这一次他俯在父亲的胸前呜呜地哭起来。

"寒儿,我知道你心肠好。不过你母亲他们不会原谅我的。而且我也改不了我的脾气。我把你们害够了。我不忍心再——"他两只手抱着儿子的头,呜咽了许久。我在旁边连声息也不敢吐。我觉得我没有权利知道那一家人的秘密,我更没有权利旁观这父亲和儿子的痛苦。可是现在要偷偷地退出大仙祠去,也太晚了。

父亲忽然叹一口气,提高声音说:"你回去罢。我宁肯死也不到你们家去。"

父亲有气无声地哭起来。孩子不抬头,却哭得更伤心了。我看不清楚父亲脸上的表情,只看见他两只手压在儿子的后脑勺上。后来连那两只手也看不见了。

我走过去,俯下身子,轻轻地拍着孩子的肩头。我拍了三次,孩子才抬起头来,转过脸看我。我同情地说:"你让他休息一会儿。"

孩子慢慢地站起来。父亲轻轻地嘘一口气。没有别的声音。

"他累了,精神支持不住。不要跟他多讲话,不要叫他伤心、难过，"我又说。

"黎先生，你说该怎么办？他一定不肯回家，又不肯进医院。在这儿住下去，怎么行！"孩子说。

"我看只要你母亲跟你哥哥来接他，他一定肯回去，"我说。

停了好一会儿，孩子才用痛苦的声音回答我："他们决不会来的。你不晓得他们的脾气。要是他肯进医院，就好办了。不过我不晓得住医院要花多少钱。"他的声音低到只有我一个人听得见。

"那么明天就送他进医院罢；就是三等病房也比这儿好得多。你手头没有钱，我可以设法，"我诚恳地说。我的声音稍微大一点，但是我想病人已经睡着了，这些时候我就没有听见他的声息。

"不，不能够让你出钱！"孩子摇头拒绝道。

"你不要这样固执。病人的身体要紧，别的以后再讲。等他身体好了，我们还可以找个事情给他做。你想他肯做事吗？"我对他解释道。

"那么就照你的意思办罢，"小孩感激地说。

"我们明天上午九点钟以前在这儿见面，一块儿送他进医院去，就这样决定罢。你明天要上学吗？"

"我上午缺两堂课不要紧。我明天一定在这儿等你。黎先生，你先回去罢。我还要点燃蜡烛在这儿陪我父亲。"

病人轻轻地咳一声嗽，过后又没有声息了。小孩划了五根火柴，才把蜡烛点燃。

"好，我去了。有事情，你到姚家来找我。"

我听见他的应声才迈步走出小门，进到黑暗的天井里去。

二十一

我回到姚家,经过大门的时候,李老汉站起来招呼我。

"你们三老爷在大仙祠生病,我跟他小少爷讲好明天送他进医院去,"我对他说。我告诉他这个消息,因为我知道除了那个小孩,就只有他关心杨老三。

李老汉睁大眼睛张大嘴,答不出话来。

"你不用瞒我了,你们三老爷还来找过你,我看见的。你放心,我不会告诉别人,"我安慰他说。我又添上一句:"我告诉你,我想你会抽空去看他。"

"多谢黎先生,"李老汉感激地说。他又焦急地问:"三老爷病不要紧罢?"

"不要紧,养养就会好的。不过他住在大仙祠总不是办法。你是个明白人,你怎么不劝他回家去住?看样子他家里还过得去。"

李老汉痛苦地叹了一口气,然后说:"黎先生,我晓得你心地厚道。我不敢瞒你,不过说起来,话太长,我心头也过不得,改一天向你报告罢。"他把脸掉向门外街中。

"好。我进去找老文来替你看门。你到大仙祠去看看罢。"

"是,是,"他接连说。我跨过内门,走到阶下,他忽然在后面唤我。我回过头去。他带着为难的口气恳求我:"三老爷的事情,请黎先生不要跟老文讲。"

"我知道,你放心罢,"我温和地对他点一下头。

我进了二门,走下天井。门房里四扇门全开着,方桌上燃着一盏清油灯。老文坐在门槛上,寂寞地抽着叶子烟。一支短短的烟管捏在他的左手里,烟头一闪一闪地亮着。他的和善的老脸隐约地在我的眼前现了一下,又跟着烟头的火光消失了。

我向着他走去。他站起来,走下台阶迎着我。

"黎先生回来了,"他带笑招呼我。

我们就站在天井里谈话。我简单地告诉他,李老汉要出去替我办点事情,问他可以不可以替李老汉看看门。

"我们去,我们去,"他爽快地答道。

"老爷、太太都在家吗?"我顺便问他一句。

"老爷跟太太看影戏去了。"

"虎少爷回来没有?"

"他一到外婆家,不到十一二点钟是不肯回来的。从前还是太太打发人去接他,现在老爷又依他的话,不准太太派人去接,"他愤慨地说。在阴暗中我觉得他的眼光老是在我的脸上盘旋,仿佛在说:你想个办法罢。你为什么不讲一句话?

"我讲话也没有用。今早晨,我还劝过他。他始终觉得虎少爷好,"我说,我好像在替自己辩解似的。

"是,是,老爷就是这样的脾气。我们想,只要虎少爷大了能够改好,就好了,"老文接着说。

我不再讲话。老文衔着烟管,慢慢地走出二门去了。

月亮冲出了云层,把天井渐渐地照亮起来,整个公馆非常静。不知道从什么地方送过来一阵笛声。月亮又被一片灰白的大云掩盖了。我觉得一团黑影罩上我的身来。我的心被一种莫名的忧虑抓住了。我在天井里走了一会儿。笛声停止了。月亮还在云堆里钻来钻去。赵青云从内院走出来,并不进门房,却一直往二门外去了。

我走进了憩园。我进了我的房间。笛声又起来了。这是从隔壁来的。笛声停后,从围墙的那一面又送过来一阵年轻女人的笑声。

我在房里坐不住,便走出憩园,甚至出了公馆。老文坐在太师椅上,可是我没有心情跟他讲话。

在斜对面那所公馆的门前围聚了一群人。两个瞎子和一个瞎眼女人坐在板凳上拉着胡琴唱戏。这个戏也是我熟习的:《唐明皇惊梦》。

过了十几分钟的光景,唐明皇的"好梦"被宫人惊醒了。瞎子闭上嘴,胡琴也不再发声。一个老妈子模样的女人从门内出来付了钱。瞎子站起来说过道谢的话,用竹竿点着路,走进了街心。走在前面的是那个唱杨贵妃一角的年轻人,他似乎还有一只眼睛看得见亮光,他不用竹竿也可以在淡淡的月光下走路。他领头,一路上拉着胡琴,全是哀诉般的调子。他后面是那个唱安禄山一角的老瞎子,他一只手搭在年轻同伴的肩头,另一只手拿着竹竿,胡琴挟在腋下。我认得他的脸,我叫得出他的名字。十五年前,我常常有机会听他唱戏。现在他唱配角了。再后便是那个唱唐明皇一角的瞎眼妇人。她的嗓子还是那么好。十五年前我听过她唱《南阳关》和《荐诸葛》。现在她应该是四十光景的中年女人了。她的左手搭在年老同伴的肩上,右手拿着竹竿。我记得十五年前便有人告诉我,她是那个年老同伴的妻子,短胖的身材,扁圆的脸,这些并没有大的改变。只是人老得多了。

胡琴的哀诉的调子渐渐远去。三个随时都会倒下似的衰弱的背影终于淡尽了。我忽然想起了我的小说里的老车夫和瞎眼女人。眼前这对贫穷的夫妇不就是那两个人的影子么？我能够给他们安排一个什么样的结局呢？难道我还能够给他们带来幸福么？

我被这样的思想苦恼着。我不想回到那个清静的园子里去。我站在街心。淡尽了的影子若隐若现地在我的眼前晃来晃去。我忽然想起去追他们。我迈着快步子走了。

我又走过大仙祠的门前。我听见瞎子在附近唱戏的声音。可是我的脚像被一种力量吸引住了似的，在那两扇褪了色的黑漆大门前停下来。我踌躇了一会儿，正要伸手去推门。门忽然开了。杨家小孩从里面走出来。

他看见我，略有一点惊讶，过后便亲切地招呼我："黎先生。"

"你现在才回去？"我温和地问道。

"是的，"他答道。

"他现在好些了？"我又问。"睡了罢？"

"谢谢你，稍微好一点儿，李老汉儿在那儿。"

"那么，你回去休息罢，今天你也够累了。"

"是，我明早晨九点钟以前在这儿等你。黎先生，你有事情，来晏点儿也不要紧。"

"不，我没有事，我不会来晏的。"

我们就在这门前分别了。我等到他的影子看不见了，又去推大仙祠的门。我轻轻地推，门慢慢地开了一扇，并没有发出声响。

我走下天井，后面有烛光。我听见李老汉的带哭的声音："三老爷，你不能够这样做啊……"

我没有权利偷听他们谈话，我更没有权利打岔他们。我迟疑了两三分钟，便静静地退了出来。我听见"三老爷"的一句话：

"我再没有脸害我的儿子。"

我回到公馆里。二门内还是非常静。门房里油灯上结了一个大灯花。我看不见人影。月亮已经驱散了云片,像一个大电灯泡似地挂在蓝空。

我埋着头在天井里走了一会儿,忽然听见一个熟习的声音唤"黎先生"。我知道这是姚太太。我答应着,一面抬起头来。

她穿一件青灰色薄呢旗袍,外面罩着白色短外套,脸上仍旧露出她那好心的微笑。老李拉着空车上大厅去了。

"姚太太看电影回来了,诵诗呢?"

"他路上碰到一个朋友,找他谈什么事情,等一会儿就回来。黎先生回来多久了?我们本来想约黎先生出去看电影,在花厅里找黎先生,才知道黎先生没有吃饭就出去了。黎先生在外面吃过饭了?"

"我有点事情,在外面吃过了。今天的片子还好罢?"

"就是《苦海冤魂》,好是好,只是太惨一点,看了叫人心里很难过,"她略略皱一下眉头。她的笑容消失了。

"啊,我看过的,是一个医生跟一个女孩子的故事。结果两个人都冤枉上了绞刑台。两个主角都演得很好。"

她停了一下,带着思索的样子说:"我奇怪人对人为什么要这样残酷。一个好心肠的医生跟一个失业的女戏子,他们并没有害过什么人,为什么旁人一定要把他们送上绞刑台?为什么人对人不能够更好一点,一定要互相仇恨呢?"

她仰起头看天空,脸上带了一种哀愁的表情,这在银白的月光下,使她的脸显得更纯洁了。她第一次对我吐露她的心里的秘密。她的生活的另一面终于显露出来了。赵家的仇视,小虎的轻蔑,丈夫的不了解。……这应该是多么深的心的寂寞啊……

同情使我痛苦。其实我对她有的不止是同情,我无法说明我对她的感情。我可以说,纵使我在现社会中是一个卑不足道的人,我的生命不值一文钱,但是在这时候只要能够给她带来幸福,我什么也不顾惜。

可是怎么能够让她明白我这种感情呢?我不能对她说我爱她,因为这也许不是爱。我并没有别的心思。我只想给她带来幸福,让她的脸上永远现出灿烂的微笑。

"这是旧道德观念害人。不过电影故事全是虚构的,我知道人间还有很多温暖,"我用这样的话来安慰她,话虽然简单,可是我把整个心都放在这里面,我加重语气地说,为了使她相信我的话,为了驱散她的哀愁。

她埋下眼光看我一眼,微微点了点头,低声说:"我明白,不过我觉得自己的生活太舒服了。我不说帮助人,就是给诵诗管家,也没有一点成绩。有时候想起来,也很难过。"

"小虎的事情我也知道,"我终于吐出小虎的名字来。"诵诗太疏忽了,我也劝过他。为这件事情姚太太你也苦够了。不过我想诵诗以后会明白的。你也该宽心一点。"

她轻轻地叹了一口气,停了一下,才低声说:"我也不明白为什么赵家要这样恨我?为什么为了我的缘故就把好好的小虎教成这个样子?我愿意好好地做赵家的女儿,做小虎的母亲,他们却不给我一个机会,他们把我当作仇人。外面人不明白的,一定会说我做后娘的不对。"

我的喉咙仿佛被什么东西堵塞住了,我望着她那紧锁的双眉,讲不出话来。她的眼光停留在二门外照壁上,似乎没有注意到我在看她。

"赵家为什么这样恨我?我想来想去,总想不出原因来,"她接着说;"或许因为我到姚家来诵诗对我很好,据说是比对小虎的妈妈还好,只有这件事情是他们不高兴的。不过这又不是我的错。我从没有在诵诗面前讲过别人一句坏话。我到姚家来也不过二十岁,我在娘家,是随便惯了的。我母亲耽心我不会管家,不会管教孩子。我自己也很害怕。我一天提心吊胆,在这么大一个公馆里头学着做主妇,做妻子,做母亲。我自己什么也不懂,也没有人教我。我愿意把他前头太太的母亲当作自己的母亲,前头太太的儿子当作自己的儿子,可是我做不好。我不知道应该怎么办才好。诵诗也不给我帮忙。我现在渐渐胆小起来了。"她说着又埋下头去。

"姚太太,你倒不必灰心。连我这样的人也并不看轻自己,何况你呢?"我诚心地安慰她。

"我?黎先生,你在跟我开玩笑罢?"她抬起头含笑地对我说。"我哪儿比得上你?"

"不是这样。你也许不知道你昨晚上那几句话使我明白多少事情,要是我以后能够活得积极一点,有意义一点,那也是你的力量。你给别人添了温暖。为什么你自己不能够活得更积极些?……"

我觉得她的明亮的眼睛一直在望我,眼光非常柔和,而且我仿佛看见了泪珠,可是我没有把话说完,老姚就回来了。

"你们都在这儿!为什么不进花厅去坐?"他高兴地嚷道。

"我们谈着话在等你,"她回答了一句,态度很自然地笑了笑。"我们已经站了好久了,黎先生恐怕累了罢。"

"是的,你们也该休息了,明天见罢,"我接着说。

我们一块儿走上石阶。他们从大厅走进内院,我便走入憩园。

167

二十二

　　早晨七点半钟的光景,我走出姚家大门,李老汉站在门檐下用忧愁的眼光看我,招呼了一声"黎先生"。他好像要对我讲话,可是我匆匆地点一下头,就走到街心去了。

　　不久我到了大仙祠。门大开着。我想,一定是杨家小孩先来了。我急急走到后面去。

　　后面静静地没有人。我不但看不见病人的影子,并且连被褥、脸盆、热水瓶等等都没有了。干草零乱地堆在地上。草上有一张纸条,是用一块瓦片压住的,纸条上写着:

　　　　忘记我,把我当成已死的人罢。你们永远找不到我。让我安安静静地过完这一辈子。

　　寒儿

　　　　　　　　　　　　　父字。

　　从这铅笔写的潦草的字迹,我看出一个人的心灵。我不知道这个人的"堕落"的故事,可是这短短的几句话使我明白一个慈爱父亲的愿望。我拿着纸条在思索。小孩的脚步声逼近了。我等着他。

　　"怎么,黎先生你一个人?"小孩惊愕地说;"我父亲呢?"

"我刚才来,你看这张字条罢,"我低声说,我把字条递给他,一面掉开头,不敢看他的脸。

"黎先生,黎先生,他到哪儿去了?我们到哪儿去找他?你说我们应该怎么办?"他两只手抓住我的左边膀子疯狂地摇撼着,绝望地叫道。

我用力咬嘴唇,压住我的激动,故意做出冷静的态度说:"我看只有依他的话把他忘记。我们不会找到他了。"

"不能,不能!我们都过得好,不能够让他一个人去受罪!"他摇着头迸出哭声说。

"可是你到哪儿去找他?这样大的地方!"

他突然扑倒在干草上伤心地哭起来。

我的眼睛是干的。我仰起头,两手交叉地放在胸前,我想问天:我怎样才能够减轻这个孩子的痛苦?可是天青着脸,不给我一个回答。它也不会告诉我他的父亲的去处。我只知道一个事实:他的父亲拿走了被褥和别的东西,决不会去寻死。因此,我让这个孩子哭着,不说一句安慰的话,事实上我也没有可以安慰他的话了。

后来孩子的哭声停止了,他站起来,哀求地对我说:"黎先生,你知道得多,你说他会不会出什么事情?请你老实告诉我。我不害怕,请你对我说真话。"

我想了一会儿,我还是躲避着他的眼光,我温和地回答他:"不要紧,不会有什么事情。我们去问李老汉儿,说不定他知道得多一点。"

"是,是,我记起来了,昨晚上我走的时候,他还在这儿跟我父亲讲话,"孩子省悟般地说。

"那么我们一路到姚家去罢,你快把眼泪揩干,"我轻轻地在

169

他的肩头拍了一下。

　　我们走过前堂的时候,供桌上还放着玻璃瓶,但是那枝干枯了的茶花却不见了。

二十三

　　李老汉站在大门口,脸朝着我们来的方向,仿佛在等候我们似的。

　　杨家小孩跑到他面前,焦急地抓住他的左膀问道:"李老汉儿,你晓得我父亲到哪儿去了?"

　　"小少爷,我不晓得,"李老汉忧郁地摇着头答道。

　　"你一定晓得,他昨晚上跟你讲过好些话。你快告诉我,我要去找他,"小孩固执地恳求道。

　　"小少爷,我实在不晓得,"李老汉的声音战抖得厉害。他埋下头,似乎不愿意让杨家小孩多看他一眼。

　　"那么我走过后,他还跟你讲些什么话?李老汉儿,他们都说你有良心,你不会骗我一个小娃儿。我要找到他,黎先生给我帮忙,我们先医好他的病,以后我会去求我母亲,求我哥哥,接他回家。这对他只有好处。你为什么不让我去找他?……"小孩声音不高,不过他很激动,只见他在眨眼睛。后来哭声把他的咽喉堵塞了,他说不出话来。他放开李老汉的膀子,伸手揩了揩眼睛。

　　我心里很难过,便走近一步,对李老汉低声说:"李老汉儿,你就对他说了罢。"

　　李老汉抬起头来,伸起右手在他的光秃的头顶上摩了几下。

我听见他长叹一声,接着他痛苦地答道:"三老爷的确没有讲过他要到哪儿去。昨晚上他跟我讲了好些话。他说过他要搬开大仙祠,搬到一个小少爷找不到的地方去。我劝他不要拚命苦他自己。他说他什么都看穿了,就只舍不得小少爷。不过为了小少爷好,他应当躲起来,不要再跟小少爷见面。他要叫小少爷慢慢忘记他,像太太跟大少爷那样,当作他已经死了。我说:'三老爷,你不能这样做,你会伤小少爷的心。'他说:'长痛不如短痛。不然以后叫他伤心的时候太长了。'我也不大懂三老爷这个道理,我还以为是他老人家病了随便讲话。后来我就回来了。这全是真话。我哪儿敢骗小少爷?"他的眼圈红了,眼泪不住地滚下脸颊来。

小孩跑进门内,坐在太师椅上蒙住脸低声哭起来。李老汉转过身子,睁大眼睛,惊愕、悲痛、怜惜地望着他,不知道应该怎样做才好。

我走到小孩面前,轻轻地拉他的手,说:"我们到里面去坐坐。不要哭了,哭是没有用的。"

他挣扎着,不肯把手拿下来。我又说了一遍。

"你把他给我找回来!你还我爹!"他赌气地哭着说,这次他拿下了手。我第一次听见这个早熟的孩子说出完全小孩气的话。

"好,我一定给你找回来,我一定把他还给你,"我也用哄小孩的话去安慰他。

他终于顺从地闭了嘴站起来。

二十四

　　在我的房间里,我让他坐在沙发上,我用了许多话安慰他。他不再哭了。他只是唯唯应着。有时他那对哭肿了的眼睛呆呆地望着我,有时他望着门。

　　"我到外头去走一会儿,"他忽然站起来说。

　　"好,"我只说了一个字,并没有跟着他出去。我觉得疲倦,坐在软软的沙发上,不想再动一下。

　　我还以为他会再进房来。可是过了半点多钟,却听不见他的声息。后来我走到门外去看,园子里也没有他的影子。他已经走了,应该走远了。

　　我没有从这个孩子的口中探听出他的父亲的故事,我感到寂寞,我觉得心里不痛快。可是我不想上街,我也不想睡觉。为了排遣寂寞,我把我的全副精神放在我的小说里面。

　　这一天我写得很多。我被自己编造的故事感动了。老车夫在茶馆门口挨了打,带着一身伤痕去找瞎眼女人。他跌倒在她的门前。

　　…………

　　"你怎么啦?"女人吃了一惊,她摸索着,关心地问道。她抓到他那只伸过来的手。

　　"我绊了跤,"车夫勉强笑着回答。

"啊哟,你绊倒哪儿?痛不痛?"她弯下身去。

"没有伤,我一点儿也不痛!"车夫一面揩脸上的血迹,一面发出笑声。可是泪水已经顺着脸颊流下来了。

…………

这两个人仿佛就在我的眼前讲话。他们在生活,在受苦。他们又拿他们的痛苦来煎熬我的心。正在我快受不了的时候,老文忽然气咻咻地跑进房来报告:"有预行了。"据他说这是本年里的第二次预行警报。我看表,知道已经是三点十分,我料想敌机不会飞到市空来,但是我也趁这个机会放下了笔。

我问老文,老爷、太太走了没有。他回答说,他们吃过午饭就陪姑太太出去买东西,现在大约在北门外"绳溪花园"吃茶,听竹琴。他又告诉我,虎少爷上午到学校去了还没有回来。我又问他公馆里的底下人是不是全要出城去躲警报。他说,放了"空袭"以后,公馆里上上下下的人都走,只有李老汉留下来看家。李老汉一定不肯跑警报,也没有人能够说服他。

我还同老文谈了一些闲话,别了许久的空袭警报声突然响起来了。

"黎先生,你快走罢,"老文慌张地说。

"你先走,我等一下就走,"我答道。我觉得累,不想在太阳下面跑许多路。

老文走了。园子渐渐地落入静寂里。这是一种使人瞌睡的静寂。我在沙发上迷迷糊糊地睡了一会儿。我睁开眼睛,还是听不见人声。

我站起来。我的疲倦消失了。我便走出下花厅,在门前站了一会儿,注意到园里的绿色更浓了。我又沿着石栏杆走出了园子。

我走到大门口,李老汉安静地坐在太师椅上。街上只有寥寥几个穿制服的人。

"黎先生,你不走吗?"李老汉恭敬地问道。

"我想等着放'紧急'再走,"我说着便在太师椅对面板凳上坐下来。

"放'紧急'再走,怕跑不到多远;还是早走的好,"他关心地劝我。

"走不远,也不要紧。到城墙边儿,总来得及,"我毫不在乎地说。

他不作声了。但是我继续往下说:"李老汉儿,请你对我讲真话。你们三老爷究竟为什么要走?为什么不肯让我们送他进医院?他为什么不肯回家去?"我这次采用了单刀直入的办法。

他怔了一下。我两眼望着他,恳切地说下去:"我愿意帮忙他,我也愿意帮忙你们小少爷。你为什么还不肯对我讲真话?"

"黎先生,我不是不讲真话。我今天上午讲的没有一句假话。"他的声音颤得厉害,他低下头,不看我。我知道他快要哭了。

"但是他为什么会弄到这样?为什么要苦苦地糟蹋他自己?"我逼着问道,我不给他一点思索的时间。

"唉,"他长长地叹了一口气;"黎先生,你不晓得,人走错了一步,一辈子就算完了。他要回头,真是不容易。我们三老爷就是这样。他的事情我一说你就明白。他花光了家产,自己觉得对不起一家人,后来失悔得不得了,又不好意思用儿子的钱,就藏起来,隐姓埋名,不肯让家里人晓得,却偏偏给小少爷找到了。小少爷常常送钱给他,送饮食给他,折花给他,小少爷在我们公馆里头折的花就是给三老爷送去的,三老爷顶喜欢公馆里头的

175

茶花。"

我知道李老汉讲的不全是真话,他至少隐瞒了一些事情。但是我并不放松他,我接着又问一句:

"你们三太太跟大少爷怎么不管他呢?"

李老汉把头埋得更深一点。我以为他不会回答我了。我默默地坐在他的对面,我的眼光掉向着街心。几个提包袱、抱小孩的行人从门前走过。我听见一个男人的粗声说:"快走!敌机来啦!"其实这时候还没有发紧急警报。

李老汉抬起头来,泪水还顺着他的脸颊滚,白胡须上面粘着的口水在发亮。

"这件事我也不大明白。大少爷自来就跟三老爷不大对。卖公馆那一年,大少爷毕业回省来刚进银行做事。三老爷在外头讨姨太太租小公馆已经有好几年,三太太拿他也没有办法。大少爷回来常常帮三太太跟三老爷吵。不晓得怎样三老爷就搬出来了。大少爷也不去找他,只有小少爷还记得他父亲,到处去找他,后来才在街上碰到。三老爷住在大仙祠。小少爷就一直跟到大仙祠,三老爷没有办法,才跟小少爷讲了真话……"

我不敢看李老汉脸上的表情。我只是注意地听他讲话。忽然警报解除了。他也闭了嘴。他这段话给我引起了新的疑问。我还想追问他,可是他站起来,默默地走到大门外去了。

"那个做丈夫、做父亲的人一定是被他的妻子和儿子赶出家里来的。"——这一个思想忽然在我的脑子里亮了一下。

李老汉已经泄露了够多的秘密了,我也应该让他安静一会儿。

二十五

　　十二天慢慢地过去了。日子的确过得很慢,并且很单调。我上半天写小说,下半天逛街。小说写得不顺利,写得慢,有时我还得撕毁整页稿纸来重写。那两个不幸的人的遭遇抓紧了我的心。我失掉了冷静,我更难驾驭我的笔了。

　　朋友姚国栋至少隔一天要来看我一次,同我上天下地乱谈一阵。他还是那么高兴,对什么都有把握,对什么都不在乎,虽然他整天不歇口地发牢骚。同时他夸他的太太,夸他的儿子,夸他的家庭幸福。

　　姚太太一个星期没有到下花厅来了。她在害病。不过听朋友的口气,她好像是在"害喜",所以朋友并不为太太的病发愁,他反而显得高兴似的。但是,没有她的面影,我的房间也失去了从前的亮光,有时我还感到更大的寂寞。

　　逛街的时候,我老是摆脱不掉这样一个思想:有一天我会碰到杨家小孩和他的父亲。我不单是希望知道那一家的秘密,我还想尽我的微力给他们帮一点忙。但是省城是这么大,街上行人是这么多,我到哪里去寻找那个父亲的影子?不说父亲,就是那个小孩,我这些日子里也没有见过一面。我知道从李老汉的口中我可以打听到小孩的地址。但是我每次经过大门,看见他那衰老、愁烦的面颜,我觉得我没有权利再拿杨家的事情去折磨他。

有一天我从外面回来,他用失神的眼光望我,我忽然觉得我了解他的意思,他好像在问:"你找到他吗?"我摇摇头用失望的眼光回答:"没有,连影子也没有。"第二天他又用同样的眼光询问,我也用同样的眼光回答。第三天又是一样的情形。这样继续了好些天。有一次我差一点生气了,我想对他说:你明明知道我不会找到他,为什么老是来问我?

但是星期六来了。离我看见小孩父亲挨打的日子刚好三个礼拜。

这天我起床后就觉得头昏,仿佛有一块重东西压在我的头上,我什么事都不能做,也不想做。一个人躺在床上,我又觉得寂寞。我只希望老姚来找我谈天,我可以安静地靠在沙发上听他吹牛。可是这一天我偏偏看不见老姚的影子。老文送午饭来的时候,他告诉我老爷出门赴什么人的宴会去了。我又问起太太的病,他说,太太的病好多了,听周大娘讲太太有了小宝宝。他又说,万家外老太太同舅太太一早就来了。我没有问到虎少爷,可是老文也告诉我:虎少爷昨天去赵家玩,晚上没有回来,太太叫老李拉车去接,赵家外老太太却把老李骂了一顿,说是她要留虎少爷住半个月,省得在家里受后娘的气。老李回来,没有敢把这些话报告太太,怕惹太太怄气。不用说,老文接着又发了一顿牢骚。关于赵家同虎少爷的事,他的见解跟我的相差不远。我也说了几句责备赵家的话,后来他收了碗碟走了。

我坐在沙发上迷迷糊糊地睡了一觉。我醒来的时候,我仿佛听见有人在园子里轻声咳嗽。我站起来,走到门前。

我疑心我的眼睛花了。怎么,杨家小孩会站在山茶树下!我揉了一下眼睛。他明明站在那里,穿一身灰色学生服,光着头,在看树身上的什么东西。

我走下石阶。小孩似乎没有看见我。我一直走到他的背后。他连动也不动一下。

"你在看什么?"我温和地问道。

他吃了一惊,连忙回过头来。他的脸瘦多了,也显得更长,鼻子更向左偏,牙齿更露。

"我看爹的字,"他轻轻答道。他又把眼光移到树身上去。在那里我看见三个拇指大的字:杨梦痴。刻痕很深,笔划却已歪斜了。我再细看,下面还有六个刻痕较浅的小字——庚戌四月初七。那一定是刻树的日期,离现在也有三十二年了。那时他父亲不过是一个十几岁的少年。

"你得到他的消息吗?"我低声问他。

"没有,"他摇摇头答道。"我到处找,都找不到他。"

"我也没有,"我又说。我的眼光停留在刻字上。我心里想着:这是一条长远的路啊。我觉得难过起来了。

停了片刻,他忽然转过脸来,哀求地对我说:"黎先生,我们还有什么办法找到他吗?他究竟躲在哪儿?"

我默默地摇摇头。

"黎先生,他是不是还活着?我是不是还可以再看见他?"他又问道。他拚命眨他的眼睛,眼圈已经变红了。

我望着他那张没有血色的瘦脸,同情使我的心发痛,我痛苦地劝他:

"你就忘了他罢。你还老是记住他有什么用?你看你自己现在瘦得多了。你不会找到他的。"

"我不能,我不能!我忘不了他。我一定要找到他,"他带着哭声说。

"你在哪儿去找他呢？地方这么大，人这么多，你又是个小孩子。"

"那么你给我帮忙，我们两个人一定找得到他。"

我怜悯地摇摇头："不说两个人，就是二十个人也找不到他。你还是听他的话，好好地读书罢。"

"黎先生，我想到他一个人在受罪，我哪儿还有心肠读书？我找不到他，不能够救他，就是读好书又有什么用？活下去又有什么意思？"

我抓住他一只膀子，带点责备的口气说："你不能说这种话。你年纪小，家里有母亲。况且人活着，并不是——"

"妈有哥哥孝顺她，爹只有一个人，他们都不管他在外头死活……"他噘着嘴打断了我的话，眼泪流到嘴边了，他也不揩一下。

"你们都是一家人，为什么你妈跟你哥哥对你爹不好呢？你应该好好劝他们，他们一定会听你的话。"

他摇摇头："我讲话也没有用。哥哥恨死了爹，妈也不喜欢爹。哥哥把爹赶出来了，就不准人再提起爹……"

我终于知道那个秘密了。这真相也是我早已料到的。可是现在从儿子的口中，听到那个父亲的不幸的遭遇，我仿佛受到一个意外的打击。我无法说明我这时的心情。我忽然想躲开他，不再看他那憔悴的面容；我忽然想拉着他的手疯狂地跑出去，到处寻找他的父亲；我忽然又想让他坐在我的房里，详细地叙说他的家庭的故事。

我自己不能够决定我应该怎么做。我同那个小孩在山茶树下站了这许久，我不觉得疲倦，也忘记了头昏。我似乎在等待什么。

果然一个声音,一个甜甜的女音在后面响起来了。它不让我有犹豫的时间。

"小弟弟,你不要难过,你把你爹的事情跟我们说了罢。黎先生同我都愿意给你帮忙。"

我们一齐回过头去。姚太太站在假山前面,病后的面颜显得憔悴,她正用柔和的眼光看小孩。

"你们的话我也听见几句,我不是故意来偷听的。"她凄凉地一笑。"我不晓得小弟弟会有这样的痛苦。"她走过去,拿起小孩的一只手,母亲似地用爱怜的声音说:"我们到黎先生房里去坐坐。"

小孩含糊地答应一声,就顺从地跟着姚太太走了。他们两人走在前头,像姐弟似的。我跟在后面,一面走,一面望着她那穿浅蓝洋布旗袍的苗条的背影。

二十六

"小时候爹顶爱我。我记得从我三岁起,就是爹带我睡觉。妈喜欢哥哥。哥哥自小就不听爹的话。爹一天不在家,到晚上才回来,回来就要跟妈吵嘴,有时候吵得很凶,妈哭了,第二天早晨爹跟妈讲几句好话,妈又高兴了。过两天他们又吵起嘴来。我顶怕听他们吵嘴,哥哥有时还帮妈讲几句话。我躲在床上,就是在大热天,也用铺盖蒙着头,不敢做声,也睡不着觉。后来爹上床来,拉开我的铺盖,看见我还睁开眼睛,他问我是不是他们吵嘴吵得我不能睡觉,我说不出话,我只点点头。他望着我,他说他以后不再跟妈吵嘴了,我看见他流眼泪水,我也哭了,我不敢大声哭,只是轻轻地哭。他拿好多话劝我,我后来就睡着了。"

小孩这样地开始讲他的故事。他坐在靠床那张沙发上,姚太太坐另一张沙发,我坐在床沿上。我们的眼睛都望着他,他的眼睛却望着玻璃窗。他自然不是在看窗外的景物,他的视线给淡青色窗帷遮住了。他一双红红的眼睛好像罩上了一层薄雾,泪水满了,却没有滴下来。我想,那么他是在回顾他的童年罢。

"他们以后还是常常吵嘴,爹还是整天不在家,妈有时候也打打麻将。输了钱更容易跟爹吵嘴。有一回我已经睡了,妈拉我起来,要我同哥哥两个给爹磕头。妈说:'你们两个还不快给你们爹磕头,求他给你们留下几个钱活命,免得将来做叫化子丢他的脸！快跪呀,快跪呀!'哥哥先跪下去,我也只得跟着他跪下。我看见爹红着脸,拚命抓头发,结结巴巴地跟妈说:'你这何必呢,你这何必呢!'这一天爹没有办法了,他急得满屋子打转。妈只是催我们:'快磕头呀,快磕头呀!'哥哥真的磕头,我吓得哭起来。爹接连顿脚抓头发,结结巴巴,说了好几个'你'字。妈指着他说:'你今天怎么不讲话了！你也会不好意思吗？他们都是你的儿子,你拿出你做父亲的架子,教训他们呀！你跟他们说,你花的是你自己挣的钱,不是他们爷爷留给他们的钱!'爹说:'你看寒儿都给你吓哭了。你还紧吵什么！给别人听见大家都丢脸!'妈更生气了。她说话声音更大,她说:'往天你吵得,怎么今天也害怕吵了！你做得,我就说不得！你怕哪个不晓得你在外头嫖啊,赌啊！哪个不笑我在家里守活寡……'爹连忙蒙住耳朵说:'你不要再说了,我给你下跪好不好?'妈抢着说:'我给你跪,我给你跪!'就扑通一声跪下来。爹站住没有动。妈哭起来,拉着爹的衣服哭哭啼啼地说:'你可怜我们母子三个罢。你这样还不如爽爽快快杀死我们好,免得我们受活罪。'爹一句话也不说,就甩开妈的手转身跑出去了。妈在后面喊他,他也不回转来。妈哭,哥哥哭,我也哭。妈望着我们说:'你们要好好读书,不然我们大家都要饿死了。'我讲不出一句话。我听见哥哥说:'妈,你放心,我长大了,一定要给你报仇!'这天晚上妈就让我一个人睡,妈还以为爹会回来,妈没有睡好,我也没有睡好。我睁起眼睛紧望清油灯,等着爹回来。鸡叫了好几回,我还看不见爹的影子。

"爹一连两晚上都没有回来,妈着急了,打发人出去找爹,又叫哥哥去找,到处都找不到。妈牌也不打了,整天坐在家里哭,埋怨她自己不该跟爹吵嘴。第三天早晨爹回来了,妈又有说有

183

笑的,跟爹倒茶弄点心。爹也是有说有笑的。后来我看见妈交了一对金圈子给爹,爹很高兴。下午爹陪着妈,带着我跟哥哥出去看戏。

"这件事我记得清清楚楚。我做梦也做过几回。爹跟妈有二三十天没有吵嘴。我们也过得很高兴。爹每晚上回来得很早,并且天天给我带点心回来。有一晚上我在床上偷偷跟爹说:'爹,你以后不要再跟妈吵嘴罢,你看你们不吵嘴,大家都过好日子。'他对我赌咒说,他以后决不再吵嘴了。

"可是过了不多久,他又跟妈大吵一回,就像是为着金圈子的事情。吵的时候,妈总要哭一场,可是过两天妈跟爹又好起来了。差不多每过一两个月妈就要交给爹一样值钱的东西。爹拿到东西就要带着妈跟我们出去看戏上馆子。再过一两个月他们又为着那样东西吵起嘴来。年年都是这样。

"他们都说我懂事早。的确我那个时候什么都明白。我晓得钱比什么都有用,我晓得人跟人不能够讲真话,我晓得各人都只顾自己。有时候他们吵得凶了,惊动了旁人,大家来看笑话,却没有人同情我们。

"后来他们吵得更凶了。一回比一回凶。吵过后妈总是哭,爹总是在外头睡觉。连我跟哥哥都看得出来他们越吵感情越坏。我们始终不明白,妈为什么吵过哭过以后,又高兴把东西拿给爹,让他带出去。不但东西,还有钱。妈常常对我们说,钱快给爹花光了。可是妈还是拿钱给爹用。妈还跟我们讲过,她拿给爹的是外婆留给她的钱,爹现在拿去做生意。爷爷留下的钱早就给爹花光了。

"爹拿到东西,拿到钱,在家里才有说有笑,也多跟妈讲几句话。拿不到钱他一天板起脸,什么话也不说。其实他白天就从来不在家,十天里头大约只有一两天看得见他的影子。

"有一天爹带我出去买东西,买好东西,他不送我回家,却把我带到一个独院儿里头去。那儿有个很漂亮的女人,我记得她有张瓜子脸,红粉擦得很多。她喊爹做'三老爷',喊我做'小少爷';爹喊她做'老五',爹叫我喊她'阿姨'。我们在那儿坐了好久。她跟爹很亲热,他们谈了好多话,他们声音不大,我没有留心去听,并且我不大懂阿姨的话。她给我几本图画书看,又拿了好些糖、好些点心给我。我一个人坐在矮凳子上看书。我们吃过晚饭才回家。一路上爹还嘱咐我回家不要在妈面前讲'阿姨'的事。爹又问我,觉得'阿姨'怎样。我说'阿姨'好看。爹很高兴。我们回到家里,妈看见爹高兴,随便问了两三句话,就不管我了。倒是哥哥不相信我的话,他把我拉到花园里头逼着问我,究竟爹带我到过什么地方。我不肯说真话。他气起来骂了我几句也就算了。这天爹对我特别好,上了床,他还给我讲故事。他夸我是个好孩子,还说要好好教我读书。这时候我已经进小学了。

"第二年妈就晓得了'阿姨'的事情。妈有天早晨收拾爹的衣服,在口袋里头找到一张'阿姨'的照像同一封旁人写给爹的信。爹刚刚起来,妈就问爹,爹答得不对,妈才晓得从前交给爹的东西,并不是拿去押款做生意,全是给'阿姨'用了。两个人大吵起来。这一回吵得真凶,爹把方桌上摆好的点心跟碗筷全丢在地下。妈披头散发大哭大闹。我从来没有见过他们这种凶相。后来妈闹着要寻死,哥哥才去请了大伯伯、二伯伯来;大伯娘、二伯娘也来了。大伯娘、二伯娘劝住妈;大伯伯、二伯伯把爹骂了一顿,事情才没有闹大。爹还向妈陪过礼,答应以后取消小公馆。他这一天没有出门,到晚上妈的气才消了。

"这天晚上还是我跟爹一起睡。外面在下大雨。我睡不着,爹也睡不着。屋里电灯很亮,我们家已经装了电灯了,我看见爹眼里有眼泪水,我对他说:'爹,你不要再跟妈吵嘴罢。我害怕。你们总是吵来吵去,叫我跟哥哥怎么办?'我说着说着就哭了。我又说:'你从前赌过咒不再跟妈吵嘴。你是大人,你不应该骗我。'他拉住我的手,轻轻地说:'我对不起你,我不配做你父亲。我以后不再跟你妈吵嘴了。'我说:'我不信你的话!过两天你又会吵的,会吵得连我们都没有脸见人。'爹只是叹了一口气。

"我还以为他们以后再也不吵嘴了。可是过不到一个月,我又看见爹跟妈的脸色不对了。不过以后他们也就没有大吵过。碰到妈一开口,爹就跑出去了,有时几天不回来。他一回家,妈逼着问他,他随便说两三句话就走进书房去了。妈拿他也没有办法。

"大伯伯一死,公馆里头人人吵着要彻底分家,要卖公馆。妈也赞成。就是爹一个人反对,他说这是照爷爷亲笔画的图样修成的,并且爷爷在遗嘱上也说过不准卖公馆,要拿它来做祠堂。旁人都笑爹。他的话没有人肯听。二伯伯同四爸都说,爹不配说这种话。

"他们那天开会商量的情形,我还记得很清楚。那个时候日本人已经在上海打仗了。在堂屋里头,二伯伯同四爸跟爹大吵。二伯伯拍桌子大骂,四爸也指着爹大骂。爹红着脸结结巴巴地说话。我躲在门外看他们。爹说:'你们要卖就卖罢。我绝不签字。我对不起爹的事情做得太多了。我是个不肖子弟。我丢过爹的脸。我卖光了爹留给我的田。可是我不愿意卖这个公馆。'爹一定不肯签字。二伯伯同四爸两个也没有办法。可是我们这一房没有人签字,公馆就卖不成。妈出来劝爹,爹还是不肯答应。我看见四爸在妈耳朵边讲了几句话,妈出去把哥哥找来了。哥哥毕业回省来不到两个月,还没有考进邮政局做事。他走进来也不跟爹讲话,就走到桌子跟前,拿起笔把字签了。爹瞪了他一眼。他就大声说:'字是我签的,房子是我赞成卖的。三房的事情我可以作主。我不怕哪个反对!'二伯伯连忙把纸收起来,他高兴得不得了。还有四爸,还有大伯伯的大哥,他们都很高兴,一个一个走开了。爹气得只是翻白眼,过了好一会儿,他才自言自语说了一句:'他不是我的儿子。'堂屋里头只剩下他一个人,我走到他面前,拉住他一只手。我说:'爹,我是你的儿子。'他埋下头看了我好一阵。他说:'我晓得。唉,这是我自作自受……我们到花园里头去看看,他们就要卖掉公馆了。'

"爹牵着我的手走进花园,那个时候花园的样子跟现在完全一样。我还记得快到八月节了,桂花开得很好,一进门就闻到桂花香。我跟着爹在坝子里走了一阵。爹忽然对我说:'寒儿,你多看两眼,再过些日子,花园就不是我们的了。'我听见他这样说,我心里也很难过。我问过他:'爹,我们住得好好的,为什么二伯伯他们一定要卖掉公馆?为什么他们大家都反对你,不听你的话?'爹埋下头,看了我一阵,才说:'都是为钱啊,都是为钱啊!'我又问爹:'那么我们以后就不能够再进来了?'爹回答说:'自然。所以我叫你多看两眼。'我又问他:'公馆卖不掉,我们就可以不搬家吗?'爹说:'你真是小孩子,哪儿有卖不掉的公馆?'他拉我到茶花那儿去。这一阵不是开花的时候,爹要我去看他刻在树上的字。就是我刚才看的那几个字。我们从前有两棵茶花,后来公馆卖给你们姚家,"(他的眼光已经掉回来停留在姚太太的脸上了)"一棵白的死了。现在只有一棵红茶花了。爹指着那几个字对我说:'它的年纪比你还大。'我问他:'比哥哥呢?'他

187

说:'比你哥哥还大。'他叹了一口气,又说:'看今天那种神气,你哥哥比我派头还大。现在我管不住他,他倒要来管我了。'我也说:'哥哥今天对你不好,连我也气他。'他转过身拍拍我的头,看了我一阵,过后他摇摇头说:'我倒不气他。他有理,我实在不配做他父亲。'我大声说:'爹,他是你的儿子。他不该跟旁人一起欺负你!'爹说:'这是我的报应。我对不起你妈,对不起你们。'我连忙说:'那么你不要再到"阿姨"那儿去。你天天在家陪着妈,妈就会高兴的。我就去跟妈说!'他连忙蒙住我的嘴,说:'你不要去跟妈讲阿姨的事。现在已经来不及了。你看这几个字,我当初刻的时候,我比你现在大不了多少。我想不到今天我们两个会站在这儿看它。过两天这个公馆、这个花园就要换主人,连我刻的几个字也保不住。寒儿,记住爹的话,你不要学我,你不要学你这个不争气的父亲。'我说:'爹,我不恨你。'他不讲话,只是望着我。他流下眼泪水来。他叹一口气,把一只手按着我的肩头,他说:'只要你将来长大了不恨我不骂我,我死了也高兴。'他说得我哭起来。他等我哭够了,便拿他的手帕给我揩干眼睛。他说:'不要哭了。你闻闻看,桂花多香,就要过中秋了。我刚接亲的时候,跟你妈常常在花园里头看月亮。那个时候还没有花台,只有一个池塘,后来你哥哥出世的时候,你爷爷说家里小孩多了,怕跌到池塘里去,才把池塘填了。那个时候我跟你妈感情很好,哪儿晓得会有今天这个结果?'他又把我引到金鱼缸那儿去。缸子里水很脏,有浮萍,有虾子,有虫。爹拿手按住缸子,我也扶着缸子。爹说:'我小时候爱在这个缸子里喂金鱼,每天放了学,就跑到这儿来,不到他们来喊我吃饭,我就不肯走。那个时候缸里水真干净,连缸底的泥沙也看得清清楚楚。我弄到了两尾"朝天眼",你爷爷也喜欢它们。他常常到这儿来。有好几回他跟我一起站在缸子前头,就跟我们今天一样。那几回是我跟我父亲,今天是我跟我儿子。现在想起来我仿佛做了一场大梦。'我们又走回到桂花树底下。爹仰起头看桂花。雀子在树上打架,掉了好些花下来。爹躬着腰捡花。我也蹲下去捡,爹捡了一手心的花。过后爹去打开上花厅的门,我们在里头坐了一阵,又在下花厅坐了一阵。爹说:'过几天这都是别人的了。'我问爹,这个花园是不是爷爷修的。爹说是。他又说:'我想起来,你爷爷临死前不多久,有一天我在花园里头碰到他,他跟我讲了好些话,他忽然说:"我看我也活不到好久了。我死了,不晓得这个花园、这些东西,还保得住多久?我就不放心你们。我到现在才明白,不留德行,留财产给子孙,是靠不住的。这许多年我真糊涂!"你爷爷的确说过这样的话。我今天才懂得他的意思。可是已经迟了。'……"

　　姚太太用手帕蒙住眼睛轻轻地哭起来。我在这个小孩叙述的时候常常掉过眼光去看她,好久我就注意到她的眼里泛起了晶莹的泪光。等到她哭出声来,小孩便住了嘴,惊惶地看她,亲切地唤了一声:"姚太太。"我同情地望着她,心里很激动,却讲不出一句话来。下花厅里静了几分钟。小孩的眼泪一滴一滴地在脸上滚着。姚太太的哭声已经停止了。这两个人的遭遇混在一块儿来打击我的心。人间会有这么多的苦恼!超过我的笔下所能写出来的千百倍!我能够做些什么?我不甘心就这样静静地望着他们。我恨起自己来。这沉默使我痛苦。我要大声讲话。

　　小孩忽然站起来。他用手擦去脸上的泪痕。难道他要走开吗?难道他不肯吐露他的故事的最重要的部分吗?他刚刚走动一步,姚太太抬起脸说话了:"小弟弟,你不要走,请你讲下去。"

　　"我讲,我讲!"小孩踌躇一下,突然爆发似地说,他又在沙发

189

上坐下了。

"刚才我心头真有点难过,"她不好意思地说,一面用手帕轻轻地揩她的眼睛。"你爷爷那两句话真有意思。可是我奇怪你这小小年纪,怎么会记得清楚那许多事情?过了好些年你也应该忘记了。"

"爹的事情只要我晓得,我就不会忘记。我夜晚睡不着觉,就会想起那些事,我还会背熟那些话。"

"你晚上常常睡不着吗?"我问他。

"我想起爹的事就会睡不着。越睡不着就越想,越想我越觉得我们对不住爹……"

"你怎么说你对不住你父亲?明明是他不对。谁也看得出来是他毁了你们一家人的幸福,"我忍不住插嘴说。

"不过我们后来对他也太凶了,"小孩答道;"他已经后悔了,我们也应该宽待他。"

"是,小弟弟说得对。宽恕第一。何况是对待自家人,"姚太太感动地附和道。

"不过宽恕也应当有限度,而且对待某一些顽固的人,宽恕就等于纵容了,"我接口说,我暗指着赵家的事情。

她看了我一眼,也不说什么,却掉转头对小孩说:"小弟弟,你往下讲罢。"她又加上一句:"你讲下去心头不太难过罢,你不要勉强啊。"

"不,不,"小孩用力摇着头说;"我说完了,心头倒痛快些。爹的事我从没有对旁人讲过。家里头人总当我是个小孩子。他们难得跟我讲句正经话。其实论年纪我也不小了。我不再是光吃饭不懂事的小孩子了。"

"那么请你讲下去,让我们多知道一点你爹的事情。等我先给你倒杯茶来,"她说着就站起来。

"我自己来倒,"小孩连忙说,他也站起来。可是姚太太已经把茶倒好了。小孩感激地接过茶杯,捧着喝了几大口。

我默默地站起来,走到门口,又走到写字台前。我把藤椅挪到离小孩四五步远的光景,我就坐在他的对面。我用同情的眼光看这个早熟的孩子。在他这个年纪,对痛苦和不幸不应该有这样好的记性,也不该有这样好的悟性。就是叫我来讲,我也不能把他的父亲半生的故事说得更清楚。不幸的遭遇已经在这个孩子的精神上留下那么大的影响了。

二十七

小孩继续讲他的父亲的故事：

"公馆一个多月还没有卖掉。'下面'仗打得厉害,日本飞机到处轰炸,我们这里虽然安全,但是谣言很多。二伯伯他们着急起来,怕卖不掉房子。二伯伯第一个搬出去,表示决心要卖掉公馆。接着四爸也搬走了,大哥也搬走了。妈跟哥哥也另外租了房子要搬出去,爹不答应。爹跟他们吵了一回嘴。后来我们还是搬走了。爹说要留下来守公馆,他一个人没有搬。

"搬出来以后,我每天下了课,就到老公馆去看爹。我去过十多回,只看见爹一面。我想爹一定常常到'阿姨'那儿去。妈问起来,我总说我每回都碰到爹,妈也不起疑心。

"后来公馆卖给你们姚家,各房都分到钱,大家高高兴兴。我们这一房分到的钱,哥哥收起来了。爹气得不得了。他不肯搬回家,他说要搬到东门外庙里去住个把月。妈劝他回家住,他也不肯答应,后来哥哥跟他吵起来,他更不肯回家。其实我们新搬的家里头一直给他留得有一间书房。我们新家是一个独院儿,房子干干净净,跟老公馆一样整齐、舒服。我也劝过爹回家来住,说是家里总比外头好。可是爹一定不肯回家。哥哥说他并不是住在庙里头养身体,他一定是跟姨太太一起住在小公馆里头享福。哥哥还说那个姨太太原来是一个下江妓女。

"过了两个月,爹还没有搬回来。他到家里来过四五回,都是坐了半点多钟就走了。最后一回,碰到哥哥,哥哥跟他吵起来。哥哥问他究竟什么时候搬回家,他说不出。哥哥骂了他一顿,他也不多讲话,就溜走了。等我跑出去追他,已经追不到了。以后他就不回来了。过了一个多月,元宵节那天,我听见哥哥说,爹就要搬回来了。妈问他怎么晓得。他才对我们说,爹那个妓女逃走了,爹的值钱东西给她偷得干干净净,爹在外头没有钱,一定会回家来。我听见哥哥这样讲,心里不高兴。我觉得哥哥不应该对爹不尊敬。他究竟是我们的爹,他也没有亏待我们。

"我不相信哥哥的话。可是听他说起来,他明明知道爹住在哪儿,并且他也在街上见过那个下江'阿姨'。我在别处打听不到爹的消息,我只好拉着哥哥问,哥哥不肯说。我问多了,他就发脾气。不过我们吃晚饭的时候,哥哥时常讲起爹,我也听到一点儿。我晓得爹在到处找'阿姨',都没有结果。可是我不晓得爹住的地方,我没有法子去找他。

"后来有一天爹回来了。我记得那天是阴历二月底。他就像害过一场大病一样,背驼得多,脸黄得多,眼睛落进去,一嘴短胡子,走路没有气力,说话唉声叹气。他回家的时候,我刚刚从学堂里回来,哥哥还没有回家。他站在堂屋里头,不敢进妈的房间。我去喊妈,妈走到房门口,就站在那儿,说了一句:'我晓得你要回来的。'爹埋着头,身子一摇一摆,就像要跌下去一样。妈动也不动一下。我跑过去,拉住爹的手,把他拖到椅子上坐下。我问他:'爹,你饿不饿?'他摇头说:'不饿。'我看见妈转身走了。等一下罗嫂就端了洗脸水来,后来又倒茶拿点心。爹不讲话,埋着头把茶跟点心都吃光了。我才看见他脸上有了一点血色。我心里很难过,我刚喊一声'爹',眼泪水就出来了。我说:'爹,你就在家里住下罢,你不要再出去找"阿姨"了。你看,你瘦成了这样!'他拉住我的手,说不出一句话,只顾流眼泪水。

"后来妈出来了。她喊我问爹累不累,要不要到屋里去躺一会儿。爹起初不肯,后来我看见爹实在很累,就把他拉进屋去了。过一会儿我再到妈屋里去,我看见爹睡在床上,妈坐在床面前藤椅上。他们好像讲过话了,妈垂着头在流眼泪水。我连忙溜出去。我想这一回他们大概和好了。

"我们等着哥哥回来吃饭。这天他回来晏一点。我高高兴兴把爹回家的消息告诉他。哪晓得他听了就板起脸说:'我早就说他会回来的。他不回来在哪儿吃饭?'我有点生气,就回答一句:'这是他的家,他为什么不回来?'哥哥也不再讲话了。吃饭的时候,哥哥看见爹,做出要理不理的样子。爹想跟哥哥讲话,哥哥总是板起脸不做声。妈倒还跟爹讲过几句话。哥哥吃完一碗饭,喊罗嫂添饭,刚巧罗嫂不在,他忽然发起脾气来,拍着桌子骂了两句,就黑起一张脸走开了。

"我们都给他吓了一跳。妈说:'不晓得他今天碰到什么事情,怎么无缘无故地大发脾气。'爹埋着头在吃饭,听见妈的话,抬起头来说:'恐怕是因为我回来的缘故罢。'妈就埋下头不再讲话了。爹吃了一碗饭,放下碗。妈问他:'你怎么只吃一碗饭?不再添一点儿?'爹小声说:'我饱了。'他站起来。妈也不吃了,我也不吃了。这天晚上爹很少讲话。他睡得早。他还是跟我睡在那张大床上。我睡得不好,做怪梦,半夜醒转来,听见爹在哭。我轻轻喊他,才晓得他是在梦里哭醒的。我问他做了什么梦,他不肯说。

"爹就在我们新家住下来。头四天他整天不出街,也不多说话,看见哥哥他总是埋着头不做声。哥哥也不跟他讲话。到第五天他吃过早饭就出去了,到吃晚饭时候才回来。妈问他整天到哪儿去了。他只说是去看朋友。第六天又是这样。第七天他回来,我们正在吃晚饭,妈问他在外头有什么事情,为什么这样晏才回家来。他还是简简单单说在外头看朋友。哥哥这天又发脾气,骂起来:'总是扯谎!什么看朋友!哪个不晓得你是去找你那个老五!从前请你回家,你总是推三推四,又说是到城外庙里头养病!你全是扯谎!全是为了你那个老五!我以为你真的不要家了,你真的不要看见我们了。哪晓得天有眼睛,你那个宝贝丢了你跟人家跑了。你的东西都给她偷光了。现在剩下你一个光人跑回家来。这是你不要的家!这是几个你素来讨厌的人!可是人家丢了你,现在还是我们来收留你,让你舒舒服服住在家里。你还不肯安分,还要到外头去跑。我问你,你存的什么心!是不是还想在妈这儿骗点儿钱,另外去讨个小老婆,租个小公馆?我劝你不要胡思乱想。我决不容你再欺负妈!……'

"爹坐在墙边一把椅子上,双手蒙住脸。妈忍不住了,一边流眼泪水,一边插嘴说:'和,'(我哥哥小名叫和)'你不要再说了。让爹先吃点饭罢。'哥哥却回答说:'妈,你让我说完。这些年来我有好多话闷在心头,不说完就不痛快。你也太老实了。你就不怕他再像从前那样欺负你!'妈哭着说:'和,他是你的爹啊!'我忍不住跑到爹面前拉他的手,接连喊了几声'爹'。他把手放下来。脸色很难看。

"我听见哥哥说:'爹?做爹的应该有爹的样子。他什么时候把我当成他儿子看待过?'爹站起来,甩开我的手,慢慢儿走到门口去。妈大声在后面喊:'梦痴,你到哪儿去?你不吃饭?'爹回过头来说:'我觉得我还是走开好,我住在这儿对你们并没有一点儿好处。'妈又问:'那么你到哪儿去?'爹说:'我也不晓得。

195

不过省城宽得很,我总可以找个地方住。'妈哭着跑到他身边去,求他:'你就不要走罢。从前的事都不提了。'哥哥仍旧坐在饭桌上,他打岔说:'妈,你不要多说话。难道你还不晓得他的脾气!他要走,就让他走罢!'妈哭着说:'不能,他光身一个人,你喊他走到哪儿去?'妈又转过来对爹说:'梦痴,这个家也是你的家,你好好地来支持它罢。在外头哪儿有在家里好!'哥哥气冲冲地回到他屋里去了。我实在忍不住,我跑过去拉住爹的手,我一边哭,一边说:'爹,你要走,你带我走罢。'

"爹就这样住下来。他每天总要出一趟街。不过总是在哥哥不在家的时候。有时也向妈、向我要一点儿零用钱。我的钱还是向哥哥要的。他叫我不要跟哥哥讲。哥哥以为爹每天在家看书,对他也客气一点,不再跟他吵嘴了。他跟我住一间屋。他常常关在屋里不是看书就是睡觉。等我放学回来,他也陪我温习功课。妈对他也还好。这一个月爹脸色稍微好看一点,精神也好了些。有一天妈对我们说,爹大概会从此改好了。

"有个星期天,我跟哥哥都在家,吃过午饭,妈要我们陪爹去看影戏,哥哥答应了。我们刚走出门,就看见有人拿封信来问杨三老爷是不是住在这儿。爹接过信来看。我听见他跟送信人说:'晓得了,'他就把信揣起来。我们进了影戏院,我专心看影戏,影戏快完的时候,我发觉爹不在了,我还以为他去小便,也不注意。等到影戏完了,他还没有回来。我们到处找他,都找不到。我说:'爹说不定先回家去了。'哥哥冷笑一声,说:'你这个傻子!他把我们家就当成监牢,出来了,哪儿会这么着急跑回去!'果然我们到了家,家里并没有爹的影子。妈问起爹到哪儿去了。哥哥就把爹收信的事说了。吃晚饭的时候,妈还给爹留了菜。爹这天晚上就没有回来。妈跟哥哥都不高兴。第二天上午他回来了。就只有妈一个人在家。他不等我放学回来,又走了。妈也没有告诉我他跟妈讲了些什么话。我后来才晓得他向妈要了一点钱。这天晚上他又没有回家。第二天他也没有回来。第三天他也没有回来。妈很着急,要哥哥去打听,哥哥不高兴,总说不要紧。到第五天爹来了一封信,说是有事情到了嘉定,就生起病来,想回家身上又没有钱,要妈给他汇路费去。妈得到信,马上就汇了一百块钱去。那天刚巧先生请假,我下午在家,妈喊我到邮政局去汇钱,我还在妈信上给爹写了几个字,要爹早些回来。晚上哥哥回家听说妈给爹汇了钱去,他不高兴,把妈抱怨了一顿,说了爹许多坏话,后来妈也跟着哥哥讲爹不对。

"钱汇去了,爹一直没有回信。他不回来。我们也没有得到他一点消息。妈跟哥哥提起他就生气。哥哥的气更大。妈有时还耽心爹的病没有好,还说要写信给他。有一天妈要哥哥写信。哥哥不肯写,反而把妈抱怨一顿。妈以后也就不再提写信的话。我们一连三个多月没有得到爹的消息,后来我们都不讲他了。有一天正下大雨,我放暑假在家温习功课,爹忽然回来了。他一身都泡胀了,还是坐车子回来的,他连车钱也开不出来。人比从前更瘦,一件绸衫又脏又烂,身上有一股怪气味。他站在街沿上,靠着柱头,不敢进堂屋来。

"妈喊人给了车钱,站在堂屋门口,板起脸对爹说:'你居然也肯回家来!我还以为你就死在外州县了。'爹埋着头,不敢看妈。妈又说:'也好,让你回来看看,我们没有你,也过得很好,也没有给你们杨家祖先丢过脸。'

"爹把头埋得更低,他头发上的水只是往下滴,雨也飘到脸上来,他都不管。我看不过才去跟妈说,爹一身都是水,是不是

197

让他进屋来洗个脸换一件衣服。妈听见我这样说,她脸色才变过来。她连忙喊人给爹打水洗澡,又找出衣服给爹换,又招呼爹进堂屋去。爹什么都不说,就跟哑巴一样。他洗了澡,换过衣服,又吃过点心。他听妈的话在我床上睡了半天。

"哥哥回来,听说爹回家,马上摆出不高兴的样子。我听见妈在嘱咐他,要他看见爹的时候,对爹客气点。哥哥含含糊糊地答应着。吃晚饭时候,他看见爹,皱起眉头喊了一声,马上就把脸掉开了。爹好像有话要跟他讲,也没有办法讲出来。爹吃了一碗饭,罗嫂又给爹添了半碗来,爹伸手去接碗,他的手抖得很厉害,没有接好碗,连碗带饭一起掉在地上,打烂了。爹怕得很,连忙弯起腰去捡。妈在旁边说:'不要捡它了。让罗嫂再给你添碗饭罢。'爹战战兢兢地说:'不必,不必,这也是一样。'不晓得究竟为了什么缘故,哥哥忽然拍桌子在一边大骂起来。他骂到:'你不想吃就给我走开,我没有多少东西给你糟蹋',爹就不声不响地走了。哥哥指着妈说:'妈,这都是你姑息的结果。我们家又不是旅馆,哪儿能由他高兴来就来,高兴去就去!'妈说:'横竖他已经回来了,让他养息几天罢!'哥哥气得更厉害,只是摇着头说:'不行,不行,他把我们害到这样,我不能让他过一天舒服日子!我一定要找个事情给他做。'第三天早晨他就喊爹跟他一起出去,爹一句话也不讲,就埋着头跟他走了。妈还在后面说,爹跟哥哥一路走,看起来,爹就像是哥哥的底下人。我听到这句话,真想哭一场。

"下午哥哥先回来,后来爹也回来了。爹看见哥哥就埋下头。吃饭的时候哥哥问他话,他只是回答:'嗯,嗯。'他放下碗就躲到屋里去了。妈问哥哥爹做的什么事。哥哥总说是办事员。我回屋去问爹,爹不肯说。

"过了四五天,下午四点钟光景,爹忽然气咻咻地跑回家来。只有我一个人在家,妈出去买东西去了。我问爹怎么今天回来得这样早。爹一边喘气,一边说:'我不干了!这种气我实在受不了。明说是办事员,其实不过是个听差。吃苦我并不怕,我就丢不下这个脸。'他满头是汗,只见汗珠往下滴,衣服也打湿了。我喊罗嫂给他打水洗脸。他刚刚洗好脸,坐在堂屋里吃茶。哥哥就回来了。我看见哥哥脸色不好看,晓得他要发脾气,我便拿别的话打岔他。他不理我,却跑到爹面前去。爹看见他就站起来,好像想躲开他的样子。他却拦住爹,板起脸问:'我给你介绍的事情,你为什么做了几天就不干了?'爹埋着头小声回答:'我干不下来。有别的事情我还是可以干。'哥哥冷笑说:'干不下来?那么你要干什么事情?是不是要当银行经理?你有本事你自己找事去,我不能让你在家吃闲饭。'爹说:'我并不是想吃闲饭,不过叫我去当听差,我实在丢不下杨家的脸。薪水又只有那一点儿。'哥哥冷笑说:'你还怕丢杨家的脸?杨家的脸早给你丢光了!哪个不晓得你大名鼎鼎的杨三爷!你算算你花了多少钱!你自己名下的钱,爷爷留给我们的钱,还有妈的钱都给你花光了!'他说到这儿妈回来了,他还是骂下去:'你倒值得,你阔过,耍过,嫖过,赌过!你花钱跟倒水一样。你哪儿会管到我们在家里受罪,我们给人家看不起!'爹带着可怜的样子小声说:'你何必再提那些事情。过去的事已经过去了,我就是后悔也来不及了。'哥哥接着说:'后悔?你要是晓得后悔,也不会厚起脸皮回来了。从前请你回家,你不肯回来。现在我们用不着你了。你给我走!我没有你这样的父亲,我不承认你这样的父亲!'爹脸色大变,浑身抖得厉害,眼睛睁得大大的,要讲话又讲不出来。妈在旁边连忙喊住哥哥不要再往下说。我也说:'哥哥,他是我们的爹啊!'哥哥回过头看我,他流着眼泪水说:'他不配做我的爹,他从我生下来就没有好好管过我。我是妈一个人养大的。他没有尽过爹的责任。这不是他的家。我不是他的儿子。'他又转过脸朝着妈:'妈,你说他哪点配作我的爹?'妈没有讲话,只是望着爹,妈也哭了。爹只是动他的头,躲开妈的眼光。哥哥从口袋里摸出一封信交给妈,说:'妈,你看这封信。好多话我真不好意思讲出来。'妈看了信,对着爹只说了个'你'字,就把信递给爹,说:'你看,这是你公司一个同事写来的。'爹战战兢兢地看完信,一脸通红,嘴里结结巴巴地说:'这不是真的,我敢赌咒!有一大半不是真的。他们冤枉我。'妈说:'那么至少有一小半是真的了。我也听够你的谎话了,我不敢再相信你。你走罢。'妈对着爹挥了一下手,就转身进屋去了。妈像是累得很,走得很慢,一面用手帕子揩眼睛。爹在后面着急地喊妈,还说:'我没有做过那些事,至少有一半是他们诬赖我的。'妈并不听他。哥哥揩了眼泪水,说:'你不必强辩了。他是我的好朋友,无缘无故不会造谣害你。我现在没有工夫跟你多说。你自己早点打定主意罢。'爹还分辩说:'这是冤枉。你那个朋友跟我有仇,他舞弊,有把柄落在我手里头,他拿钱贿赂我,我不要,他恨透了我……'哥哥不等他说完,就说:'我不要听你这些谎话。你不要钱,哪个鬼相信!你要是晓得爱脸,我们也不会受那许多年的罪了。'哥哥说了,也走进妈屋里去了。堂屋里只有爹跟我两个人。我跑到爹面前,拉起他的手说:'爹,你不要怄他的气,他过一阵就会失悔。我们到屋里歇一会儿罢。'爹喊了我一声'寒儿',眼泪水就流出来了。过了半天他才说:'我失悔也来不及了。你记住,不要学我啊。'

"吃晚饭的时候,天下起雨来。爹在饭桌上说了一句话,哥哥又跟爹吵起来。爹说了两三句话。哥哥忽然使劲把饭碗朝地下一甩,气冲冲地走进屋去。我们都放下碗不敢讲一句话。爹忽然站起来说:'我走就是了。'哥哥听见这句话,又从房里跳出来,指着爹说:'那你马上就给我走!我看到你就生气!'爹一声不响就跑出堂屋,跑下天井,淋着雨朝外头走了。妈站起来喊爹。哥哥拦住她说:'不要喊他,他等一会儿就会回来的。'我不管他们,一个人冒着雨赶出去。我满头满身都湿透了。在大门口我看见爹弯着背在街上走,离我不过十几步远。我一边跑,一边大声喊。我的声音给雨声遮盖了。我满嘴都是雨水。我就要追上他了,忽然脚一滑,我'一扑扒'绊倒在街上。我一脸一身都是泥水。头又昏,全身又痛。我爬起来,又跑。跑到街口,雨小了一点,我离开爹只有三四步了,我大声喊他,他回过头,看见是我,反而使劲朝前面跑。我也拚命追。他一下子就绊倒了,半天爬不起来。我连忙跑过去搀他。他脸给石头割破了,流出血来。他慢慢儿站起,一边喘气,一边问我:'你跑来做什么?'我说:'爹,你跟我回家去。'他摇摇头叹口气说:'我没有家。我什么都没有。我就只有我一个人。'我说:'爹,你不能这样说。我是你的儿子,哥哥也是你的儿子。没有你,哪儿还有我们!'爹说:'我没有脸做你们的父亲。你放我走罢。不管死活都是我自己情愿。你回去对哥哥说,要他放心,我决不会再给你们丢脸。'我拉住他膀子说:'我不放你走,我要你跟我回去。'我使劲拖他膀子,他跟着退了两步。他再求我放他走。我不肯。他就把我使劲一推,我仰天跌下去,这一下把我绊昏了。我半天爬不起来。雨大得不得了。我衣服都泡胀了。我慢慢儿站起来,站在十字路口,我看不见爹的影子,四处都是雨,全是灰白的颜色。我觉得头重脚轻,浑身痛得要命。我一点儿气力都没有了。我咬紧牙齿走了几步,我自己也弄不清楚,我觉得我好像又绊了一跤,有人把我拉起来。我听见哥哥在喊我。我放心了,他半抱半搀地把我弄回家去。我记得那时候天还没有黑尽。

"我回到家里,他们给我打水洗澡换衣服,又给我煮姜糖水。妈照料我睡觉。她跟哥哥都没有问起爹,我也没有力气讲话。这天晚上我发烧得厉害。一晚就做怪梦。第二天上午请了医生来看病。我越吃药,病越厉害,后来换了医生,才晓得药吃错了。我病了两个多月,才好起来。罗嫂告诉我,我病得厉害的时候,妈守在我床面前,我常常大声喊:'爹,你跟我回家去!'妈在旁边揩眼泪水。妈当天就要哥哥出去找爹回来。哥哥真的出去了。他并没有找回爹。不过后来我的病好一点,妈跟哥哥在吃饭的时候又在讲爹的坏话。这也是罗嫂告诉我的。

"我的病好起来了。妈跟哥哥待我都很好!就是不让我讲爹的事。我从他们那儿得不到一点爹的消息。也许他们真的不晓得。他们好像把爹忘记得干干净净了。我在街上走路,也看不到爹的影子。我去找李老汉儿,找别人打听,也得不到一点结果。二伯伯、四爸、大哥他们,在公馆卖掉以后就没有到我们家里来过。他们从来不问爹的事。

"在第二年中秋节那天,我们家里没有客人,这一年来妈很少去亲戚家打牌应酬,也少有客人来。跟我们家常常来往的就只有舅母同表姐。那天我们母子三个在家过节。妈跟哥哥都很高兴。只有我想起爹一个人在外头不晓得怎样过日子,心里有点儿难过。吃过午饭不久,我们听见有人在门口问杨家,罗嫂去带了一个人进来。这个人穿一身干净的黄制服,剪着光头。他说是来给杨三老爷送信。哥哥问他是什么人写的信。他说是王家二姨太太写的。哥哥把信拆开了,又问送信人折子在哪儿。

送信人听说哥哥是杨三老爷的儿子,便摸出一个红面子的银行存折,递给哥哥说:'这是三万元的存折,请杨三老爷写个收据。'我看见哥哥把存折拿在手里翻了两下,他一边使劲地咬他的嘴唇,后来就把折子递还给送信人,说:'我父亲出门去了,一两个月里头不会回来。这笔款子数目太大,我们不敢收。请你拿回去,替我们跟你们二姨太太讲一声。'送信人再三请哥哥收下,哥哥一定不肯收。他只好收起存折走了。他临走时还问起杨三老爷到哪儿去了,哥哥说,'他到贵阳、桂林一带去了。'哥哥扯了一个大谎!妈等送信人走了,才从房里出来,问哥哥什么人给爹送钱来。哥哥说:'你说还有哪个,还不就是他那个宝贝老五!她现在嫁给阔人做小老婆,她提起从前的事情,说是出于不得已,万分对不起爹,请爹原谅她。她又说现在她的境遇好一点,存了三万块钱送给爹,算是赔偿爹那回的损失……'妈听到这儿就忍不住打岔说:'哪个希罕她那几个钱!你退得好!退得好!'我一直站在旁边,没有插嘴的资格。不过我却想起那个下江'阿姨'红红的瓜子脸,我觉得她还是个好人。她到现在还没有忘记爹。我又想,倘使她知道爹在哪儿,那是多么好,她一定不会让爹流落在外头。

"以后我一直没有得到爹的消息。到去年九月有个星期六下午妈带我出去看影戏,没有哥哥在。我们看完影戏出来,妈站在门口,我去喊车子。等我把车子喊来,我看见妈脸色很难看,好像她见了鬼一样。我问她是不是身体不舒服。她说不是。她问我看见什么人没有。我说没有看见。妈也不说什么。我们坐上车子,我觉得妈时常回过头看后面。我不晓得妈在看什么。回到家里,我问妈是不是碰到了什么熟人。哥哥还没有回来,家里只有我们两个。妈变了脸色,小声跟我说:'我好像看见你

203

爹。'我高兴地问她：'你真的看见爹吗？'她说：'一定是他,相貌很像,就是瘦一点,衣服穿得不好。他从影戏院门口,跟着我们车子跑了好几条街。'我说：'那么你做什么不喊他一声,要他回家呢？'妈叹了一口气,后来就流下眼泪水来了。我不敢再讲话。过了好一阵,妈才小声说了一句：'我想起来又有点儿恨他。'我正要说话,哥哥回来了。

"我这天晚上睡不着觉。我在床上总是想着我明天就会找到爹,着急得不得了。第二天我一早就起来。我不等在家里吃早饭就跑出去了。我去找李老汉儿,告诉他,妈看见了爹,问他有没有办法帮我找到爹。他劝我不要着急,慢慢儿找。我不听他的话。我缺了几堂课,跑了三天,连爹的影子也看不见。

"又过了二十多天,我们正在吃晚饭,邮差送来一封信,是写给妈的。妈接到信,说了一句：'你爹写来的,'脸色就变了。哥哥连忙伸过手去说：'给我看！'妈把手一缩,说：'等我先看了再给你,'就拆开信看了。我问妈：'爹信里讲些什么话？'妈说：'他说他身体不大好,想回家来住。'哥哥马上又伸出手去把信拿走了。他看完信,不说什么就把信拿在油灯上烧掉。妈要去抢信,已经来不及了。妈着急地问哥哥：'你为什么要烧它？上面还有回信地址！'哥哥立刻发了脾气,大声说：'妈,你是不是还想写信请他回来住？好,他回来,我立刻就搬走！家里的事横顺有他来管,以后也就用不到我了。'妈皱了一下眉头,只说：'我不过随便问一句,你何必生气。'我气不过就在旁边接一句话：'其实也应该回爹一封信。'哥哥瞪了我一眼,说：'好,你去回罢。'可是地址给他烧掉了,我写好回信又寄到哪儿去呢？

"又过了两三个星期,有一天,天黑不久,妈喊我出去买点东西,我回来,看见大门口有一团黑影子,我便大声问是哪个。影子回答：'是我。'我再问：'你是哪个？'影子慢慢儿走到我面前，一边小声说：'寒儿，你连我的声音也听不出来了。'我看见爹那张瘦脸，高兴地说：'爹，我找了你好久了，总找不到你。'爹摩摩我的头说：'你也长高了。妈跟哥哥他们好吗？'我说：'都好。妈接到你的信了。'爹说：'那么为什么没有回信？'我说：'哥哥把信烧了，我们不晓得你的地址。'爹说：'妈晓得罢？'我说：'信烧了，妈也不晓得了。妈自来爱听哥哥的话。'爹叹了一口气说：'我早就料到的。那么没有一点指望了。我还是走罢。'我连忙拉住他的一只手。我吓了一跳。他的手冰冷，浑身在发抖。我喊起来：'爹，你的手怎么这样冷！你生病吗？'他摇摇头说：'没有。'我连忙捏他的袖子，已经是阴历九月，他还只穿一件绸子的单衫。我说：'你衣服穿得这样少，你不冷吗？'他说：'我不冷！'我想好了一个主意，我要他在门口等我一下，我连忙跑进去，跟妈说起爹的情形，妈拿出一件哥哥的长衫和一件绒线衫，又拿出五百块钱，要我交给爹，还要我告诉爹，以后不要再到这儿来，妈说妈决不会回心转意的，请爹不要妄想。妈又说即使妈回心转意，哥哥也决不会放松他。我出去，爹还在门口等我。我把钱和衣服交给他，要他立刻穿上。不过我没有把妈的话告诉他。他讲了几句话，就说要走了，我不敢留他，不过我要他把他的住处告诉我，让我好去找他。我说，不管哥哥对他怎么样，我总是他的儿子。他把他住处告诉我了，就是这个大仙祠。

"第二天早晨我就到大仙祠去，果然在那儿找到了爹。爹说他在那儿住得不久，搬来不过一个多月。别的话他就不肯讲了。以后我时常到爹那儿去，有时候我也给爹拿点东西去。我自然不肯让哥哥晓得。妈好像晓得一点儿，她也并不管我。我在妈面前只说我见到了爹，我并不告诉她爹在什么地方。不过我对

205

李老汉儿倒把什么事情都说了。他离爹的住处近,有时候也可以照应爹。

"从那个时候起我就时常到你们公馆里头来。"(小孩侧过脸朝着姚太太笑了笑,带了点不好意思的样子。他脸上的眼泪还没有干掉。)"爹爱花,爹总是忘不掉我们花园,他时常跟我讲起。我想花园本来是我们的,虽说是卖掉了,我进去看看,折点花总不要紧。我把我这个意思跟李老汉儿说了,他让我进去。我头一回进来,没有碰到人,我在花台上折了两枝菊花拿给爹,爹高兴得不得了。以后我来过好多回。每回都要跟你们的底下人吵嘴。有两回还碰到姚先生,挨过他一顿骂,有一回还挨了那个赵青云几下打。老实说,我真不愿意再到你们这儿来。不过我想起爹看到花欢喜的样子,我觉得我什么苦都受得了。我不怕你们的底下人打我骂我。我又不是做贼。我也可以跟他们对打对骂。只有一回我碰到你姚太太,你并没有赶我。你待我像妈妈、像姐姐一样,你还折了一枝腊梅给我。我在外头就没有碰到一个人和颜悦色地跟我讲过话。就只有你们两个人。我那些伯伯、叔叔、堂哥哥、堂弟弟都看不起我们这一房人,不愿意跟我们来往,好像我们看见他们,就会向他们借钱一样。爹跟我讲过,就在前不久的时候,有一天爹在街上埋头走路,给一部私包车撞倒了,脸上擦掉了皮,流着血。那是四爸的车子,车夫认出是爹,连忙放下车子去搀爹。爹刚刚站起来,四爸看到爹的脸,认出是他哥哥,他不但不招呼爹,反而骂车夫不该停车,车夫只好拉起车子走了。四爸顺口吐了一口痰,正吐在爹身上。这是爹后来告诉我的。

"爹还告诉我一件事情。有天下午爹在商业场后门口碰见'阿姨'从私包车下来。她看见爹,认出来他是谁,便朝着爹走去,要跟爹讲话。爹起初有点呆了,后来听见她喊声'三老爷',爹才明白过来,连忙逃走了。以后爹也就没有再看见她。爹说看见'阿姨'比看见四爸早两天。我也把'阿姨'送钱的事跟他讲了。他叹了两口气,说,倒是'阿姨'这种人有良心……"

小孩讲了这许多话,忽然闭上嘴,精力竭尽似的倒在沙发靠背上,两只手蒙住了眼睛。我们,我同姚太太,这许久都屏住气听他讲话,我们的眼光一直停留在他的脸上。现在我们仿佛松了一口气。我觉得呼吸畅快多了。我看见姚太太也深深地嘘了一口气。虽然她用手帕在揩眼睛,可是我看出来她的脸上紧张的表情已经消失了。

"小弟弟,我想不到你吃了这么多的苦。也亏得你,换个人不会像你这样,"她温柔地说。小孩不作声,也不取下手来。过了片刻,她又说:"你爹呢,他现在是不是还在大仙祠?请他过来坐坐也好。"小孩的轻微的哭声从他一双手下面透了出来。我对着姚太太摇摇头,小声说,"他父亲不愿意拖累他,又逃走了。"

"可以找到吗?"她低声问。

"我看一时不会找到,说不定他已经离开省城。他既然存心躲开,就很难找到他,"我答道。

小孩忽然取下蒙脸的手,站起来,说:"我回去了。"

姚太太马上接嘴说:"你不要走。你再耍一会儿,吃点茶,吃点点心。"

"谢谢你,我肚子很饱,吃不下。我真的要回去了,"小孩说。

"我看你很累。你一个人说了这许多话,也应该休息一会儿,"姚太太关心地说。

小孩回答道:"我一点儿也不累,话说完了,我心里头也痛快多了。这几年来我在心里头背① 来背去,都是背这些话。我只跟李老汉儿讲过一点儿。今天全讲了。……我真的要走了。妈在家里等我。"

"那么你以后时常来耍罢,你可以把我们这儿当做你自己的家,"姚太太恳切地说。

"我要来的,我要来的!这儿是我们的老家啊!"小孩说完,就从大开着的玻璃门走出去了。

---

① 背:即"背诵"的意思。

二十八

"你要来啊,你要来啊!"姚太太还赶到花厅门口,恳切地招呼小孩道。

"我看他不会来了,"我没有听见小孩的回答,却在旁边接了一句。

"为什么呢?"她转过脸来,用疑惑的眼光望着我。

"这个地方有他那么多痛苦的回忆,要是我,我不会再来的,"我答道,我觉得心里有点不好受。

"不过这儿也应该有他许多快乐的回忆罢,"她想了一会儿,才自语似地说。"我倒真想把花园还给他。"她在书桌前的藤椅上坐下来。

我吃了一惊,她居然有这样的念头!我便问道:"还给他?他也不会要的。而且诵诗肯吗?"

她摇摇头:"诵诗不会答应的。其实他并不爱花。我倒喜欢这个花园。"过后她又加一句:"我觉得这个孩子很不错。"

"他吃了那么多苦,也懂得那么多。本来像他这样年纪倒应该过得更好一点,"我说。

"不过现在过得好的人也实在不多。好多人都在受苦。黎先生,你觉得这种苦有没有代价?这种苦还要继续多久?"她的两只大眼睛望着我,恳切地等候我的回答。

"谁知道呢!"我顺口答了一句。但是我触到她的愁烦的眼光,我马上又警觉起来。我不能答复她的问题,我知道她需要的并不是空话。但是为了安慰她,我只好说:"当然有代价,从来没有白白受的苦。结果不久就会来的。至少再过一两年我们就会看到胜利。"

她的脸上浮现了一丝笑意。她微微点一下头,又把眼睛抬起来,她不再看我,但是她痴痴地在望着什么呢?她是在望未来的远景罢。她微微露出牙齿,温和地说:"我也这样想。不过胜利只是一件事情,我们不能把什么都推给它。可是像我这样一个女子又能够做什么呢?我还不是只有等待。我对什么事都只有等待。我对什么事都是空有一番心肠。黎先生,你一定会看不起我。"她把眼光埋下来望我。

"为什么呢?姚太太,我凭什么看不起你?"我惊讶地问道。

"我整天关在这个公馆里,什么事都不做,也没有好好地给诵诗管过家,连小虎的教育也没法管。要管也管不好。我简直是个废人。诵诗却只是宠我。他很相信我,可是他想不到我有这些苦衷。我又不好多对他讲。……"

"姚太太,你不应该苛责自己。要说你是个废人,我不也是废人么?我对一切事不也是空有一番心肠?"我同情地说,她的话使我心里难过,我想安慰她,一时却找不到适当的话。

"黎先生,你不比我,你写了那么多书,怎么能说是废人!"她提高声音抗议道,同时友谊地对我笑了笑。

"那些书又有什么用?还不是些空话!"

"这不能说是空话。我记得有位小说家说过,你们是医治人类心灵的医生。至少我服过你们的药。我觉得你们把人们的心拉拢了,让人们互相了解。你们就像是在寒天送炭、在痛苦中送安慰的人。"她的眼睛感动地亮起来,她仿佛又看见什么远景了。

一股暖流进到我的心中,我全身因为快乐而颤动起来。我愿意相信她的话,不过我仍然分辩说:"我们不过是在白纸上写黑字,浪费我们的青春,浪费一些人的时间,惹起另一些人的憎厌。我们靠一支笔还养不活自己。像我,现在就只好在你们家做食客。"我自嘲地微笑了。

她马上换了责备的调子对我说:"黎先生,你在我面前不该讲这种话。你怎么能说是食客呢?你跟诵诗是老朋友,并且我们能够在家里招待你这样的客人,也是我们的荣幸。"

"姚太太,你说我客气,那么请你也不要说'荣幸'两个字,"我插嘴说。

"我在说我心里想说的话,"她含笑答道。但是她的笑容又渐渐地淡下去了。"我并不是在夸奖你。好些年来我就把你们写的书当作我的先生、我的朋友。我母亲是个好心肠的旧派老太太,我哥哥是个旧式的学者。在学堂里头我也没有遇到一位好先生,那些年轻同学在我结婚以后也不跟我来往了。在姚家,我空时候多,他出去的时候,我一个人无聊就只有看书。我看了不少的小说,译的、著的,别人的,你的,我都看过。这些书给我打开了一个世界。我从前的天地就只有这么一点点大:两个家,一个学堂,十几条街。我现在才知道我四周有一个这么广大的人间。我现在才接触到人们的心。我现在才懂得什么叫不幸和痛苦。我也知道活着是怎么一回事了。有时候我高兴得流起眼泪来,有时候我难过得只会发傻笑。不论哭和笑,过后我总觉得心里畅快多了。同情,爱,互助,这些不再是空话。我的心跟别人的心挨在一起,别人笑,我也快乐,别人哭,我心里也难过。我在这个人间看见那么多的痛苦和不幸,可是我又看见更多的爱。

我仿佛在书里面听到了感激的、满足的笑声。我的心常常暖和得像在春天一样。活着究竟是一件美丽的事,我记得你也说过这样的话。"

"我是说:活着为自己的理想工作是一件美丽的事,"我插嘴更正道。

她点一下头,接下去说:"这是差不多的意思。要活得痛快点,活得有意义点,谁能没有理想呢!很早我听过一次福音堂讲道,一个英国女医生讲中国话,她引了一句《圣经》里的话:牺牲是最大的幸福。我从前不懂这句话的意思,现在我才明白了。帮助人,把自己的东西拿给人家,让哭的发笑,饿的饱足,冷的温暖。那些笑声和喜色不就是最好的酬劳!我有时候想,就是出去做一个护士也好得多,我还可以帮助那些不幸的病人:搀这个一把,给那个拿点东西,拿药来减轻第三个人的痛苦,用安慰的话驱散第四个人的寂寞。"

"可是你也不该专想旁人就忘了自己啊!"我感动地第二次插嘴说。

"我哪儿是忘了我自己,这其实是在扩大我自己。这还是一部外国小说里面的说法。我会在旁人的笑里、哭里看见我自己。旁人的幸福里有我,旁人的日常生活里有我,旁人的思想里、记忆里也有我。要是能够做到这样,多么好!"她脸上的微笑是多么灿烂,我仿佛见到了秋夜的星空。我一边听她讲话,一边暗暗地想:这多么美!我又想:这笑容里有诵诗罢?随后又想:这笑容里也有我么?我感到一种昂扬的心情,我仿佛被她抬高了似的。我的心跳得厉害,我感激地望着她。但是那星空又突然黯淡了。她换了语调说下去:"可是我什么也做不到。我好像一只在笼子里长大的鸟,要飞也飞不起来。现在更不敢想飞了,"她说到这一句,似乎无意地看了一下她的肚皮,她的脸马上红了。

我不知道应该用什么话安慰她,我想说的话太多了,也许她比我更明白。她方才那番话还在我的心里激荡。要说"扩大自己",她已经在我的身上收到效果了。那么她需要的应该是一个证明和一些同情罢。

"黎先生,你的小说写完了罢?"她忽然问道,同时她掉转眼睛朝书桌上看了一下。

"还没有,这几天写得很慢,"我短短地答道。她解决了我的难题,我用不着讲别的话了。

她掉过头来同情地看了我一眼,关心地说:"你太累了,慢慢儿写也是一样的。"

"其实也快完了,就差了一点儿。不过这些天拿起笔总写不下去。"

"是不是为了杨家孩子的事情?"她又问。

"大概是罢,"我答道,可是我隐藏了一个原因:小虎,或者更可以说就是她。

"写不下去就索性休息一个时候,何必这样苦你自己,"她安慰地说。接着她又掉头看了看书桌上那叠原稿,一边说:"我可以先拜读原稿罢?"

"自然可以。你高兴现在就拿去也行。只要把最后一张留下就成了,"我恳切地说。

她站起来,微笑道:"那么让我拿去看看罢。"

我走过去,把原稿拿给她。她接在手里,翻了一下,说:"我明天就还来。"

"慢慢儿看,也不要紧,不必着急,"我客气地说。

她告辞走了。我立在矮矮的门槛上,望着这静寂的花园,我望了许久。

二十九

　　晚上,天下着雨。檐前雨点就好像滴在我的心上似的,那单调的声音快使我发狂了。我对着这空阔的花厅,不知道应该把我的心安放到哪里去。我把屏风拉开来,隔断了那一大片空间。房间显得小了。我安静地坐在靠床那张沙发上。电灯光给这间屋子淡淡地抹上一层紫色(那是屏风的颜色)。我眼前只有忧郁和凄凉,可是远远地仿佛有一个声音在唤我,那是快乐的、充满生命的声音;我隐隐约约地看见那张照亮一切的笑脸。"牺牲是最大的幸福,"我好像又听见了这句话,还是那熟悉的声音。我等待着,我渴望着。然而那个声音静了,那张笑脸隐了。留给我的还是单调的雨声和阴郁的景象。

　　一阵烦躁来把我抓住了。我不能忍耐这安静。我觉得心里翻腾得厉害。我的头也发着隐微的刺痛,软软的沙发现在也变成很不舒适的了。我站起来,收了屏风。我在这个大屋子里来回走了好一会儿。我打算走倦了就上床去睡觉。

　　但是我开始觉得有什么东西从我心底渐渐地升上来。我的头烧得厉害。我全身仿佛要爆炸了。我跄跄地走到书桌前面,在藤椅上坐下来,我摊开那一张没有给姚太太带走的小说原稿,就在前一天搁笔的地方继续写下去。我越写越快。我疯狂地写着。我满头淌着汗,不停地一直往下写。好像有人用鞭子在后面打我似的,我不能放下我的笔。最后那个给人打伤腿不能再拉车的老车夫犯了盗窃行为被捉到衙门里去了,瞎眼女人由一个邻居小孩陪伴着去看他,答应等着他从牢里出来团聚。

　　………………

　　"六个月,六个月快得很,一眨眼儿就过去了!"老车夫高兴地想着,他还没有忘记那个女人回过头拿她的瞎眼来望他的情景。他想笑,可是他的眼泪淌了下来。

　　………………

　　我写到两点钟,雨还没有住,可是我的小说完成了。

　　我丢下笔,我的眼睛痛得厉害,我不能再睁开它们。我一摇一晃地走到床前,我没有脱衣服,就倒在床上睡着了。我甚至没有想到关电灯。

　　早晨,我被老姚唤醒了。

　　"老黎,你怎么还不起来?六点多了!"他笑着说。

　　我睁开眼睛,觉得屋子亮得很。我的眼睛还是不大舒服,我又闭上它们。

　　"起来,起来!今天星期,我们去逛武侯祠。昭华也去。她快打扮好了。"他走到床前来催我。

　　我又把眼睛睁开,说:"还早呢!什么时候去?"一面还在揉眼睛。

　　"现在就去!你快起来!"他答道。"怎么!你眼睛肿了,一定是昨晚上又睡晏了。怪不得你连电灯都没有关。刚才我还跟昭华谈起你,我们都觉得你这样不顾惜身体,不成。你脸色也不大好看。晚上应该早点睡。的确你应该结婚了。"他笑起来。

　　"我的小说已经写完,以后我不会再熬夜了。你们也可以放

215

心,不必为结婚的事情替我着急了,"我笑答道。

"快四十了,不着急也得着急了,"朋友开玩笑地说。但是他立刻换了语调问我:"你的小说写完了?"

"是,写完了。"我站起来。

"我倒要看你写些什么!我忘记告诉你,昭华昨晚上看你那本小说居然看哭了。她等着看以后的。她没有想到你写得这么快。你把原稿给我,我给她带去。那个车夫跟那个瞎眼女人结果怎样?是不是都翘辫子了?我看你的小说收尾都是这样。这一点我就不赞成。第一,小人小事,第二,悲剧。这两样都不合我的口味。不过我倒佩服你的本领。我自己有个大毛病,就是眼高手低。我没有这方面的才能,老是吹牛,也进步不了。"

"不要挖苦我了。我那种文章你怎么看得上眼?我倒想不到会惹你太太流眼泪。后面这一点原稿请你带去,让她慢慢儿看完还给我好了。"我走到写字台前,把桌上一叠原稿交给他。

"好,我给她拿去。"他看见老文打脸水进来,又加一句:"我先进去,等你洗好脸吃过早点我再来。"

过了半点钟光景他同他的太太到园子里来。我正在花台前面空地上散步。她的脸色比昨天好看些,也许是今天擦了粉的缘故。病容完全消失了。脸上笼罩着好像比阳光还明亮的微笑。她穿了一件浅绿色地(浅得跟白色相近了)印深绿色小花的旗袍,上面罩了一件灯笼袖的灰绒线衫。

"黎先生,真对不起,诵诗今天把你吵醒起来了。我们不晓得你昨晚上赶着写完了你的小说。你一定睡得很少,"她含笑说。

"不,我睡够了,诵诗不来喊我,我也要起来的。"我还说着客气话。

"老黎,你这明明是客气话。我喊你好几声,才把你喊醒,你睡得真甜,"老姚在旁边笑着说。

我没法分辩,我知道我露了一点窘相。我看见她微微一笑,对她的丈夫说:"我们走罢。黎先生不晓得还要不要耽搁。"

"我好了,那么就走罢,"我连忙回答。

二门外有三部车子在等我们。我照例坐上在外面雇来的街车,我的车夫没有他们的车夫跑得快,还只跑了六七条街,我的车子就落在后面了。我看见他们的私包车在另一条街的转角隐去。后来我的车子又追上了他们。姚太太的在太阳下发光的浓发又在我前面现出来。老姚正回过头大声跟她讲话,我听不清楚他在说什么,不过我能够看到他的满意的笑容。

快要出城的时候,我的车子又落后到半条街以上了。我这辆慢车刚跑到十字路口,就被一群穿粗布短衫的苦力拦住了路。他们两个人一组抬着大石块,从城外进来,陆续经过我面前。人数大约有三十多个。还有四五个穿制服背枪拿鞭子的人押着他们。他们全剃光头,只在顶上留了一撮头发,衣服脏得不堪,脚下连草鞋也没有穿一双。我坐在车上,并没有注意这个行列,我觉得那些人全是一样的年纪,一样的脸庞,眼睛陷入,两颊凹进,脸色灰白,头埋着,背驼着,额上冒着汗。他们默默地走了过去。无意间我的眼光挨到其中的一张脸,就停在那上面了。我惊叫了一声。我的叫声虽然不高,却使得那张脸朝着我这面转过来。那个人正抬着扁担的前一头,现在站住了,略略抬起头来看我。还是那张清秀的长脸,不过更瘦,更脏,更带病容。在他看我的那一瞬间,他的眼睛还露出一点光彩,但是马上就阴暗了。他动了动嘴唇,又好像想跟我说什么话,却又讲不出来,只把右手稍微举了一下。那只干枯的手上指缝间长满了疥疮,有的已经溃烂了。他用右手去搔那只搭在扁担上的左手。他这一搔,我浑身都好像给他搔痒了。

"走!你想做啥子!"一个粗声音在旁边叱骂道。接着一下鞭子打在他的脸上,他"哎呀"叫了一声,脸上立刻现出一条斜斜的红印,从耳根起一直到嘴边,血快淌出来了。他连忙用手遮住他的伤痕。眼泪从他那双半死似的眼睛里迸出来,他也不去揩它们,就埋下头慢慢地走了。

"杨——"我到这时才吐出一个字来,痛苦像一块石头塞住我的喉管,我挣扎了好久,忽然叫出了一声"杨先生"。

他已经走过去了,又回过头来匆匆地看我一眼。他还是什么也不说地走了。我想下车去拉他回来。但这只是我一时的想法,我什么事也没有做,就让我的车夫把车子拉过街口了。

三十

我的车子到了武侯祠,老姚夫妇站在大门口等我。

"怎么你现在才到!我们等了你好久了,"老姚笑问道。

"我碰到了一个熟人!"我简单地回答他。他并没有往下问是谁。我正踌躇着是不是要把刚才看见杨梦痴的事告诉他的太太,却听见她对老姚说:"我们等一会儿跟老李招呼一声,他给黎先生喊车子,要挑一部跑得快的。"剃光头的杨梦痴的面颜在我的眼前晃了一下。我心里暗想,倒亏得这个慢车夫,我才有机会碰见杨梦痴。

我现在知道那个父亲的下落了!可是我能够把这个消息告诉他的孩子么?我能够救他出来么?救他出来以后又把他安置在什么地方?他有没有重新作人的可能?——我们走进庙宇的时候,我一路上想的就是这些问题。两旁的景物在我的眼前匆匆地过去,没有在我的脑子里留下一个印象。我们转进了一条幽静的长廊,它一面临荷花池,一面靠壁。我们在栏杆旁边一张茶桌前坐下来。

阳光还没有照下池子,可是池里已经撑满了绿色的荷伞。清新的晨气弥漫了整个走廊。廊上几张茶桌,就只有我们三个客人。四周静得很。墙外高树上响着小鸟的悦耳的鸣声。堂倌拿着抹布懒洋洋地走过来。我们向他要了茶,他把茶桌抹一下又慢慢地走开了。过了几分钟,他端上了茶碗。一种安适的感觉渐渐地渗透了我全身,我躺在竹椅上打起瞌睡来。

"你看,老黎在打瞌睡了,"我听见老姚带笑说。我懒得睁开眼睛,我觉得他好像在远地方讲话一样。

"让他睡一会儿罢,不要喊醒他,"姚太太低声答道;"他一定很累了,昨晚上写了那么多的字。"

"其实他很可以在白天写。晚上写多了对身体不大好。我劝过他,他却不听我的话,"老姚又说。

"大概晚上静一点,好用思想。我听说外国人写小说,多半在晚上,他们还常常熬夜,"姚太太接着说,她的声音低到我差一点听不清楚了。"不过这篇小说写完,他应该好好地休息了。"她忽然又问一句:"他不会很快就走罢?"

我的睡意被他们的谈话赶走了,可是我还不得不装出睡着的样子,不敢动一下。

"他走?他要到哪儿去?你听见他提过走的话吗?"老姚惊讶地问道。

"没有。不过我想他把小说写好了,说不定就会走的。我们应该留他多住几个月,他在外头,生活不一定舒服,他太不注意自己了。老文、周嫂他们都说,他脾气好,他住在我们花园里头,从来不要他们拿什么东西。给他送什么去,他就用什么,"姚太太说。

"在外面跑惯的人就是这种脾气。我就喜欢这种脾气!"老姚笑着说。

"你也跑过不少地方,怎么你没有这种脾气呢?"姚太太轻轻地笑道。

"我要特别一点。这是我们家传。连小虎也像我!"老姚自负地答道。

姚太太停了一下，才接下去说："小虎固然像你，不过他这两年变得多了。再让赵家把他纵容下去，我看以后就难管教了。我是后娘，赵家又不高兴我，我不好多管，你倒应该好好管教他。"

"你的意思我也了解。不过他是赵家的外孙，赵家宠他，我也不便干涉。横竖小虎年纪还小，脾气容易改，过两年就不要紧了，"老姚说。

"其实他年纪也不算小了。……别的都可以不说。赵家不让他好好上学，就只教他赌钱看戏，这实在不好。况且就要大考了。你看今晚上要不要再打发人去接他回来？"姚太太说。

"我看打发人去也没有用，还是我自己走一趟罢。不过小虎外婆的脾气你也晓得，跟她讲道理是讲不通的，只有跟她求情还有办法，"老姚说。

"我也知道你我处境都难，不过你只有小虎这个儿子，我们也应该顾到他的前途，"姚太太说。

"你这句话不对，现在不能说我只有小虎一个儿子，我还有……"他得意地笑了。

"呸！"她轻轻地啐了他一口。"你小声点。黎先生在这儿。我说正经话，你倒跟人家开玩笑。"

"我不说了。再说下去，就像我们特意跑到这儿来吵架了。要是给老黎听见，他写起小人小事来，把我们都写进去，那就糟了，"老姚故意开玩笑道。

"你可不是'小人'啊。你放心，他不会写你这种'贵人'的，"姚太太带笑地说。

我不能再忍耐下去。我咳声嗽，慢慢地睁开眼睛来。

221

"黎先生,睡得好罢?是不是我们把你吵醒了?"她亲切地问我。

我连忙分辩说不是。

"我们正在讲你,你就醒了。幸好我们还没有讲你的坏话,"老姚接着说。

"这个我相信。你们决不是为了讲我的坏话才来逛武侯祠的,"我说着,连自己也笑了。

"老黎,你要不要到大殿上去抽个签,看看你的前程怎样?"老姚对我笑道。

"我用不着抽。你倒应该陪你太太去抽支签才对,"我开玩笑地回答。

"好,我们去抽支看看,"老姚对他的太太说。他站起来,走到太太的竹椅背后去。

"这个没有意思,我不去!"他的太太摇摇头,不好意思地说。

"这不过是逢场作戏,你何必把它认真!去罢,去罢,"他接连地催她站起来。

"好,我在这儿守桌子,你们去罢。既然诵诗有兴致,姚太太就陪他走一趟罢,"我凑趣地帮老姚说话。

姚太太微笑着,慢慢地站起来,掉过脸对她的丈夫说:"我这完全是陪你啊。"她又向我说:"那么请你在这儿等一会儿,你可以好好地睡觉了。"她笑了笑,拿着手提包,挽着丈夫的膀子走了。

这时我后面隔两张桌子的茶桌上已经有了两个客人,这是年轻的学生,各人拿了一本书在读。阳光慢慢地爬下池子。几只麻雀在对面屋檐上叽叽喳喳地讲话。一种平静、安适的空气笼罩着这个地方。我正要闭上眼睛,忽然,对面走廊上几个游人引起了我的注意。我的疲倦马上消失了。我注意地望着他们,我最先看到杨家小孩(他穿了一身黄色学生服),其次是他的哥哥,后来才看见他的母亲同一位年轻小姐。她们走在后面,那位小姐正在跟杨三太太讲话,她们两个都把脸向着池子,忽然杨三太太笑了,小姐也笑了。走在前面的两个青年都停住脚步,掉转身子跟那位小姐讲话。他们也笑了。

他们的笑声隐隐地送到我的耳里来。我疑心我是在做梦。我刚才不是还看见那个丈夫和父亲?我不是亲眼看见那一下鞭打?现在我又听见了这欢乐的笑声!他们什么也不知道。他们跟那个抬石头的人相隔这么近,却好像生活在两个世界里面。我不知道他们是不是还保存着一点点旧日的记忆,可是过去的爱和恨在我的眼里还凝成一根链子,把他们跟那个人套在一起。我一个陌生人忘不掉他们那种关系。我也知道我没有资格来裁判他们,然而他们的笑声引起了我的反感。他们正向着我这面走来,他们愈走近,我心里愈不高兴。我看见小孩的哥哥陪着那位小姐从小门转到外面去了。小孩同他母亲便转到我这条走廊上来。小孩走在前面,他远远地认出了我,含笑地跟我打招呼,他还走到茶桌前来,客气地唤了我一声:"黎先生。"

"你跟你母亲一块儿来逛武侯祠,"我笑着说,我看见他那善良、亲切的笑容,我的不愉快渐渐地消失了。

"是,还有我哥哥,跟我表姐,"他带笑回答,便掉转身到他的母亲身边去,对她低声讲了几句话。她朝我这面看了一眼,便让他挽着她的膀子走到我面前,他介绍说:"这是我妈。"

我连忙站起来招呼她。她对我微笑地点了点头,说了一声"请坐"。我仍然立着。她又说:"我寒儿说,黎先生时常给他帮忙,又指教他,真是感谢得很。"

"杨太太,你太客气了,我哪儿说得上帮忙?更说不上指教。令郎的确是个好子弟,我倒喜欢他,"我谦虚地说。小孩在旁边望着我笑。

"黎先生哪儿晓得,他其实是最不听话的孩子,"她客气地答道,又侧过头去对她的儿子说:"听见没有?黎先生在夸奖你,以后不要再淘气了。"过后她又对我说:"黎先生,请坐罢,我们不打扰你了。"她带笑地又跟我点一下头,便同儿子一路走了。

"黎先生,再见啊,"小孩还回过头来招呼我。

我坐下来。我的眼里还留着那个母亲的面影。这是一张端正而没有特点的椭圆形脸,并不美,但是嘴角却常常露出一种使人愉快的笑意。脸上淡淡地擦了一点粉,头发相当多,在后面挽了一个髻。她的身上穿了一件咖啡色短袖旗袍。从面貌上看,她不过三十几岁的光景(事实上她应当过了四十!),而且她是一个和善可亲的女人。

那是可能的吗,杨家小孩的故事?就是这个女人,她让她的儿子赶走了父亲吗?——我疑惑地想着,我转过头去看他们。母子两个刚在学生后面那张茶桌上坐下来,母亲亲切地对儿子笑着。她决不像是一个冷酷的女人!

"老黎,好得很,上上签!"老姚的声音使我马上转过头去。他满面光采地陪着太太回来了,离我的茶桌还有几步路,正向着我走来。

"在哪儿?给我看看,"我说。

"她不好意思,给她撕掉了,"老姚得意地笑着说。

"没有什么意思,"她红着脸微微笑道。

我也不便再问。这时小孩的哥哥陪着小姐进来了,我便对姚太太说:"杨家小孩的哥哥来了,那个是他的表妹。"

姚太太抬起头,随着我的眼光看去。老姚也回过头去看那两个人。

小姐穿了一件粉红旗袍,两根辫子垂在脑后,圆圆的一张脸不算漂亮,但是也不难看,年纪不过十八九,眼睛和嘴唇上还带着天真的表情。她并不躲避我们三个人的眼光,笑容满面地动着轻快的步子走过我们的身旁。

"两弟兄真像!哥哥就是白净点,衣服整齐点。也不像是厉害的人,怎么会对他父亲那样凶!简直想不到!"姚太太低声对我说。

"人不可以貌相。其实他父亲也太不争气了,难怪他——"老姚插嘴说。从这句话我便知道姚太太已经把小孩的故事告诉她的丈夫了。

"表妹也不错,一看就知道是个实心的好人。弟弟在哪儿呢?"姚太太接着说。

"就在那张桌子上,他母亲也在那儿,"我答道,把头向后面动了一下。

"对啦,我看到了,"她微微点头说。"他母亲相貌很和善。"她喝了两口茶,把茶碗放回到桌上。她又把眼光送到那张茶桌上去。过了好几分钟,她又回过头来说:"他们一家人很亲热,很和气,看样子都是可亲近的人。怎么会发生那些事情?是不是另外还有原因?"

"我给你说,外表是不可靠的。看人千万不要看外表。其实就是拿外表来说,那个小孩哪里比得上小虎!"老姚说。

姚太太不作声。我也沉默着。我差一点儿要骂起小虎来了。我费了大力才咽下已经到了嘴边的话。我咬紧嘴唇,也把脸掉向那张茶桌。

225

我的感情已经有了改变,现在变得更多了。我想:我有什么权利憎厌那几个人的笑声和幸福呢?他们为什么不应该笑呢?难道我是一个宣言"复仇在我"的审判官,还得把他们这仅有的一点点幸福也完全夺去吗?

断续的笑声从他们的桌上传过来。还是同样的愉快的笑声,可是它们现在并不刺痛我的心了。为什么我不该跟着别人快乐呢?为什么我不该让别人快乐呢?难道我忘了这一个事实:欢乐的笑声已经渐渐地变成可珍贵的东西了?

没有人猜到我的心情。我跟老姚夫妇谈的是另一些话。其实我们谈话并不多,因为老姚喜欢谈他的小虎,可是我听见他夸奖小虎就要生气。

十一点光景,我们动身到庙里饭馆去吃午饭。小孩也到外面去。他走过我们的茶桌。我们刚站起来,他忽然过来先跟姚太太打个招呼,随后拉着我的膀子,向外走了两步。他带着严肃的表情小声问我:"你有没有打听到我爹的消息?"

我踌躇了一下。话几乎要跳出我的口来了,我又把它们咽下去。但是我很快地就决定了用什么话来回答他。我摇摇头,很坦然地说:"没有。"我说得很干脆,我不觉得自己是在说谎。

小孩同我们一路出去。老姚夫妇在前面走,我和小孩跟在后面。小孩闭紧嘴,不讲话。我知道他还在想他的父亲的事。他把我送到饭馆门口。他跟我告别的时候,忽然伸过头来,像报告重要消息似地小声说:"黎先生,我忘记告诉你一件喜事:我表姐其实是我未来的嫂嫂。他们上个星期订婚的。"

他的脸上露出一丝笑意。他不等我说话就转身跑开了。

我站在门口望着他的背影。这个孩子不像是一个有着惨痛身世的人。他的脚步还是那么轻快。这件"喜事"显然使他快乐。

我这样想着,他的表姊的圆圆脸就在我的眼前晃了一下。这是一张没有深印着人生经验的年轻的脸,和一对天真地眨着的亮眼睛。我应该替这个小孩高兴。真的,他不该高兴吗?

"老黎,你站在门口干吗?"老姚在里面大声叫我。

我惊醒地转过身去。我在饭桌旁坐下来以后,便把小孩告诉我的"喜事"转告他们。

"那位小姐倒还不错。看起来他们一家人倒和和气气的。好些家庭还不及他们。我觉得也亏得那个做哥哥的,全靠他一个人支持这个家,"姚太太说着,脸上也露出了喜色。

三十一

这天回到家里,我终于把遇见杨老三的事情对老姚夫妇讲了。

他们在表示了怜悯、发出了叹息以后,一致主张设法救那个人出来。老姚自负地说他有办法,他知道那个地方,他有熟人在那里做事。他的太太第一个鼓舞他,我也在旁边敦促。他一时高兴,就叫人立刻预备车子,他要出去找人想办法。他说他对这件事情很有把握。

老姚走后,他的太太还跟我谈了一阵话。她认为那个人出来以后,我们应该给他安排一个"安定的"生活。我主张先送他进医院。她说,等他从医院出来,她的丈夫总可以给他找一个适当的工作,将来他的坏习气改好了,我们再设法让他们一家人团聚。我们说着梦话,并不知道自己是在做梦。我们太相信老姚的"把握"了。

晚上我等着老姚来报告他活动的结果。可是等到十点钟我还没有听见老姚的脚步声。疲倦开始向我袭击。蚊子也飞到我的周围来了。在这一年里,我第一次注意到蚊子的讨厌。我又看见一只苍蝇在电灯下飞舞。我失掉了抵抗的勇气。我躲到帐子里去了。

这一晚我得到一个无梦的睡眠。早晨我醒得很迟,没有人来打扰我。我起来了许久,老文才来给我打脸水。

从老文的嘴里,我知道朋友昨晚回家迟,并且为着小虎的事情跟他的太太吵了架,今天一早就坐车出去了。

"这不怪太太。虎少爷在赵家白天赌钱,晚上看戏,不去上学读书,又不要家里人去接。太太自然看不惯,老爷倒一点不在乎。太太打发人去接,接了两天都接不回来。老爷说自己去接,他倒陪赵外老太太带虎少爷去看戏,看完戏,还是一个人回来。太太多问了几句,老爷反而发起脾气来,把太太气哭了,"老文带着不平的语调说,他张开没有门牙的嘴,苦恼地望着我。

"你们太太呢?"我关心地问他。

"多半还没有起来。不过今早晨老爷出门的时候,并不像还在生气的样子,现在多半没有事情了。我们还是听见周大娘讲的。"

我吃过早点以后不久,周嫂来收捡碗碟,还给我带来我那小说的全部原稿。她说:"太太还黎先生的,太太说给黎先生道谢。"

姚太太把原稿给我装订起来了,她还替我加上白洋纸的封面和封底。倒是我应该感谢她。我把这个意思对周嫂说了,要周嫂转达。我又向周嫂问起吵架的事。周嫂的回答跟老文的报告差不多,不过更详细一点:他们吵得并不厉害,不久就和解了。老爷一讲好话,太太就止哭让步。今早晨老爷出门,还是为着别的事情。

周嫂跟老文一样,不知道杨家的事。我从她的口里打听不到老姚昨天奔走的成绩。不过我猜想,周嫂说的别的事情大概就是杨梦痴的事罢。看情形姚太太今天不会到花园里来了。我只有忍耐地等着老姚回来。

直到下午三点钟光景,老姚才到下花厅来看我。

"唉,不成,不成！没有办法！"他一进来,就对我摇头,脸上带了一种厌倦的表情(我从没有见过他有这一类的表情！)。他走到沙发前,疲乏地跌坐下去。

"你一定打听到他的下落了。那么以后慢慢想法也是一样,"我说。

"就是没有打听到他的下落！地方倒找到了,可是问不到姓杨的人。那里根本就没有姓杨的人！要是找到人,我一定有办法。"

我望着他的脸,我奇怪他平日那种洒脱的笑容失落在什么地方去了。我感到失望,就说:"也许是他们故意推脱。"

"不会的,不会的,"他摇头说;"我那个朋友陪我一起去,他们不会说假话来敷衍我。"他停了一下,抬起手在鬓边搔了搔,沉吟地说:"说不定他用的不是真姓名。"

"这倒是可能的,"我点头说,一道光在我的脑子里闪了一下。"不错,一定是这样。他出了事害怕给家里人丢脸,才故意改了姓名。那么说不定就是认出他来,他也会不承认自己是杨梦痴。"

"这就难办了,"老姚说。他掏出烟盒来,点了一支纸烟抽着,一面倒在沙发靠背上。我看见他一口一口地吐着烟圈,我想起他跟他的太太吵架的事。我打算给他劝告,却又不知道应该怎样开始才好。过了好几分钟,他稍微弯起身子,又说:"我还有个办法。你把杨老三的相貌给我仔细地描写一番。我过两天想法亲自去看一看。只要找到他本人,不管他承认不承认,保出来再说。或者我再找你去看一看,你一定会认出他。"

这是一个好办法！我放心地吐了一口气。我好像在崎岖的山道上瞥见了一条大路。我凭着记忆把杨梦痴的面貌详细地描绘了一番,他听得很仔细,好像要把我的每句话都记在心里似的。

谈完杨梦痴的事,我们都感到一点疲倦。我们静静地坐了一会儿。老姚忽然站起来,在屋里走了一阵。他愁烦地望着我,说:"老黎,我昨天跟昭华吵过架。"他又掉转身踱起来。

"为什么呢?我还是第一次听见说你们夫妇吵架。"我故意做出惊愕的样子,其实我已经知道了那个原因。

他把手放在鬓上搔了搔,走到我的面前站住了。他皱了皱眉毛,说:"就是为了小虎的事情。昨天我去赵家接他,没有接回来,他外婆留他多耍几天。昭华觉得我太纵容小虎,她抱怨我,我们就吵起来了。后来还是我让了步,才没有事。其实是她误会了我的意思。并不是我不接小虎回家。我实在拗不过他外婆。有钱人的脾气真古怪。她又只有这么一个外孙。你看我有什么办法!"

他求助似地向我摊开两只手。我不讲一句话。我不满意他那种态度。

他走回到他原先坐的沙发前面坐下来。他接着说:"我昨晚上整晚都没有睡好觉。我越想心里越不好过。这是我们头一次吵架。我们结婚三年多,从来没有吵过架。现在开了头,以后就难说了。昨天也是我不好,我先吵起来。"他又取出一根纸烟,点着抽了几口。

我不能再忍耐了。我说:"这的确是你不好。你根本就不该让赵家毁掉小虎,小虎是你的儿子。——"

"你不能说赵家毁他。赵家比我更爱小虎,"他不以为然地插嘴说。他把纸烟掷在地板上,用脚踏灭了火。

我生起气来。这一次轮着我站在他面前讲话了。我挥着手大声说:"你还说不是毁掉他?你想想看小虎在赵家受的是什么教育！赌钱，看戏，摆阔，逃学……总之，没有一件好事！你以为赵家现在有钱，那么他们就永远有钱，永远看着别人连饭都吃不饱，他们自己一事不做，年年买田，他们儿子、孙子、外孙、曾孙、重孙都永远有钱，都永远赌钱，看戏，吃饭，睡觉吗？你以为我们人就吃的是钱，睡的是钱，把钱当作父母，一辈子抱住钱啃吗？"我觉得自己脸都挣红了。

"不要说了，不要说了，"老姚连忙摇着手说；"你也误会了我的意思。我从来没有想到钱上面。"

我的气还没有消，我固执地说："我并没有误会你的意思。上回我劝你，你明明白白跟我说过，你又不是没有钱，用不着害怕小虎爱赌钱不读书。其实讲起赌钱，一个王国也可以输掉，何况你一院公馆，千把亩田！我们是老朋友，我应当再提醒你，杨家从前也是这里一家大富，现在杨老三怎样了？"

"不要说了，不要说了，"他连连挥手说。他不跟我发脾气，也不替他自己辩护。他只是颓丧地躺在沙发上。

我并不同情他，我继续用话逼他。我说："你也应当想到你太太，你这样，叫她做后娘的怎么办？你当初就应当想到赵家的脾气，就不该续弦；既然续了弦就不该光想到赵家。我怕你为着赵家，毁了你自己的幸福还不够，你还会毁掉你太太的幸福。"我只顾自己说得痛快，不去想他的痛苦。后来我看见他用左手蒙住两只眼睛，我才闭了嘴。

以后我们都没有讲话。他取下手来，抽完一支烟才告辞走了。

这天我刚刚吃过晚饭，老姚忽然来约我去看影戏。我知道他是陪太太去的。我想，在他们夫妇吵过架以后，我应该让他们多有时间单独在一起，不要夹在中间妨碍他们，我便找个托辞推掉了。我顺口问他去看什么片子,他答说是《吾儿不肖》。我感到惊喜。我看过这部影片,已经很陈旧了,不过对他们倒是新鲜的。并且它一定会给老姚一个教训,也许比我的劝告更有效。

我送他们夫妇上车。姚太太安静、愉快地对我微笑,笑容跟平日一样。老姚的脸上也有喜色,先前的疲倦已经消散了。

我希望他们以后永远过着和睦的日子。

三十二

  第二天老姚在午饭时间以前来看我。他用了热烈的语调对我恭维昨晚的影片。他受了感动,无疑地他也得到了教训。他甚至对我说他以后要好好地注意小虎的教育了。
  我满意地微笑。我相信他会照他所说的做去。
  "小虎昨天回来了罢?"我顺口问了一句。
  "没有。昨天我跟昭华回来太晚,来不及派人去接他。今天我一定要接他回来,"老姚说着,很有把握地笑了笑。
  老姚并没有吹牛。下一天早晨老文来打脸水,便告诉我,虎少爷昨晚回家,现在上学去了。后来他又说,虎少爷今天不肯起床,还是老爷拉他起来的,老爷差一点儿发脾气,虎少爷只好不声不响地坐上车子让老李拉他去上学。
  这个消息使我感到痛快,我觉得心里轻松了许多。我洗好脸照常到园子里散步。吃过早点后不久我便开始工作。
  我在整理我的小说。我预计在三个多星期里面写成的作品,想不到却花了我这么多天的工夫。我差一点对那位前辈作家失了信。他已经寄过两封信来催稿了。我决定在这个星期内寄出去。
  整理的工作相当顺利。下半天老姚同他的太太到园里来,我已经看好五分之一的原稿了。

他们就要去万家,车子已经准备好了,他们顺便到我这里来坐一会儿,或许还有一个用意:让我看见他们已经和好了。下午天气突然热起来。丈夫穿着白夏布长衫,太太穿着天蓝色英国麻布的旗袍。两个人的脸上都带着幸福的表情。

"黎先生,谢谢你啊,"姚太太看见我面前摊开的稿纸,带笑地说。"我觉得你这个结局改得好。"

"这倒要感谢你,姚太太,是你把他们救活了的,"我高兴地回答她。

"其实你这部小说,应该叫做《憩园》才对。你是在我们的憩园里写成的,"老姚在旁边插嘴说。

"是啊。黎先生可以用这个书名做个纪念。本来书里头有个茶馆,那个瞎眼女人从前就在那儿唱书。车夫每天在茶馆门口等客,有时看见瞎眼女人进来,有时看见她出去,偶尔也拉过她的车。他们就是在那儿认得的。后来瞎眼女人声音坏了,才不在那家茶馆唱书。那家茶馆里头也有花园,黎先生叫它做明园。要改,就把明园改做憩园好了,"姚太太接着说,这番话是对她的丈夫说的,不过她也有要我听的意思。我听见她这么熟悉地谈起我的小说,我非常高兴,我愿意依照她的意思办这件小事。

"不错,不错,叫那个茶馆做憩园就成了,横竖不会有人到我们这儿来吃茶。老黎,你觉得怎样?"老姚兴高采烈地问我道。

我答应了他们。我还说:"你既然不在乎,我还怕什么?"我拿起笔马上在封面上题了"憩园"两个字。

他们走的时候,我陪他们出去。栏杆外绿磁凳上新添的两盆栀子花正在开花,一阵浓郁的甜香扑到我的鼻端来。我们在栏前站了片刻。

"黎先生,后天请你不要出去,就在我们家里过端午啊,"姚太太侧过脸来说。

我笑着答应了。

"啊,我忘记告诉你,"老姚忽然大声对我说,他拍了一下我的肩头,"昨天我碰到我那个朋友,我跟他讲好了,过了节就去办杨老三的事。他不但答应陪我去,他还要先去找负责人疏通一下。我看事情有七八成的把握。"

"好极了。等事情办妥,杨梦痴身体养好,工作找定,我们再通知他家里人,至少他小儿子很高兴;不过我还耽心他那些坏习气是不是一时改得好,"我带笑说。

"不要紧,杨老三出来以后,什么事都包在我身上,"老姚说着,还得意地做了一个手势。

"黎先生,花厅里头蚊子多罢?我前天就吩咐过老文买蚊香,他给你点了蚊香没有?"姚太太插嘴问道。

"不多,不多,不点蚊香也成,况且又有纱窗,"我客气地说。

"不成,单是纱窗不够,花厅里非点蚊香不可!一定是老文忘记了,等会儿再吩咐他一声,"老姚说。

我们走出园门,看见车子停在二门外,老文正站在天井里同车夫们讲话。姚太太在上车以前还跟老文讲起买蚊香的事,我听见老文对她承认他忘记了那件事情。老文的布满皱纹的老脸上现出抱歉的微笑。可是并没有人责备他。

我回到园内,心里很平静,我又把上半天改过的原稿从头再看一遍,我依照老姚夫妇的意思,把那个茶馆的招牌改作了"憩园"。

我一直工作到天黑,并不觉得疲倦。老文送蚊香来了。我不喜欢蚊香的气味,但也只好让他点燃一根,插在屋角。我关上门。纱窗拦住了蚊子的飞航。房里相当静,相当舒适。我扭燃电灯又继续工作,一直做到深夜三点钟,我把全稿看完了。

睡下来以后,我一直做怪梦。我梦见自己做了一个车夫,拉着姚太太到电影院去。到了电影院我放下车,车上坐的人却变做杨家小孩了!电影院也变成了监牢。我跟着小孩走进里面去,正碰见一个禁子押了杨梦痴出来。禁子看见我们就说:"人交给你们了,以后我就不管了。"他说完话,就不见了。连监牢也没有了。只有我们三个人站在一个大天井里面。杨梦痴戴着脚镣,我们要给他打开,却没有办法。忽然警报响了,敌机马上就来了,只听见轰隆轰隆的炸弹声,我一着急,就醒了。第二次我梦见自己给人关在牢里,杨梦痴和我同一个房间。我不知道我是为了什么事情进来的。他说他也不知道他的罪名。他又说他的大儿正在设法救他。这天他的大儿果然来看他。他高兴得不得了。可是他去会了大儿回来,却对我说他的大儿告诉他,他的罪已经定了:死刑,没有挽救的办法。他又说,横竖是一死,不如自杀痛快。他说着就把头朝壁上一碰。他一下就碰开了头,整个头全碎了,又是血,又是脑浆……我吓得大声叫起来。我醒来的时候,满头是汗,心咚咚地跳。窗外响起了第一批鸟声。天开始发白了。

后来我又沉沉地睡去。到九点多钟我才起来。

我对我这部小说缺乏自信心。到可以封寄它的时候,我却踌躇起来,不敢拿它去浪费前辈作家的时间。这天我又把它仔细地看了一遍,还是拿它搁起来。到端午节后一天我又拿出原稿来看一遍,改一次,一共花了两天工夫,最后我下了决心把它封好,自己拿到邮局去寄发了。

我从邮局回来,正碰到老姚的车子在二门外停下。他匆匆忙忙地跳下车,一把抓住我的膀子说:"你回来得正好,我有消息告诉你。"

"什么消息?"我惊讶地问道。

"我打听到杨老三的下落了,"他短短地答了一句。

"他在什么地方?可以交保出来吗?"我惊喜地问他,我忘了注意他的脸色。

"他已经出来了。"

"已经出来了?那么现在在哪儿?"

"我们到你房里谈罢,"老姚皱着眉头说。我一边走一边想:难道他逃出来了?

我们进了下花厅。老姚在他常坐的那张沙发上坐下来。我牢牢地望着他的嘴唇,等着它们张开。

"他死了,"老姚说出这三个字,又把嘴闭上了。

"真的?我不信!他不会死得这么快!"我痛苦地说,这个打击来得太快了。"你怎么知道死的是他!"

"他的确死了,我问得很清楚。你不是告诉我他的相貌吗?他们都记得他,相貌跟你讲的一模一样,他改姓孟,名字叫迟。不是他是谁!我又打听他的罪名,说是窃盗未遂,又说他是惯窃,又说他跟某项失窃案有关。关了才一个多月。……"

"他怎么死的?"我插嘴问道。

"他生病死的。据说他有一天跟同伴一块儿抬了石头回来,第二天死也不肯出去,他们打他,他当天就装病。他们真的就把他送到病人房里去。他本来没有大病,就在那儿传染了霍乱,也没有人理他,他不到三天就死了。尸首给席子一裹,拿出去也不知道丢在哪儿去了。……"

"那么他们把他埋在哪儿?我们去找到他的尸首买块地改

葬一下,给他立个碑也好。我那篇小说寄出去了,也可以拿到一点钱。我可以出一半。"

老姚断念地摇摇头说:"恐怕只有他的阴魂知道他自己埋在哪儿!我本来也有这个意思。可是问不到他尸首的下落。害霍乱死的人哪个还敢粘他!不消说丢了就算完事。据说他们总是把死人丢在东门外一个乱坟坝里,常常给野狗吃得只剩几根骨头。我们就是找到地方,也分不出哪根骨头是哪个人的。"

我打了一个冷噤。我连忙咬紧牙齿。一阵突然袭来的情感慢慢地过去了。

"唉,这就是我们憩园旧主人的下场,真想不到,我们那棵茶花树身上还刻得有他的名字!"老姚同情地长叹了一声。

死了,那个孩子的故事就这样地完结了。这一切都是可能的吗?我不是在做梦?这跟我那个晚上的怪梦有什么分别!我忽然记起他留给小儿子的那封短信。"把我看成已死的人罢……让我安安静静地过完这一辈子。"他就这样地过完这一辈子么?我不能说我同情他。可是我想起大仙祠的情形,我的眼泪就淌出来了。

"我去告诉昭华,"老姚站起来,自语似地说,声音有点嘶哑;他又短短地叹一口气,就走出去了。

我坐着动也不动一下,痴痴地望着他的背影。一种不可抗拒的疲倦从头上压下来。我屈服地闭上了眼睛。

三十三

　　我昏昏沉沉地过了一个多星期。我每天下午发烧,头昏,胃口不好,四肢软弱。我不承认我害病。我有时还出去看电影。不过我现在用不着伏在桌上写字了。天晴的日子我一天在园子里散步两次。我多喝开水,多睡觉。

　　老姚每天来看我一次,谈些闲话。他不知道我生病,只说我写文章太辛苦了,这两天精神不大好。他劝我多休息。他自己倒显得精力饱满。他好像把那些不痛快的事情完全忘记了似的,脸上整天摆着他那种对什么都不在乎的笑容,他还常常让我听见他的爽朗的笑声。他的太太也常来,总是坐一些时候,就同丈夫一道回去。到底是她细心,她看出了我在生病,她劝我吃药;她还吩咐厨房给我预备稀饭。她的平静的微笑表示出内心的愉快。我在旁边观察他们夫妇的关系,我觉得他们还是互相爱着,跟我初来时看见的一样。小虎也到我的房里来过两次,我好久没有被他正眼看过了。他现在对我也比较有礼貌些。我向他问话的时候,他也客气地回答几句。从老姚的口中我知道赵老太太带着孙儿、孙女到外县一个亲戚家里作客去了,大约还要过两个星期才回省来。小虎没有人陪着玩,也只好安安分分地上学读书,回家温课,并且也肯听父亲的话了。

　　那么这一家人现在应该过得够幸福了。我替他们高兴,并且暗暗祝福他们。有一天我向老文谈起小虎,我说小虎现在改变多了。老文冷笑道:"他才不会改好!黎先生,你不要信他。过几天赵外老太太一回来,他立刻又会变个样子。老爷、太太都是厚道的人,才受他的骗。我们都晓得他的把戏。"我不相信老文这番话,我认为他对小虎的成见太深了。

我这种患病的状态突然停止了。我不再发热,也能够吃饭。他们夫妇来约我出去玩,我看见他们兴致好,一连陪他们出去玩了三天。第三天我们回来较早,他们的车子先到家。我的车夫本来跑得不快,在一个街口转弯的时候,又跟迎面一部来车相撞,这两位同业放下车吵了一通,几乎要动起武来,却又忍住,互相恶毒地骂了几句,各人拉起车子走了。我回到姚家,在大门内意外地碰到杨家小孩。他正坐在板凳上跟李老汉谈话。

"黎先生,你才回来!我等你好久了!"小孩看见我,高兴地跳起来。"姚太太他们回来好一阵了。"

"你好久没有来了,近来好吗?"我带笑望着他,亲切地说。

"我来过两回,都没有碰到你。我近来忙一点,"小孩亲热地答道。

"我们进去坐罢,今天月亮很好,"我说。

他跟着我进里面去了。他拉着我的手,用快乐的调子对我说:"黎先生,我哥哥明天结婚了。"

我问他:"你高兴吗?"我极力压住我的另一种感情,我害怕我说出在这个时候不应该讲的话。

他点点头说:"我高兴。"他接着又解释道:"他们都高兴,我也高兴。我喜欢我表姐,她做了嫂嫂,对我一定更好。"

这时我们已经进了花园的门廊。石栏杆外树荫中闪着月光,假山上涂着白影,阴暗和明亮混杂在一块儿。

241

"你晚上还没有来过,"我略略俯下头对小孩说。

"是,"他应了一声。

我们沿着石栏杆转到下花厅门前。栀子花香一股一股地送进我的鼻里来。

"我不进去,我在下面站一会儿就走,"小孩说。

"你急着回去,是不是帮忙准备你哥哥的婚礼?"我笑着问他。

"我明天一早就要起来,客人多,我们家里人少,怕忙不过来,"小孩答道。

我们走下台阶,在桂花树下面站住了。月光和树影在小孩的身上绘成一幅图画。他仰起头,眼光穿过两棵桂花树中间的空隙,望着顶上一段无云的蓝空。

"我想参加你哥哥的婚礼,你们欢迎不欢迎?"我半开玩笑地问道。

"欢迎,欢迎!"小孩快乐地说。"黎先生,你一定来啊!"我还没有答话,他又往下说:"明天一定热闹,就只少了一个人。要是爹在,我们人就齐了。"他换了语调,声音低,就像在跟自己说话一样。他忽然侧过头,朝我的脸上看,提高声音问道:"黎先生,你还没有得到我爹的消息吗?"

我愣了一下,毅然答道:"没有!"我马上又加一句:"他好像不在省城里了。"

"我也这样想。我这么久都没有找到他。李老汉儿也没有他的消息。他要是还在这儿,一定会有人看见他,我们大家到处找,一定会找到他的!他一定到别处做事去了,说不定他有天还会回来。"

"他会回来,"我机械地应道。我并不为着自己的谎话感到羞愧。我为什么连他这个永远不能实现的希望也要打破呢？

"那么我会陪他到这儿来,看看他自己亲手刻的字,"小孩做梦似地说,就走到山茶树下,伸手在树身上抚摩了一会儿。他的头正被大块黑影盖着,我看不见他的脸上的表情。他不讲话。园里只有小虫唤友的叫声,显得相当寂寞。一阵风吹起来,月影在地上缓缓地摇动,又停住了。两三只蚊子连连地叮我的脸颊。我的心让这沉默淡淡地涂上了一层悲哀。突然间那个又瘦又脏的长脸在我的脑际浮现了,于是我看见那双亮了一下的眼睛,微动的嘴唇和长满疥疮的右手。我并没有忘记这最后的一瞥！他要跟我讲的是什么话？为什么我不给他一个机会？为什么不让他在垂死的时候得到一点安慰？但是现在太迟了！

"黎先生,我们再朝那边儿走走,好不好？"小孩忽然用带哭的声音问我。

"好,"我惊醒过来了。四周都闪着月光,只有我们站的地方罩着浓影。我费力地在阴暗中看了这个小孩一眼。我触到他的眼光,我掉开头说了一句:"我陪你走。"我的心微微地痛起来了。

我们默默地走过假山中间的曲折的小径。他走得很慢,快走到上花厅纸窗下面的时候,他忽然站住,用手按住旁边假山的一个角说:"我在这儿绊过跤,额楼① 就碰在这上头,现在还有个疤。"

"我倒看不出来,"我随口答了一句。

"就在这儿,给头发遮住了,要不说是看不见的。"他伸起右手去摸伤疤,我随着他的手看了一眼,却没有看到。

我们沿着墙,从玉兰树,走到金鱼缸旁边,他把手在缸沿上

---

① 额楼:前额。

按了一下,自语似地说:"我还记得这个缸子,它年纪比我还大。"过了两三分钟,他朝着花台走去。后来我们又回到桂花树下面了。

"到里面去坐坐罢,"我站得疲乏了,提议道。

"不,我要回去了,"小孩摇摇头说;"黎先生,谢谢你啊!"

"好,我知道你家里人在等你,我也不留你了。你以后有空常常来玩罢。"

"我要来,"孩子亲切地答道。他迟疑了一下,又接下去说:"不过听说哥哥有调到外县当主任的消息,我希望这不是真的。不然我们全家都要搬走了,那么将来爹回来,也找不到我们了。"从这年轻的声音里漏出来一点点焦虑,这使我感动到半天讲不出一句话。但是在这中间小孩告辞走了。临走他还没有忘记邀请我,他说:"黎先生,你明天一定要来啊。李老汉儿晓得我们的地方。"

我只好唯唯地应着。

我走进我的房间,扭开电灯,看见书桌上放了一封挂号信。我拆开信看了,是那位前辈作家写来的,里面还附了一张四千元的汇票,这是我那本小说的一部分稿费。他在信上还说:"快来罢,好些朋友都在这里,我们等着你来,大家在一块儿可以做点事情。……"他举出几个人的名字,其中有两个的确是我的老朋友,我三年多没有看见他们了。

这一夜我失眠,我躺在床上翻来覆去地想了许久。我想到走的事情。的确我应该走了。我的小说完成了,杨梦痴的故事完结了,老姚夫妇间的"误会"消除了。我的老朋友在另一个地方等着我去。我还要留在憩园里干什么呢?我不能在这儿做一个长期的食客!

第二天老姚夫妇来看我,我便对他们说出我要走的话。我在他们的脸上看到惊讶与失望的表情。自然,他们两个人轮流地挽留我,他们说得很诚恳。可是我坚决地谢绝了。我有我的一些理由。他们有他们的理由。最后我们找到一个折衷办法:我答应明年再来,他们答应在半个月以后放我走。我当时就把买车票的事托给老姚。

这天周嫂来给我送饭,老文替李老汉看门。据说李老汉请假看亲戚去了。我知道他一定是去参加杨家的婚礼,去给他的旧主人再办一天事。不过他回来以后,我也没有对他提过这样的话。

三十四

　　十天平静地过去了。星期三的早晨老文告诉我一个消息：赵外老太太已经从外州县回省，昨天下午打发人来接了虎少爷去，并且说得明白，这回要留虎少爷多住几天，请姚老爷不要时常派车去接他回家。我听着，厌恶地皱起了眉头。我想：为什么又来扰乱别人家庭的和平呢？

　　下午老姚来通知我，他已经替我订了星期六的车票（他还交给我买票的介绍信），并且讲好星期五下半天他们夫妇在外面馆子里给我饯行。从他的谈话中我知道他的太太今天不大舒服，又知道他等一会儿要到赵家去。我问他小虎这回是不是要在赵家久住。他先说，外婆刚回省，接小虎去陪她，多住几天也不要紧，反正学堂已经放暑假，不必温习功课；后来他说，后天就要接小虎回来给我送行。最后他又说："这两天天气热起来了，车上很不舒服，你不如到了秋凉再走罢。"

　　我自然不会听从他的话。他走了。我想到赵老太太的古怪脾气，我有点为姚太太，为这一家人的幸福耽心。可是老姚本人好像并没有注意到这件事。

　　这一天的确很热。我没有上街。我搬了一把藤躺椅到窗下石栏杆旁边，我坐在躺椅上，捧着一卷书，让那催眠歌似的蝉噪单调地在我的耳边飘过，这样消磨了我的整个下午。从晚上九点钟起落着大雨,天气又转凉了。

雨哗啦哗啦地落了很久。我半夜醒来还听见雷声和水声。我耽心屋瓦会给雨打破,又耽心园里花木会给雨打倒。可是我第二天睁开眼睛,看见的却是满屋的阳光。

下午四点钟光景,老姚正在园里跟我闲谈。他把我常坐的那张藤椅搬出来,放到台阶下花盆旁边,他坐在那里悠闲地听着蝉声,喝着新泡的龙井。忽然赵青云带着紧张的脸色跑了进来,声音战抖地说:"老爷,赵外老太太打发人来请老爷就过去,虎少爷给水冲起走了。"

"什么!"老姚正在喝茶,发出一声惊叫,就把手里杯子一丢,跳了起来。茶杯打碎了,水溅到我的脚上。

"虎少爷跟赵家几位少爷一路出城去浮水①。他们昨天下午也去过。今天水涨了,虎少爷不当心,出了事情。水流得急,不晓得人冲到哪儿去了,"赵青云激动地说。

老姚脸通红,额上不住地冒汗,眼珠也不转动了,他伸起手搔着头发。停了片刻他声音沙哑地说:"我立刻去。我不进去了。你去跟太太说我有事情出去了。你们不要让太太知道虎少爷的事情,等我回来再说。"

赵青云连连答应着"是"。他先出去了。

我站起来轻轻地拍一下老姚的肩头,安慰他说:"你不要着急,事情或者不至于——"

"我知道,我自己也应该负责。我走了。你要是见到昭华,不要告诉她小虎的事情,"老姚皱紧眉头打岔说,只有片刻的工夫,他的脸色就变成灰白了。他茫然看我一眼,也不再说什么,

---

① 浮水:游泳。

247

就走了出去。

我跟着他走出园门。我看见他坐上包车。我也没有再跟他讲话。我有一种奇怪的感觉。我反复地咀嚼着他那句话："我自己也应该负责。"这是他的真心话。他的确是有责任的。但是我的平静的心境给这件意外事情扰乱了，这一天就没有恢复过来。

老文送晚饭来的时候，我在他的脸上看到一种幸灾乐祸的表情。他眨着他那对小眼睛说："黎先生，天老爷看得明白，做得公道，真是报应分明啊。"我茫然望着他这张似笑非笑的皱脸。他解释般地接下去说："赵家天天想害我们太太，结果倒害了他自家外孙。这又怪得哪个？要是老爷肯听太太的话，也不会有这回事情。太太受了几年罪，现在也该出头了。"

他这番话要是迟几天对我讲，我也许会听得很高兴。可是现在听到，却引起了我的反感。我不想反驳他，我只是淡淡地提醒他一句："不过你们老爷就只有这一个少爷啊！"

老文埋下头，不作声了。我端着碗吃饭，可是我的眼光还时常射过去看他的脸。我看见他慢慢地抬起头来，掉转身子朝着窗外，偷偷地揩眼睛。他走到门口，在那里站了一会儿。他再走过来收碗的时候，他一边抹桌子，一边战战兢兢地说："只求天保佑虎少爷没有事情就好了。"凭他的声音，我知道这句话是从他心里吐出来的。

"也许不会有事情。"我也应了一句。我故意用这句话来安慰他。其实我同他一样地知道事情已经完结了。唯一的希望是能够找回小虎的尸首来。

三十五

我们这个希望并没有实现。

第二天一早我拿着老姚的介绍信去汽车站买票。起初是没有到时间,以后是找不到地方,再后是找不到人。一直到十一点半钟我才把手续办好,拿到车票。可是人已经累得不堪了。

我记起来,在这附近有一个可以歇脚的地方。那是一家兼卖饭菜的茶馆,房子筑在小河旁边,有着茅草盖的屋顶,树枝扎的栏杆,庭前种了些花草,靠河长了几棵垂柳。进门处灌木丛生,由一条小径通入里面。在大门外看,这里倒像是一座废园。这个茶馆我去过一次,座位清洁,客人不多,我倒喜欢这种地方。

我在河畔柳荫下围栏前一张小茶桌旁边坐下来。我吃了两碗面,正靠在竹椅背上打瞌睡,忽然给一阵嘈杂的人声惊醒了。我不知道发生了什么事情。我只看见一些客人兴奋地朝外面跑去。也有几个人就站在围栏前向对岸张望。对岸横着一条弯弯曲曲的黄土路,路的另一边是一块稻田,稻田外面又是一条白亮亮的河。我面前这条小河便是它的支流。看热闹的乡下人和小孩们正拉成一根线从黄土路到它那里去。

"什么事?他们在看什么?"过了好一会儿,我看见一个堂倌走过来,便指着那些站在围栏前张望的人问他道。

"淹死人,"堂倌毫不在意地答道,好像这是很平常的事。他朝我用手指指的那个方向看了一眼,轻蔑地动一下嘴添上一句:"在这儿怎么看得见?"

又淹死人!怎么我到处都看见灾祸!难道必须不断地提醒我,我是生活在苦难中间?

一个胖女人用手帕蒙住脸呜呜地哭着走过去了。她后面跟着一个老妈子同一个车夫模样的男人。他们是从河那边来的。

"这是他的妈,刚才哭得好伤心,"堂倌指着那个女人说。"她是寡妇,两房人就只有这一个儿子。"

"什么时候淹死的?"我问。

"昨天下半天,离这儿有好几里路!年纪不过十八九岁,说是给人打赌,人家说,你敢浮过对面去?他说声敢,不管三七二十一就浮过去。昨天水太大,他不当心,浮到半路上,水打了两个漩儿,他就完了。尸首冲到这儿来,给桥柱子挡住了,今早晨才看见,他妈晓得,刚才赶来哭一场,现在多半去给他预备后事。"堂倌像在叙说一个古代的故事似的,没有同情,也没有怜悯。

我不再向他问话,疲倦地把头放在竹椅的靠枕上,阖上了眼睛。我并没有睡意,我只是静静地想着小虎的事。

大概过了半点钟罢,一切都早已回到平静的状态里面了。我站起来付了钱,走出大门去。我走了不到一百步,在路上,我看见了堂倌讲的那座桥。桥头还站着五六个人。好奇心鼓动我走到那里去。

桥静静地架在两岸上,桥身并不宽。在我站的这一头左边有一棵低垂的柳树,树叶快挨到水面了,靠近这棵柳树,在桥底下,仰卧地浮着一个完全赤裸的年轻人。他的左手向上伸着,给一条带子拴在桥柱上,右手松弛地垂在腰间。一张端正的长脸带着黑灰色,眼睛和嘴唇都紧紧闭着。他好像躺在那里沉睡,绝不像是一具死尸。

"简直跟活人一样!"我惊奇地自语道。

"起先更好看,一张脸红彤彤的!"旁边一个乡下人接嘴说,"等到他母亲来一哭,脸色立刻就变了。"

"真有这样的事?"我不相信地再说一句。

"我亲眼看见的,未必还有假!"他说着,瞪了我一眼。

我埋下头,默默地注视这张安静的睡脸。渐渐地我看得眼花了。我好像看见小虎睡在那里。我吃了一惊,差一点要叫起来,连忙揉了揉眼睛,桥下还是那一张陌生的睡脸。这就是死!这么快,这么简单,这么真实!

三十六

我回到姚家,看见老文同李老汉在大门口讲话。我问他们有没有虎少爷的消息。他们回答说没有。又说老爷一早带了赵青云出去,一直没有回来。老文还告诉我,太太要他跟我说,今天改在家里给我饯行。

"其实可以不必了。虎少爷出了事情,你们老爷又不在家,太太又有病,何必还客气,"我觉得不过意就对老文说了。

"太太还讲过,这是老爷吩咐的,老爷还说要赶回来吃饭,"老文恭顺地说。

"老爷赶得回来吗?"我顺口问道。

"老爷吩咐过晚饭开晏点儿,等他回来吃,"老文说到这里,立刻补上一句:"陪黎先生吃饭。"

老姚果然在七点钟以前赶回家。他同他的太太一起到下花厅来。他穿着白夏布的汗衫、长裤,太太穿一件白夏布滚蓝边的旗袍。饭桌摆好在花厅的中央。酒壶和菜碗已经放在桌上。他们让我在上方坐下,他们坐在两边。老姚给我斟了酒,也斟满他自己的杯子。

菜是几样精致可口的菜,酒是上好的黄酒。可是我们三个人都没有胃口。我们不大说话,也不大动筷子。我同老姚还常常举起酒杯,但我也只是小口地呷着,好像酒味也变苦了。饭桌上有一种沉郁的气氛。我们(不管是我或者是他们)不论说一句话,动一下筷子,咳一声嗽,都显得很勉强似的。他们夫妇的脸上都有一种忧愁的表情。尤其是姚太太,她想把这阴影掩藏,却反而使它更加显露了。她双眉紧锁,脸色苍白,眼光低垂。她的丈夫黑起一张脸,皱起一大堆眉毛,眼圈带着灰黑色,眼光常常茫然地定在一处,他好像在看什么,又像不在看什么。我看不到自己的脸,不过我想,我的脸色一定也不好看罢。

"黎先生,请随便吃点儿菜,你怎么不动筷子啊?"姚太太望着我带笑地说。我觉得她的笑里有苦涩味。她笑得跟平日不同了。

"我在吃,我在吃,"我连声应着,立刻动了两下筷子,但是过后我的手又不动了。

"其实你这回应当住到秋凉后才走的。你走了,我们这儿更清静了。偏偏又遇到小虎的事,"她慢慢地说,提到小虎,她马上埋下头去。

我一直没有向老姚问起小虎的下落,并不是我不想知道,只是因为我害怕触动他的伤痛。现在听见他的太太提到小虎的名字,我瞥了他一眼,他正埋着头在喝酒,我忍不住问他的太太道:"小虎怎么了?人找到没有?"

她略略抬起脸看我一眼,把头摇了摇。"没有。诵诗到那儿去看过,水流得那么急,不晓得冲到哪儿去了。现在沿着河找人到处打捞。他昨天一晚上都没有睡觉……"她哽咽地说,泪水在她的眼里发亮了,她又低下头去。

"是不是给别人搭救起来了?"我为着安慰他们,才说出这句我自己也知道是毫无意义的话。

姚太太不作声了。老姚忽然转过脸来看我,举起杯子,声音沙哑地说："老黎,喝酒罢。"他一口就喝光了大半玻璃杯的酒。姚太太关心地默默望着他。他马上又把杯子斟满了。

"老姚,今天我们少喝点。我自然不会喝酒。可是你酒量也有限,况且是空肚子喝酒……"我说。

"不要紧,我不会醉。你要走了,我们不知道什么时候才能够再碰到一块儿喝酒,今天多喝几杯有什么关系!吃点菜罢,"他打断了我的话,最后拿起筷子对我示意。

"天气热,还是少喝点儿罢,"他的太太在旁边插嘴说。

"不,"他摇摇头说;"我今天心里头不好过,我要多喝点儿酒。"他又把脸向着我:"老黎,你高兴喝多少就喝多少,我不劝你。我只想喝酒,不想讲话,昭华陪你谈谈罢。"他的一双眼睛是干燥的。可是他的面容比哭的样子还难看。

"不要紧,你不必管我,你用不着跟我客气,"我答道。"其实我在这儿住了这么久,已经不算是客人了。"

"也没有几个月,怎么说得上久呢?黎先生,你明年要来啊!"姚太太接着说。

我刚刚答应着,老姚忽然向我伸过右手来,叫了一声"老黎"。他整个脸都红了。我也把右手伸过去。他紧紧捏住它,恳切地望着我,用劲地说着两个字:"明年。"

"明年,"我感动地答应着,我才注意到两只酒瓶已经空了。可是我自己还没有喝光一杯酒。

"这才够朋友!"他说,就把手收回去,端起酒杯喝光了。过后他向着他的太太勉强地笑了笑,说:"昭华,再开一瓶酒罢。喊老文去拿来。"

"够了,你不能再喝了,"他的太太答道。她又转过脸去,看了老文一眼。老文站在门口等着他们的决定。

"不,我还没有喝够,我自己去拿。"他推开椅子站起来,他没有立稳,身子晃了两晃,他连忙按住桌面。

"怎么啦?"他的太太站起来,惊问道。我也站起来了。

"我喝醉了,"他苦笑地说,又坐了下来。

"那么你回屋去躺躺罢,"我劝道。我看他连眼睛也红了。他不回答我,忽然伸起双手去抓自己的头发,痛苦地、声音沙哑地嚷起来:"我没有做过坏事,害过人!为什么现在连小虎的尸首也找不到?难道就让他永远泡在水里,这叫我做父亲的心里怎么过得去!"他蒙住脸呜呜地哭了。

"姚太太,你陪他进去罢,"我小声对他的太太说,"他醉了,过一会儿就会好的。他这两天也太累了。你自己也应当小心,你的病刚好。你们早点休息罢。"

"那么我们不陪你了,你明年——"她只说了这几个字,两只发亮的黑眼睛带了惜别的意思望着我。

"我明年一定来看你们,"我带点感伤地说。我看见她的脸上浮出了凄凉的微笑。她的眼光好像在说:我们等着你啊!她站到丈夫的身边,俯下头去看他,正要讲话。

老姚忽然止了哭,取下蒙脸的手,站起来,用他的大手拍我的肩头,大声说:

"我明天早晨一定送你到车站。我已经吩咐过,天一亮就给我们预备好车子。"

"你不必送我。我行李少,票子又买好了,一个人走也很方便。你这两天太累了。"

"我一定要送你,"他固执地说。"明天早晨我一定来送你。"他让太太挽着他的膀子摇摇晃晃地走出花厅去了。我叫老文跟着他们进去,我耽心他会在半路上跌倒。

255

我一个人坐在这个空阔的厅子里吃了一碗饭,又喝光了那杯酒。老文来收碗的时候,他对我说太太已经答应,明天打发他跟我上车站去。我感谢他的好意。可是我不能够像平日那样地听他长谈,我的脑筋迟钝了。酒在我的身上发生效力了。

酒安定了我的神经。我睡得很好。我什么事都不想,实在我也不能够用思想了。

老文来叫醒我的时候,天刚发白,夜色还躲藏在屋角。他给我打脸水,又端了早点来。等我把行李收拾好,已经是五点多钟了。我决定不等老姚来,就动身去车站。我刚刚把这个意思告诉了老文,就听见窗外有人在小声讲话,接着脚步声也听见了。我知道来的是谁,就走出去迎她。

我跨出门槛就看见姚太太同周嫂两人走来。

"姚太太,怎么你起来了?"我问道,我的话里含得有惊喜,也有感激。我并且还想着:老姚也就要来了。

"我们还怕来不及,"她带着亲切的微笑说。她跟我走进厅子里去,一边还说:"诵诗不能够送你了,他昨晚上吃醉了,吐了好几回,今早晨实在起不来,很对不起你。"

"姚太太,你怎么还这样客气!"我微笑道。接着我又问她:"诵诗不要紧罢?"

"他现在睡得很好,大概过了今天就会复原的。不过他受了那么大的打击,你知道他多爱小虎,又一连跑了两天,精神也难支持下去。倘使以后你有空,还要请你多写信劝劝他,劝他看开一点。"

"是的,我一定写信给你们。"

"那么谢谢你,你一定要写信啊!"她笑了笑,又转过脸去问老文:"车子预备好了罢?"

"回太太,早就好了,"老文答道。

"那么,黎先生,你该动身了罢?"

"我就走了。"我又望着她手里拿的一封信。这个我先前在门外看见她的时候就注意到了,我便问她:"姚太太,是不是要托我带什么信?"

"不是,这是我们的结婚照片,那天我找了出来,诵诗说还没有送过你照片,所以拿出来给你带去。"她把信封递给我。"你不要忘记我们这两个朋友啊,我们不论什么时候都欢迎你回来。"她又微微一笑。这一次我找回她那照亮一切的笑容了。

我感谢了她,可是并不取出照片来看,就连信封一起放在我的衣袋里。然后我握了一下她伸过来的手:"那么再见罢。我不会忘记你们的。请你替我跟诵诗讲一声。"

我们四个人一路出了园门,老文拿着我的行李,周嫂跟在姚太太后面。

"请回去罢,"我走下天井,掉转脸对姚太太说。

"等你上车子罢。今天也算是我代表他送你,"她说着一直把我送到二门口。我正要上车,忽然听见她带着轻微的叹息说:"我真羡慕你能够自由地往各处跑。"

我知道这只是她一时的思想。我短短地回答她一句:"其实各人有各人的世界。"

车子拉着我和皮箱走了,老文跟在后面,他到外面去雇街车。车子向开着的大门转弯的时候,我回头去看,姚太太还立在二门口同周嫂讲话。我带了点留恋的感情朝着她一挥手,转眼间姚公馆的一切都在我的眼前消失了。那两个脸盆大的红字"憩园"仍然傲慢地从门楣上看下来。它们看着我来,现在又看着我去。

"黎先生!"一个熟悉的声音在后面喊我,我回过头,正看见李老汉朝着我的车子跑来。我叫老李停住车。

李老汉跑得气咻咻的,一站住就伸手摸他的光头。

"黎先生,你明年一定要来啊!"他结结巴巴地说,一张脸也红了,白胡须在晨光中微微地摇颤。

"我明年来,"我感谢地答应道。车子又朝前滚动了。它走过大仙祠的门前,老文刚雇好车子坐上去。至于大仙祠,我应当在这里提一句:我有一个时期常常去的那个地方在四五天以前就开始拆毁了,说是要修建什么纪念馆。现在它还在拆毁中,所以我的车子经过的时候,只看见成堆的瓦砾。

后　　记

　　我开始写这本小说的时候,贵阳一家报纸上正在宣传我已经弃文从商。我本来应当遵照那些先生的指示,但是我没有这样做,这并非因为我认为文人比商人清高,唯一的原因是我不爱钱。钱并不会给我增加什么。使我能够活得更好的还是理想。并且钱就跟冬天的雪一样,积起来慢,化起来快。像这本小说里所写的那样,高大房屋和漂亮花园的确常常更换主人。谁见过保持到百年、几百年的私人财产!保得住的倒是在某些人看来是极渺茫、极空虚的东西——理想同信仰。

　　这本小说是我的创作。可是在这里面并没有什么新奇的东西。我那些主人公说的全是别人说过的话。

　　"给人间多添一点温暖,揩干每只流泪的眼睛,让每个人欢笑。"

　　"我的心跟别人的心挨在一起,别人笑,我也快乐,别人哭,我心里也难过。我在这个人间看见那么多的痛苦和不幸,可是我又看见更多的爱。我仿佛在书里面听到了感激的、满足的笑声。我的心常常暖和得像在春天一样。活着究竟是一件美丽的事,……"

像这样的话不知道已经有若干人讲过若干次了。我高兴我能在这本小说里重复一次,让前面提到的那些人知道,人不是嚼着钞票活下去的,除了找钱以外,他还有更重要、更重要的事情做。

巴　金 1944年7月。

附　录

《憩园》法文译本序

我高兴我的小说《憩园》也给译成了法文,让《家》的读者更清楚地看到中国封建地主家庭怎样地走向没落和灭亡。

一九四四年《憩园》初版发行的时候,我写过如下的"内容说明":

> 这部小说借着一所公馆的线索写出了旧社会中前后两家主人的不幸的故事。……不劳而获的金钱成了家庭灾祸的原因和子孙堕落的机会。富裕的寄生生活使得一个年轻人淹死在河里,使得一个阔少爷病死在监牢中,使得儿子赶走父亲、妻子不认丈夫。憩园的旧主人杨家垮了,它的新主人姚家开始走着下坡路。连那个希望"揩干每只流泪的眼睛"的好心女人将来也会闷死在这个公馆里面,除非她有勇气冲出来。

我自己就是在这个公馆里出生的。我写的是真实的生活。《憩园》中的杨老三杨梦痴就是《家》里面的高克定。他的死亡是按照他真实的结局写的。有人批评我"同情主人公,怜悯他们,为他们感到愤怒,可是……没有一个主人公站起来为改造生活而斗争过。"小说《憩园》中就没有一个敢于斗争的人。我的小说只是替垂死的旧社会唱挽歌。

然而这一切终于像梦魇似地过去了。我的祖国和人民,还有我的读者今天正迈着大步向无限光明的未来前进。过去痛苦的回忆和新旧社会的对比,只能加强他们前进的勇气和信心。

法国的朋友和读者倘使从这个忧郁的故事中看到我们在其中生活过的旧社会,更加理解摆脱了旧枷锁的新中国人意气昂扬的精神面貌和我们迫切实现四个现代化的愿望和决心,热情地紧握我们伸过去的友谊的手,那么作为小说的作者,我再没有更多的要求了。

1978年5月3日。